Helene Kneip

Mit Kommissarin Minou ist jederzeit zu rechnen

Ein Katzenkrimi

ratio books

Helene Kneip
Mit Kommissarin Minou ist jederzeit zu rechnen

Ein Katzenkrimi

Coverfoto: Unter Verwendung des Bildes von Eduard Bardorf /
Alamy Stock Foto 2B0X8PN

Impressum
ratio-books • 53797 Lohmar • Danziger Str. 30
info@ratio-books.de (bevorzugt)
Tel.: (0 22 46) 94 92 61
Fax: (0 22 46) 94 92 24
www.ratio-books.de

ISBN 978-3-96136-124-3
E-Book 978-3-96136-125-0

published by

Inhalt

Was katze nicht weiß, aber wissen sollte

auf Katze	auf Mensch
die Hinterpfoten in die Vorderpfoten nehmen	die Beine in die Hand nehmen
Großkatze	Gott (Katzengott)
Katze der Lage	Herr der Lage
katze	man
Katzereien	lustiger Zeitvertreib
katzlich	herrlich, phantastisch
Kommunikatzionszentrum	Kommunikationszentrum
Kommunikatzion	Kommunikation
kurzerpfote	kurzerhand
pfotenfest	handfest
Überpfote/Oberpfote	Oberhand
überkatzen	übermannen
wie Milben von den Augen fallen	wie Schuppen von den Augen fallen

Prolog

Ich bin eine Katze, eine grauschwarz-getigerte, kurz: eine Hauskatze, wie man meine Art im Volksmund nennt. Besonders stolz bin ich auf meinen tollen schwarzen Schwanz mit den vier grauen Ringen eine Handbreit unterhalb der Schwanzspitze und meine beiden Vorderbeine. Die sind hellgrau und haben je zwei schwarze Streifen knapp über meinen Pfoten, so dass man denken könnte, ich trüge Ringelsocken. Apropos Hauskatze: Das suggeriert, dass ich in einem Haus lebe, also zu einer bestimmten Familie gehöre. Aber das stimmt nicht. Ich gehöre nur mir. Ich bin eher eine Straßenkatze und suche mir meine Menschenfreunde selbst aus. Dabei mag ich natürlich den einen Menschen lieber als den anderen. Das gleiche gilt auch für deren Zusammenschlüsse. Die eine Familie ist mir durchaus lieber als die andere, was sich stimmungsbedingt ändern kann.

Die Kriterien, die mich maßgeblich leiten, insbesondere was die Wahl meiner Menschenfreunde angeht, sind Futter und Streicheleinheiten und Futter. Ansonsten lebe ich mein Leben nach meiner Fasson: Ich streife durch die Gärten meiner Straßen, lege mich geruhsam an die diversen Gartenteiche, beobachte die Goldfische der Menschen, genieße den Anblick von Seerosen und Wasserlilien und genieße meine Sonnenplätze ebenso wie meine schattigen Terrassen. Besondere Freude bereitet es mir, sämtliche Hunde in meinem Revier geradezu auf die Palme zu bringen, indem ich in sicherer Entfernung, vorzugsweise geschützt durch einen Maschenzaun, durch den katze gut hindurchsehen kann, hocherhobenen Hauptes und Schwanzes vor ihnen auf und ab stolziere.

Die dummen Vierbeiner irren dann kläffend entlang der Zäune ihrer engen Gärten, springen immer wieder wie verrückt an den Zäunen hoch und erhalten als Belohnung von ihren Frauchen, Herrchen oder den Nachbarn, die gerade ihr Schläfchen halten wollen, wüste Beschimpfungen. Ab und zu gibt es auch schon einmal eine Ladung Wasser. Jaulend und mit eingezogenem Schwanz ziehen die Hunde dann von dannen. Ein klägliches Bild, das sie in diesem Moment bieten. Igitt, ist das einfach katzlich. Ich liebe mein Katzenleben. Es ist sooo gut, eine Katze zu sein. Nie fiele mir auch nur im Traum ein, mit irgendeiner Kreatur zu tauschen.

Wir Straßenkatzen geben uns untereinander keine großartigen, wohlklingenden Namen. Katze oder Kater, das sind unsere gegenseitigen Bezeichnungen, klar und prägnant, mitunter ergänzt durch das jeweilige Revier, natürlich nur falls bekannt. So z.B. Kater aus dem Park oder Katze vom Häuserblock an der großen Straße. Durchaus üblich ist auch die Präzisierung aufgrund des Aussehens, wie dicke Katze, prächtiger Kater, rote oder magere Katze.

Wir Katzen und Kater mögen uns untereinander nicht besonders. Nur ab und zu. Und dann heftig. Aber in der Regel bekämpfen wir uns eher. Da gibt es sozusagen eine Erbfeindschaft. Wir mögen es nämlich nicht, mit anderen Katzen das Revier zu teilen. Das wird mit aller in uns wohnender Kraft verteidigt, sozusagen bis zum Tod. Selbst wenn es melodramatisch klingen sollte: Es ist so. Wenigstens aus meiner Sicht der Dinge. Ich markiere meinen Lebensraum darüber hinaus ausgiebig, sehr zum Leidwesen meiner Menschenfreunde, wie ich immer wieder feststellen muss, wenn sie versuchen, meine Markierung mühsam zu beseitigen und dabei auf die Katzen im Allgemeinen schimpfen.

Ich bin gut genährt und stark. Daher trauen sich kaum eine Katze oder ein Kater in mein Revier. Ansonsten gibt es ein paar hinter die Ohren – klatsch, klatsch – und weg sind die lästigen Genossen.

Ich schweife ab. Ich war bei Namen. Diese bekommen wir von den Menschen. Das ist schon interessant. Warum nur muss katze Namen haben? Was bezwecken die Menschen damit? Vielleicht, um uns besser unterscheiden zu können? Vielleicht aber auch, weil sie selbst alle Namen haben und denken, das müsste so sein? Ich glaube allerdings, dass sie ihren Goldfischen in ihren Gartenteichen keine Namen geben. Ich habe auf jeden Fall noch nicht bewusst gehört, dass die Menschen in ihre Teiche etwas in der Art von Namen rufen.

Ich habe im Übrigen nicht nur einen Namen, sondern gleich drei Bezeichnungen. Eine Familie, zumeist meine Lieblingsfamilie, nennt mich Minou. Der Name gefällt mir. Er klingt nach Frankreich oder besser gesagt: französisch. Jetzt fragt sich sicher jeder Leser, was ich als Straßenkatze mit Französisch verbinde. Ganz einfach: Liberté, Egalité, Fraternité, mit besonderer Betonung von Liberté. Das bedeutet Freiheit und liegt mir geradezu im Katzenblut. Ich habe der Tochter meiner Lieblingsfamilie, Sophia, nämlich zugehört, als sie über die Französische Revolution gesprochen hat. Das hat mir imponiert. Weg mit den alten Zöpfen, weg mit der Monarchie. Weg mit der Herrschaft der Menschen über die Tiere, vorrangig über die Katzen. Das war eine der wichtigen Botschaften der Revolution, wenn ich mich richtig erinnere.

Außerdem lernte Sophia, als sie noch zur Schule ging, Französisch. Wenn sie im Sommer auf der Terrasse saß und laut Vokabeln lernte, war ich hin- und hergerissen. Ich hätte ihr stundenlang zuhören können. Der Klang dieser Sprache: elegant, mondän. Wie der stolze Gang einer Katze. Einfach katzlich. Heute lernt sie weniger Vokabeln, sondern spricht sehr viel Französisch, einfach so wie andere Deutsch sprechen. Sie studiert nämlich mittlerweile, und zwar Französisch und Mathematik. Sie will Lehrerin werden. Könnte ich doch später, wenn sie mit ihrem Studium fertig ist, an ihrem Unterricht teilnehmen! Natürlich nur am Französischunterricht. Mathematik interessiert mich nicht so sehr. Die hat Sophia in ihrer Schulzeit auch nie so sehr interessiert, wenn ich mich richtig erinnere. Vielleicht vertue ich mich aber. Würde sie sonst heute Mathematik studieren? Wohl kaum.

Sophia wohnt mit ihren Eltern in einer sehr ruhigen Straße, wo man als Katze sorglos die Straße überqueren kann. Ihr Haus ist ein wenig nach hinten versetzt, so dass Platz für einen bunten, blumenreichen Vorgarten ist. Problemlos kann ich auch von der Straße aus am Haus vorbei in den Garten gelangen, in dem ich mich sehr wohl fühle. Er hat nämlich vieles von dem, was ein Katzenherz begehrt: sonnige und schattige Plätze, einen kleinen Teich mit namenlosen Goldfischen, große Bäume und einen Maschendrahtzaun zum Nachbargarten samt Hund.

Eine andere Familie nennt mich Laila. Oh Großkatze, kann ich da nur sagen. Das passt gar nicht zu mir. Wenn ich schon einem Tier einen Namen verpassen und dieses Laila vergeben müsste, dann an eine Schlange. Schlangen mag ich nicht. Ich habe zwar noch nie eine Schlange in meinem Revier gesehen, aber Sophia hat ihrem Vetter Max vor ein paar Jahren von Schlangen erzählt. Sophia ist nämlich älter als Max und sie hatte damals im Biologieunterricht Schlangen durchgenommen. Alles, was sie lernte, gab sie an ihren Vetter weiter, wenn sie im Garten Schule spielten. Schlangen, so erinnere ich mich nur zu genau, sind große dicke Würmer, die fauchen und einen Giftzahn haben. Sie beißen dich und dann bist du vergiftet und stirbst, wenn du Pech hast. Es kann auch sein, dass sie dich mit Haut und Haar verschlingen und du jämmerlich erstickst. Furchtbar, diese Vorstellung. Ich vermute, dass sie in den Kellern der Häuser leben, weil Sophia sich fürchtet, in den Keller zu gehen. Das hat sie auch mal Max erzählt, nämlich dass im Keller Schlangen lauern und sie aus diesem Grund nicht in den Keller geht. Max hat sie mit großen Augen angesehen. Dann hat er gesagt, er hätte in ihrem Keller auch schon welche gesehen. Daher bin ich froh, eine Straßen- und keine Hauskatze zu sein. Sonst müsste ich ja in einem Haus leben und wäre der Schlangengefahr permanent ausgesetzt. Ich glaube, ich habe eine so genannte Schlangenphobie, was mir in gewisser Weise menschliche Züge verleiht. Sophia hat auch eine Schlangenphobie. Sie hat es Max gestanden. Und Max leidet ebenfalls unter einer solchen Phobie, wie er Sophia gegenüber preisgegeben hat, als sie ihm dies feierlich eröffnete.

Lange Rede, kurzer Sinn, ich heiße auch Laila. Die Menschen, die mich so nennen, sind bereits älter. Sie haben keine Kinder und wohnen schräg gegenüber von Sophias Familie. Sie wohnen ganz alleine in einem großen Haus mit riesigem Garten.

Dann gibt es eine weitere Familie, die mich schlicht Katze nennt. Das ist aus meiner Sicht ok, weil ich Namen ja irgendwie für unnötig halte. Außerdem entspricht dies der Bezeichnung, die Katzen untereinander wählen. Aber da die Menschen das eigentlich nicht so sehen, denke ich, dass diese Familie nicht sonderlich kreativ ist.

Diese Familie wohnt nahe der Laila-Familie in einem hübschen schmalen Haus mit kleinem Vorgarten. Dort gibt es keine Blumen, nur Platten. Das ist pflegeleicht, heißt es. Diese Menschen haben auch Kinder. Die wohnen aber nicht zu Hause, weil sie schon erwachsen sind.

Mit diesen drei Namen sind meine Futterquellen verbunden. Alle drei Familien sehen mich nämlich als ihre Katze an und fühlen sich für meine Nahrung verantwortlich. Das Tolle ist, dass zwar jede Familie weiß, dass ich noch zwei weitere Quellen habe, aber jede denkt, dass sie die Hauptfamilie für mich sei und füttert mich mehr als großzügig. Das macht mich glücklich, satt und zufrieden und, wie die Menschen sagen, kugelrund bzw. stattlich, wie ich mich aus Katzensicht bezeichne.

Mein Speise- und diesbezüglicher Zeitplan ist sehr ausgeklügelt:

Erster Termin: Morgens in aller Frühe miaue ich vor Sophias Schlafzimmerfenster, also da, wo ich Minou genannt werde. Dann geht über dem Schlafzimmer auf der ersten Etage das Küchenfenster auf und Sophias Mutter wirft mir den tollsten Käse runter. Sie ist eine echte Käsekennerin und teilt mit mir. Wenn Sophias Vater da ist und rausschaut, gibt es Speckwürfelchen. Sophia hat mir erzählt, dass er diese für sein Rührei braucht. Die Sucherei nach den kleinen Speckwürfeln ist mühsam, die Würfel aber sind lecker. Wenn Sophia noch in der Küche ist, gibt es Fleischwurst. Das ist ihre Lieblingswurst. Meine im Übrigen auch. Da sie aber schon sehr früh am Morgen zur Universität geht, ist das eher selten der Fall. Sie ist meistens schon unterwegs, wenn ich erscheine.

Zweiter Termin: Danach laufe ich schnell zu der Familie, die mich Katze nennt, und kratze ein wenig an der Haustür. Ich mache das sehr vorsichtig, damit keine Kratzer in das Holz kommen. So etwas mögen die Menschen nämlich nicht. Ich unterstreiche mein Kratzen in der Regel durch mein kräftiges Miauen. Meine Stimme ist imposant und tragend. Ich gebe zu, dass mich meine Stimme mit Stolz erfüllt.

Ich muss mich stets beeilen, da diese Familie zur gleichen Zeit aus dem Haus geht wie Sophias Familie, das heißt Sophias Eltern. Meistens kommt die Frau raus und stellt mir ein Aluschälchen mit Katzenfutter vor meine Pfoten. Sie lacht mich dabei immer an und sagt: „Na, Katze, wieder Hunger?" Die Marke des Katzenfutters will ich wegen Schleichwerbung an dieser Stelle nicht nennen. Wenn der Mann mir mein Schälchen bringt, streichelt er mich immer kurz, sagt aber selten ein Wort zu mir. Hier wird also entweder mit mir geredet oder ich werde gestreichelt, wenn ich mein Futter erhalte.

Sophia und der Mann sind die Menschen, die mich am häufigsten streicheln. Alle anderen denken, ich hätte Flöhe. Sie sind daher mehr als zurückhaltend mit Berührungen. Sie fürchten sich vor Flohbissen. Sophias Vater nennt mich sogar manchmal Flohtaxi. Aber das ist kein Name, sondern eher eine Berufsbezeichnung.

Nach diesem zweiten Frühstück lege ich mich an einen ruhigen Ort und erhole mich erst einmal. Besonders liebe ich am Morgen den Garten der Laila-Familie. Er ist groß und am hinteren Ende etwas verwildert. Da sieht mich niemand und ich habe meine Ruhe. Die Familie hat wie Sophia bzw. deren Eltern auch einen kleinen Teich, an dem ich mich häufig entspanne und die Fische mal kurz aufmische. Außerdem liegt der Garten günstig zum nächsten Termin.

Dritter Termin: Gegen Mittag suche ich die Familie auf, die mich Laila nennt. Ich gehe in deren Garten – meistens bin ich, wie bereits angemerkt, schon drin – und miaue vor dem Küchenfenster. Mein Miauen ist etwas lauter als normal, da diese Familie älter ist und nicht mehr so gut hört. Hier arbeitet keiner mehr und mittags wird richtig gut gekocht. Ich bekomme stets leckere Reste. Besonders gut sind die Überbleibsel vom Schweinebraten. Einfach katzlich! Die beiden Menschen reden immer viel mit mir. Sie erzählen mir von ihrem Morgen, vom Kochen oder vom Einkaufen. Streicheln ist allerdings nicht ihre Stärke. Ob sie Angst vor Flöhen haben oder ob sie sich nicht mehr so gut bücken können, weiß ich nicht so genau. Es wird wohl etwas von beidem sein.

Vierter und letzter Termin: Am Abend liege ich dann auf der Lauer und warte, dass Sophia von der Universität zurückkommt. Das Klacken ihrer Schuhe höre ich bereits von weitem. Ich setze mich vor ihre Haustür und warte. Sie geht nie ohne innige Begrüßung ins Haus. Vielmehr kniet sie sich hin und streichelt mich dann so, wie ich es besonders mag. Langsam über den Rücken bis zum Schwanz. Das geht durch und durch. Es ist geradezu katzlich. Dann küsst sie mich auf die Nase. Aber ganz vorsichtig mit Blickkontakt zur Haustür. Ihr Vater mag das nicht. Er hat nämlich gelesen, dass Katzen den Fuchswurm oder so was in der Art übertragen. Wie das funktionieren soll, ist mir schleierhaft. Ich pflege mich sehr gut und lege größten Wert auf Sauberkeit. Einen Fuchswurm habe ich noch nie an mir entdeckt. Aber sei es drum.

Anschließend laufe ich hinter das Haus zur Terrasse. Dort ist mein Speisezimmer. Es ist ebenfalls mein Kommunikatzions-zentrum, weil katze hier im Sommer die meisten Gespräche der Familie mithören kann. Im Sommer findet das Leben der Familie fast ausschließlich auf der Terrasse statt. Ich warte, bis Sophia die Kellertür öffnet, die zum Garten führt, und mir mein Futter ins Speisezimmer bringt. Sie kommt wie die Familie, die mich Katze nennt, mit einem Aluschälchen. Jedoch füllt sie es in meinen eigenen Fressnapf um. Das ist natürlich niveauvoller und schmeckt auch besser. Das Auge frisst eben mit. Das gilt für Katzen ebenso wie für Menschen. Es ist den meisten Menschen nur leider nicht bewusst.

Danach streune ich durch die Gärten, damit ich nicht zu viel Fett ansetze. Dabei mache ich immer wieder Sprungübungen: rauf auf die Bäume und Dächer der Gartenhäuser und runter, hinauf auf Gartentische, Stühle sowie Bänke und wieder ab in die Beete. Das ist wichtig, weil ich manchmal vor den Hunden fliehen muss, wenn diese abends von ihren Herrchen einfach in den Garten geschickt werden, um ihr Geschäft zu verrichten, anstatt mit ihnen Gassi zu gehen, wie es sich gehört. Fit sein ist einfach überlebenswichtig für jede Katze, die sich nicht nur in den Wohnungen der Menschen aufhält.

Vor Menschen muss ich ebenfalls ab und an flüchten. Sie wollen nämlich verhindern, dass ich mein großes Geschäft in ihren Gärten verrichte. Genauso mögen sie es nicht, wenn ich mein Revier markiere. Aber letzteres bemerkte ich bereits. Sie können dann regelrecht furienhafte Züge annehmen. Ein lautes „Schsch" und verscheuchendes Klatschen mit den Händen ist noch total harmlos in diesem Zusammenhang. Es ist zwar furchtbar unangenehm, wer lässt sich wohl gerne bei der Verrichtung seines Geschäfts stören. Einfach würdelos. Schlimmer ist es jedoch, wenn die Menschen dann mit Gegenständen nach mir werfen. Einmal hätte mich fast ein Gartenschuh erwischt. Aber Großkatze sei Dank habe ich flink das Weite gesucht, bevor mich der Schuh erwischen konnte. Fitness ist folglich, wie bereits gesagt, für Straßenkatzen geradezu überlebenswichtig.

Wie man sieht bzw. liest, bin ich körperlich sowie intellektuell auf der Höhe, insbesondere was meinen Terminplan einschließlich der Aktiv- und Ruhephasen angeht.

Aber auch ansonsten stehe ich meine Katze, wie katze so schön sagt. Letzteres konnte ich letztens mit Bravour als Kommissarin Minou unter Beweis stellen. Diesen Ehrentitel hat mir Sophia verliehen, weil ich sie und ihren Freund gerettet habe. Und das kam so, wie ich nachfolgend berichte.

Erster Teil
oder die Welt ist fast noch in Ordnung

Urlaubszeit, der Schrecken aller Katzen

Der Sommer ist für mich mitunter eine karge Zeit. Dann ist nämlich Urlaubszeit. Das bedeutet, dass meine Verpflegung nicht im gewünschten Umfang sichergestellt ist. So auch im Juli des letzten Jahres. Da ereignete sich der Fall, von dem ich erzählen werde. Noch heute sträuben sich meine Katzenhaare, wenn ich daran zurückdenke.

Die Familie, die mich Katze nennt, war für zwei Wochen auf und davon. Das Haus wurde in ihrer Abwesenheit ab und zu von deren Kindern gehütet, die schon lange in anderen Regionen Deutschlands wohnten. Aber wie in den Jahren zuvor, vergaßen sie meistens, mir das Aluschälchen morgens vor die Tür zu stellen. Das lag sicher daran, dass sie morgens lange schliefen und dann für die mitgebrachten Freunde sorgen mussten. Da dachten sie nicht an die Verpflegung der Katze. Das hat nichts mit mir persönlich zu tun. Sie waren einfach nicht so pflichtbewusst wie ihre Eltern. Ich war mir sicher, dass sich das wohl auch nicht ändern würde. Sie waren einfach von ihren Eltern immer zu sehr verwöhnt worden und drehten sich immer nur um sich selbst, wie katze so sagt.

Fast zeitgleich war auch Sophias Familie nicht daheim, sondern machte Urlaub in den Bergen. Sie liebten das Bergwandern. Sophia selbst war mit Johann ebenfalls im Urlaub, und zwar für zwei Wochen. Urlaub dauert anscheinend in der Regel zwei Wochen.

Sophia liebt warme Länder und das Wasser. In den Bergen sei es ihr oft zu kalt, hat sie einmal zu einer Freundin gesagt. Und schwimmen könne sie da auch nicht. Aber das ist schon sehr lange her.

Während sich Sophia mit viel Streicheln, so, wie es sich meiner Meinung nach gehört, von mir verabschiedet hatte, waren die anderen einfach ohne ein Wort des Bedauerns und ohne Verabschiedung verschwunden. Daran ist katze als Katze jedoch gewöhnt.

Sophia hatte mir sogar erzählt, wohin sie mit Johann verreist, nämlich in die Türkei nach Istanbul. Ferner war ein Badeurlaub im Süden der Türkei vorgesehen. Den Namen des Ortes habe ich vergessen. In der Nähe sollten alte bzw. antike Städte liegen, die Johann besonders liebt. Teilweise sogar unter Wasser, also versunkene Städte. Das wäre absolut nichts für mich. Ich bin einfach kein Stadtmensch. Und dann noch Städte unter Wasser, nein, nichts für mich.

Johann ist ziemlich neu in der Familie. Er gefällt mir, weil er mich auch oft streichelt. Sophia hat ihn anscheinend an der Universität kennen gelernt. Wie ich darauf komme? Seit sie studiert, geht Johann bei ihrer Familie ein und aus. Er studiert auch Mathematik, aber kein Französisch. Stattdessen ist er offenbar sehr sportlich und studiert noch Sport. Er will wie Sophia Lehrer werden, d.h. Sophia will natürlich Lehrerin werden. Männer werden Lehrer, Frauen Lehrerin. So ist das bei den Menschen. Was katze nicht alles hört, wenn katze durch das Revier streicht oder sich in seinem Kommunikatzionszentrum ausruht. Ja, ich kann mit Verlaub sagen, dass ich die meisten Eckdaten der Menschen meines Reviers kenne.

Sophias Mutter mag Johann. Als ich unter dem Küchenfenster saß, habe ich gehört, wie sie das zu Sophia sagte. Ob ihr Vater ihn auch mag, weiß ich nicht so richtig. „Der Wurm muss dem Fisch schmecken und nicht umgekehrt", sagte der nämlich, als seine Frau fragte: „Na, wie gefällt dir denn dein Schwiegersohn in spe?" Ich kann die Antwort schlecht deuten. Die Menschen reden manchmal einfach in Rätseln; kryptisch, nennt man das auf Mensch.

Sophia war wegen der Türkeireise ein wenig traurig, wie sie mir versicherte. Sie machte sich Sorgen um meine Verpflegung. Kein anderer machte sich solche Gedanken. Alle dachten sicher, ich sei versorgt, weil ja die Familie, für die ich Laila bin, zu Hause war. Die verreisen immer erst im Herbst. Da müssen sie nämlich nicht die Pflanzen in ihrem schönen Garten gießen. Außerdem sei es dann in den Ferienorten ruhiger, hörte ich die alte Frau zu ihren Nachbarn sagen.

Was ich als besonders kränkend empfand, war ein Gespräch zwischen der Familie von Sophia und der Familie, die mich Katze nennt, besser gesagt, zwischen den Frauen der Familien. Sophias Mutter und die Frau wünschten sich gegenseitig einen schönen Urlaub und gute Erholung und meinten zum Schluss doch tatsächlich, es sei gut, dass ich jetzt mal weniger zu essen bekäme. Ich sei in der letzten Zeit richtig dick und fett geworden. Wie kann man so was nur sagen, wenn die Betroffene gerade vorbeistolziert. Einfach herzlos und – ich benutze das Wort nur selten und schon gar nicht für eine meiner Familien, hier war es jedoch das einzig richtige Wort – a s o z i a l. Im Übrigen ist das Unsinn. Ich bin nicht dick und fett, sondern einfach nur eine stattliche Katze.

Nicht so Sophia. Sie hatte ausreichend Aluschälchen bei einer Nachbarin deponiert und diese instruiert, mir jeden Abend ein Schälchen in mein Speisezimmer – klar, dass das die Terrasse meiner Lieblingsfamilie ist? – zu stellen. Letzteres war insofern wichtig, als ich auf der Terrasse der Nachbarin nicht in Ruhe essen kann. Diese hat nämlich einen Hund, der es auf mich abgesehen hat. Daran bin ich nicht ganz unschuldig, wie ich bereits dargelegt habe. Ich muss jedoch gestehen, dass es mir immer wieder ein großes Vergnügen bereitet, diesen Hund bis aufs Blut zu reizen. Natürlich die anderen Hunde in der Nachbarschaft ebenfalls. Dieser hat es mir aber vor allen anderen angetan, weil er besonders laut und wütend bellen kann. Außerdem ist er leichter erregbar als jeder andere Hund im Revier. Katze kann auch sagen, dass der Hund immens schnell ausrastet. Und dann die Reaktion der Nachbarn! Einfach katzlich. Er bekommt immer sein Fett ab.

Die besagte Nachbarin passte in der Abwesenheit von Sophias Eltern auch auf das Haus auf. Sie goss die Blumen, kümmerte sich um die Post und lüftete ab und zu die Wohnung. Es war also für sie kaum ein Mehraufwand, wenn sie mir mein Futter in mein Esszimmer stellte. Diese Nachbarin machte das in diesem Urlaub auch nur, weil Sophias Tante, die ansonsten immer das Haus hütet, selbst im Urlaub war. Sie wohnt im Übrigen mit ihrer Familie neben der Nachbarin mit dem besagten Hund. Sie hat auch einen Hund, aber der gerät nicht so schnell außer Kontrolle, was mir gar nicht so gefällt. Katze muss schon sämtliche Register ziehen, um ihn aus der Reserve zu locken.

So war die Urlaubszeit nicht ganz so karg, aber das Streicheln fehlte einfach. Die Aushilfe dachte nicht im Traum daran, mich ab und an zu streicheln. Sie hatte nur ihren Hund im Kopf. Den kraulte sie oft hinter den Ohren, wenn sie in ihrem Liegestuhl lag und sich sonnte, mich nie. Ich war aber in der Regel auch gar nicht auf der Terrasse, wenn sie das Futter brachte, so dass sie mich nicht wirklich streicheln konnte, wenn ich ehrlich bin. Sie kam offensichtlich dann, wenn es ihr gerade einfiel, mal früh, mal spät, mal morgens, mal mittags, mal abends. Da steckte kein Zeitplan hinter, keine Struktur. Schrecklich. Ich musste stets aufpassen und mich in der Nähe meines Speisezimmers aufhalten, denn leicht hätte eine andere Katze, die zufällig mein Revier kreuzte, den gedeckten Tisch als Einladung auffassen können. Das Ende der Geschichte hätte durchaus ein Revierkampf sein können, worauf ich absolut keine Lust hatte.

Allerdings hatte ich das Gefühl, dass die beiden alten Leutchen mir bewusst mehr Essensreste zuschusterten als sonst. Einmal hatte der alte Mann sogar versucht, mich zu streicheln. Er hatte sich mühsam zu mir runtergebeugt und mir plötzlich in Augenhöhe in meine Augen geschaut. Ich war total perplex, als er mir unerwartet so nah kam, dass mir vor Schreck die Krallen kamen. Das geschah ganz unbeabsichtigt. Er hatte aber auch einen derart starren Blick, ein wenig zum Fürchten. Meine, ich betone nochmals, unbeabsichtigte Reaktion war peinlich und total dumm und überflüssig gewesen. Der alte Mann war augenblicklich zurückgezuckt. Das war dann auch leider schon das Ende einer aufkeimenden, näheren Beziehung. Ich bedaure meine Reaktion heute immer noch.

„Pass auf, sie ist etwas eigen", hatte seine Frau noch gerufen, obschon ihr Mann sich schon vor mir in Sicherheit gebracht hatte, was natürlich nicht notwendig war. Wer beißt schon seinem Wirt in die Hand oder tut ihm Ähnliches an? Seine Antwort „Blödes Katzenvieh" war allerdings gewöhnungsbedürftig. So ging es weiß Großkatze gar nicht. So bösartig redend hatte ich ihn bisher nicht erlebt. Ich hatte aber meistens auch nichts mit ihm zu tun, weil meine Versorgung in den Aufgabenbereich der Frau fiel. Menschen sprechen in diesem Zusammenhang von tradierten Rollen.

Nichtsdestotrotz erhielt ich weiterhin meine Mahlzeit und, wie bereits angedeutet, auch etwas mehr als außerhalb der Urlaubzeit meiner anderen Versorger. Es fehlte jedoch etwas und ich war nicht vollen Katzenherzens glücklich. Ich sehnte mich nach Sophia und ihrem Freund und auch ein wenig nach dem Mann, der mich einfach nur Katze nennt, weil mir deren Streicheleinheiten fehlten.

Großkatze sei Dank ist es meistens so, dass etwas, was ich mir so richtig von ganzem Katzenherzen her wünsche, auch in Erfüllung geht. Es dauert manchmal nur seine Zeit. Außerdem hatte Sophia mir bei der Verabschiedung zugeflüstert, sie sei bald wieder da und würde sich auf mich freuen. Auf Sophia war stets Verlass.

Sophia kehrt heim

Etwa zwei Wochen nach Sophias liebevoller Verabschiedung hörte ich am späten Nachmittag einen mir sehr bekannten Schritt. Es war zwar nicht das vertraute Klappern von Absätzen zu hören, aber der Rhythmus war mir sehr wohl bekannt und führte dazu, dass mein Herz einen Purzelbaum schlug, wie die Menschen so bei dem Gefühl sagen, das mich überkam.

Ich raste mit fliegenden Pfoten von der Terrasse, meinem Esszimmer, in dem ich mich gerade zu einem Imbiss aufhielt, zur Haustür des Hauses, in dem Sophia mit ihren Eltern wohnt. Zu meiner größten Katzenfreude entdeckte ich tatsächlich Sophia, die im gleichen Moment auch „Minou, da bist du ja!" frohlockte. An dem Ausruf konnte ich klar erkennen, dass sie mich ebenfalls sehr vermisst hatte. Sie hockte sich augenblicklich nieder und streichelte mich so, wie ich es liebte. Zuvor stellte sie einen riesigen Rucksack, den sie auf dem Rücken getragen hatte, vor der Haustür ab, wobei sie stöhnte: „Puh, ist das Ding schwer."

Glücklich legte ich mich auf den Rücken, reckte meine wunderschön gestreiften Pfoten in die Luft und ließ mich richtig durchkraulen. Dann drehte ich mich auf meine rechte Hälfte, weil die linke zu kurz gekommen war, und schließlich wieder auf die linke Seite. Katzenhaft! Ich hätte so bis an mein Katzenende liegen und genießen können.

Aus der rechten Seitenlage heraus hatte ich sofort festgestellt, warum ich kein Klappern gehört hatte. Sophia trug neue Sportschuhe. Sicherlich hatte sie die in der Türkei erstanden. Ich habe einmal auf einem meiner Spaziergänge gehört, dass man dort alles preiswerter kaufen kann. Die Türken sind nämlich in der Lage, alles viel billiger zu produzieren als die Deutschen oder Italiener oder Franzosen. Selbst, so hörte ich damals unter dem Fenster einer türkischen Familie, Taschen von einem bekannten französischen Designer, dessen Namen ich vergessen habe, machen Türken genauso gut, aber billiger. Und den Unterschied soll katze nicht sehen. Nur Chinesen wären noch besser, hieß es. Ich kann mir darüber jedoch kein Urteil erlauben. Für mich sieht alles gleich gut oder schlecht aus. Ich bin in solchen Sachen, wie die Menschen zu sagen pflegen, völlig unbeleckt.

Sicher war Sophia unter anderem in die Türkei gereist, um sich einmal solche tollen Sachen zu kaufen. Als Studentin hat sie nämlich nicht viel Geld, weil sie ja nur lernt und nicht arbeitet. Die Sportschuhe rochen allerdings nicht besonders gut, wenn man sich ihnen näherte. Mir war das ganz egal. Ich war einfach nur glücklich und überließ mich Sophias Streicheln.

Mit einem kurzen weiteren Seitenblick stellte ich schließlich fest, dass auch Johann da war. Vor lauter Freude hatte ich mich nur auf Sophia konzentriert und nichts anderes auf der Welt wahrgenommen. Johann, der lächelnd auf Sophia und mich schaute, stellte gerade seinen Rucksack ab, als ich auf ihn aufmerksam wurde. Siehe da, er hatte die gleichen Sportschuhe wie Sophia. Partnerlook nennen das die Menschen. Vor allem ältere Männer und Frauen lieben Partnerlook. Sie tragen weniger die gleichen Schuhe als die gleichen Anoraks.

Für uns Katzen käme so etwas nie in Frage, glaube ich. Aber wir tragen ja auch keine Anoraks. Wir haben unser Fell und das ist jeweils ein Unikat.

Johann platzierte den Rucksack ohne Rücksicht auf etwaige Fußgänger mitten auf dem Trottoir, beugte sich über mich und schmeichelte: „Bist du eine süße Katze. Viel besser genährt als die Katzen in der Türkei." Er sagte „besser genährt". Das empfand ich nicht so anrüchig, wie die Aussagen meiner diversen Futterstellenausstatter. Von „dick und fett" war da die Rede gewesen. Ich bin ja nicht nachtragend, aber vergessen kann ich diese Unverschämtheit so schnell nicht. Da bin ich ähnlich wie Sophias Mutter. Die mag es auch nicht, wenn über ihre Figur geredet wird. Ihr Mann hat einmal gesagt: „Komm, iss noch ein kleines Pralinchen. Ich mag jedes Pfund an dir." Da hat sie doch glatt mit einem Schuh nach ihm geworfen. Ich konnte das sehr gut verstehen.

Sophias Mutter verniedlicht im Übrigen alle süßen Sachen. Sie sagt nie: „Ich esse ein Stück Schokolade." Bei ihr heißt es: „Ich esse ein Stückelchen Schokolädchen." Sie isst auch keine Pralinen, wie ihr Mann erkannt hat, sondern Pralinchen, genauso wie sie kein Stück Kuchen, sondern ein Stückelchen Kuchen isst. Aber ich schweife ab.

Sophia antwortete ihm mit trauriger Stimme, während sie mich weiterhin streichelte. „Ich muss immer an die armen Katzen denken, die in der Hotelanlage umherliefen. Die waren so mager! Erinnerst du dich noch an die kleine Katze, die links nur ein halbes Ohr hatte? Das arme kleine Kätzchen!"

„Ja, aber wir konnten wirklich nicht alle Katzen mit nach Deutschland nehmen. Erstens hätten wir sie gar nicht ohne Impfungen durch den Zoll bekommen und zweitens hätten wir uns in Deutschland nicht um sie kümmern können. Hier wären sie dann auch wieder herrenlos gewesen und kaum einer hätte sich um sie gekümmert." Johann war pragmatisch.

„Na ja, und in deinem Rucksack konnten wir sie ja nicht unterbringen, weil der Herr den voller antiker Scherben hatte, so dass sein Gepäck in letzter Sekunde in meinem Rucksack verstaut werden musste, weil er sonst für das Übergepäck hätte zahlen müssen", schimpfte Sophia mit einem Lachen auf den Lippen.

Ich schaute Johann voller Dankbarkeit an. Mit zusätzlichen Katzen aus der Türkei wollte ich mein Revier und meine Futterquellen nicht teilen, zumal sie sicher die volle Sympathie meiner Familien, insbesondere die von Sophia, gehabt hätten, weil sie so mager waren und geradezu abgerissen aussahen, wie ich der Schilderung der beiden entnommen hatte. Menschen haben mit solchen Tieren stets Mitleid. Man selbst gerät dann einfach in Vergessenheit.

„Ich denke mit Schrecken an die Umpackaktion am Istanbuler Flughafen, vor allen an den Typen, der sich vorher an deinem Rucksack zu schaffen machte. Gott sei Dank hatten wir alle Wertsachen am Körper", fuhr Sophia ein wenig streitbar, aber trotzdem lachend, fort.

„Das war wirklich stressig", gab Johann bereitwillig zu. „Endlich sind wir wieder da." Er wollte sichtlich das Thema beenden. Ich schmunzelte in mich hinein. Er kannte Sophia noch nicht so lange. Sie würde bestimmen, wann Ende mit dem Thema war.

„Du hattest im Übrigen großes Glück, dass du am Zoll nicht erwischt worden bist. Du wärst für eine lange Zeit in einem türkischen Knast verschwunden. Und das mit Recht. Stell Dir vor, jeder würde so viele Andenken aus Ephesos mit nach Hause nehmen. Dann hätten die Türken bald keine Ruinen mehr", fuhr Sophia, die sich geradezu in Rage redete, fort.

Ich hatte es gewusst. Sie war noch nicht fertig mit der Thematik.

Johann stand da, den Kopf wie ein reuiger Sünder nach unten geneigt. Aus meiner Lage erkannt ich jedoch deutlich, dass er frech grinste. Offenbar nahm er Sophia nicht so ernst, wie es sich nach meiner Sicht der Dinge gehörte. Sophia ist meiner Meinung nach nämlich eine sehr kluge Frau, die weiß, was sie redet. Johanns augenblickliches Verhalten gefiel mir nicht besonders gut, nein, es missfiel mir. Sophia nahm jedoch keinen Anstoß an seinem Verhalten, sicher nicht zuletzt, weil sie sein Grinsen nicht sehen konnte. Wir hatten ja unterschiedliche Perspektiven.

Johann wird beraubt und Minou erhält ein Geschenk

Während die beiden sich noch rumzankten, d.h. Sophia eine Tirade auf Johann losließ, in der sie das türkische Gefängnisleben in allen Facetten beschrieb, hatte ich mit einem Mal das Gefühl, mein Katzenherz würde stehen bleiben. Gleichzeitig klopfte es so laut, dass ich es in den Ohren spürte. Der Grund hierfür war nicht, dass ich an die armen Katzen in der Türkei dachte und mir deren Schicksal nun doch zu schaffen gemacht hätte. Nein, das war es nicht. In meinem Revier trieb sich auch eine Katze rum, die nur eineinhalb Ohren hatte. Sie war mir vor kurzem zu nahe gekommen und ich hatte einmal kurz Klartext geredet bzw. ihr gezeigt, wer die Katze ist, die hier das Sagen hat. Unter uns Straßenkatzen gilt mehr oder weniger das Gesetz des Stärkeren. Natürlich taten mir die Katzen in der Türkei irgendwie leid, aber das war es nicht, was mir Herzklopfen verursachte. Ich hatte das beklemmende Gefühl auch nicht, weil ich mir Johann in einem türkischen Gefängnis vorstellte. Ich sah vielmehr zwei

Männer auf Rädern auf uns zukommen. Die beiden ließen uns drei nicht aus den Augen. Das sah nicht gut aus. Ich spürte es bis in meine Krallenspitzen: Die Männer waren gefährlich. Sie näherten sich uns nicht nur, sie hatten es auf uns oder irgendetwas in unserer Nähe abgesehen.

Abrupt drehte ich mich um, stellte mich auf meine vier Pfoten und schaute auf Johanns Rucksack, der immer noch mitten auf dem Bürgersteig stand. Ihm drohte offensichtlich Gefahr, nicht uns, wie ich zunächst angenommen hatte. Wie hypnotisiert starrten die Männer auf ihn. Automatisch stellten sich meine Rückenhaare auf. Klarer Fall. Ich erkannte mit einem Blick, dass sich die Situation zuspitzte, während Sophia und Johann sich noch den Knast in all seiner Grausamkeit ausmalten, allen voran Sophia. Manchmal hat sie etwas Katzenhaftes an sich.

In dem Moment, in dem ich fauchte und meinen Rücken zu einem Bogen wölbte, sprungbereit, um alles in meiner Nähe zu verteidigen, schauten die beiden Urlauber endlich auf das Trottoir. Doch es war zu spät. Einer der beiden Männer hatte schon den Rucksack gepackt, auf die Lenkstange gezogen und floh jetzt, heftig in die Pedale tretend, die Straße runter.

„Streichelt das Katzenvieh mal schön weiter", brüllte der andere noch. Dabei bog er sich auf dem Rad vor Lachen. Frechheit hoch drei! Frechheit eins: der dreiste Diebstahl. Frechheit zwei: meine Titulierung mit Katzenvieh. Frechheit drei: Er zeigte den Stinkefinger, und das geht schon gar nicht.

Sophia und Johann standen wie versteinert und sprachlos da. Sogar Sophia brachte kein Wort hervor. Nach circa fünf gefühlten Schrecksekunden spurtete Johann endlich los und verfolgte die Diebe. Und ich, ich tat es ihm gleich. Aber schon nach kurzer Zeit musste Johann die Verfolgung aufgeben. Wir waren den Dieben erst die Straße, auf der Sophia wohnte, runter hinterhergelaufen und hatten sie durch den Park am

Ende der Straße weiterverfolgt, als Johann die Luft ausging. So viel zum Thema: Sportstudium. Vielleicht hatte er zu viel Mathematik studiert. Auf jeden Fall war Fitness etwas anderes als das, was er gerade zum Besten gab.

Ich selbst verfolgte die Rucksackdiebe noch durch die Fußgängerzone bis zu riesigen Wohnblöcken am anderen Ende der Stadt. Das war nicht so schwierig, denn die Diebe hatten ihr Tempo deutlich verringert, nachdem sie festgestellt hatten, dass kein Mensch sie mehr verfolgte. Mit mir als Verfolger hatten sie wohl nicht gerechnet und mich folglich auch nicht registriert. Sie sollten später noch sehen und spüren, dass man mit mir immer zu rechnen hat. Das war mir zu diesem Zeitpunkt jedoch selbst nicht klar. Dabei ist Bescheidenheit nicht meine größte Tugend.

Vor den riesigen Wohnblöcken verlor ich sie aus meinen Katzenaugen. Trotz umsichtiger Suche fand ich keine Spur mehr von den Dieben, ihren Fahrrädern und dem Rucksack, so dass ich schweren Katzenherzens die Verfolgung aufgab. Außerdem gab es sicher viel Schlimmeres als einen gestohlenen Rucksack.

Mit viel Mühe fand ich den Weg zurück in mein Revier. Ich brauchte eine längere Zeit, bis ich meine mir vertrauten Gärten und Straßen wiederfand. Noch nie in meinem bisherigen Katzenleben hatte ich mich so weit von meinem Zuhause, meinem Quartier, entfernt. Ich war überglücklich, als ich das erste mir bekannte Hundegebell vernahm: Der Hund der Nachbarin, die mich während Sophias Urlaub vom täglichen Zeitablauf her so unregelmäßig gefüttert hatte, hatte mich wohl schon von weitem gerochen. Ich stellte mir sogleich die Frage, ob ich ihn noch ein wenig anspornen sollte, indem ich das geschlossene Eingangstor, das die Einfahrt seiner Eigentümer von der Straße abtrennte, hoheitlich abschritt. Hunde reagieren nämlich total auf solche Anreize.

Gnädig entschied ich mich dann aber dagegen. Ich wollte lieber zu Sophia und Johann, um zu sehen, wie es ihnen nach diesem unverschämten Überfall ging.

Vor der Haustür stand niemand mehr. Schade. Sie hätten ja wohl auf meine Rückkehr warten können. Ich war irgendwie enttäuscht, fast beleidigt, obschon mir bewusst war, dass ich eine längere Zeit unterwegs gewesen war. Vielleicht bin ich manchmal wirklich ein wenig eigen, wie die Laila-Frau letztens zu ihrem Mann sagte. Sollte ich einmal Zeit haben, würde ich eventuell darüber nachdenken, reflektieren, wie die Menschen zu sagen pflegen.

Ich lief um das Haus herum in Richtung Terrasse und vernahm auch schon die Stimme Sophias. Meine Enttäuschung war augenblicklich wie weggeblasen. Sophia und Johann waren in meinem Esszimmer. Hätte ich mir denken können und nicht direkt beleidigte Leberwurst mimen müssen. Großkatze sei Dank hatte dies niemand mitbekommen.

Sophias Familie packt nach dem Sommerurlaub die Koffer stets auf der Terrasse aus. Entsprechend natürlich auch Sophia. „So bleibt die Wohnung aufgeräumt", hörte ich Sophias Mutter in Gedanken sagen. Natürlich nur in meinen Gedanken. Die Eltern waren ja noch unterwegs.

„Die werden sich schwarz ärgern, wenn sie nur Steine in deinem Rucksack finden", lachte Sophia gerade aus vollem Herzen. Ich liebe dieses Lachen.

„Lach nicht, der Rucksack war ganz schön teuer und die Steine hatten sicher auch ihren Wert", jammerte Johann. Ob es gespieltes oder echtes Jammern war, konnte ich nicht heraushören. Ganz gleichgültig war ihm die Sache aber bestimmt nicht. Sonst hätte er die Diebe sicherlich nicht verfolgt.

„So teuer war der Rucksack ja auch wieder nicht. Den hattest du doch für nur 15 Euro im Internet ersteigert", tröstete

Sophia Johann. „Und die Steine sind eh nur Staubfänger. Ich wollte die auf keinen Fall bei mir rumstehen haben."

„Du nicht, aber ich. Du bist leider ja auch nicht an Geschichte interessiert."

„Bin ich wohl, aber nicht an geklauten Scherben."

Mittlerweile hatte ich mein Esszimmer erreicht.

„Da bist du ja, Minou", strahlte mich Sophia an, als ich auf die Terrasse sprang. Und zu Johann gewandt: „Wir sollten die Polizei anrufen und den Diebstahl melden, auch wenn es sich nicht um großartige Werte handelt. Dass ich jetzt erst daran denke, wo bereits so viel Zeit verstrichen ist, ist ärgerlich."

„Sonst ist aber alles ok?" Johann war leicht verstimmt.

Sophia schaute ihn fragend an. „Häh? Wer beklagt denn die ganze Zeit den riesigen Verlust? Du oder ich?", stellte Sophia leicht gereizt klar.

„Was soll ich denn sagen, was sich in meinem Rucksack befand? Gestohlene Steine? Und glaubst du vielleicht, die Polizei hätte nichts anderes zu tun, als sich direkt hinter Rucksackdiebe zu klemmen?"

„Meinst du, dass es unsere Polizei interessiert, ob es sich um gestohlene Steine handelt? Meinst du, die würde dich hier in Deutschland dafür bestrafen?" Meine Sophia war zunehmend nachdenklich geworden. Ich hörte es deutlich an ihrer Stimme. „Ich schaue gleich mal im Internet, ob ich was dazu finde."

Mit diesen Worten zog sie am Reißverschluss einer Außentasche ihres Rucksackes. Großkatze sei Dank hatte sie den nicht wie Johann mitten auf dem Bürgersteig abgestellt, sondern neben sich an der Haustür, so dass er nicht leichte Beute für Diebe hatte werden können. Und überhaupt, Sophia ist ja so viel klüger als ihr Johann. Auf die Gefahr hin, dass ich mich wiederhole: Wie kann katze nur einen Rucksack unbeobachtet auf das Trottoir stellen, selbst wenn die Haustür nur fünf Meter entfernt ist? Es weiß doch schließlich jeder, dass die Welt immer schlechter wird. Das sagt auf alle Fälle der Nachbar von gegenüber, und zwar der, der neben der Familie wohnt, die mich Laila nennt. Er hat eine Frau, die ebenfalls dieser Meinung ist. Die beiden sagen das bei jeder Gelegenheit und nicken unterstützend mit ihren weiß gelockten Köpfen. Vor allem dann, wenn die Schulkinder – am Ende der Straße ist eine riesige Schule – ihre leeren Zigarettenschachteln oder die Zigarettenkippen, zerquetschte Coladosen und zusammengeknüllte Chipstüten sowie Schokoladenpapier in ihren Vorgarten schmeißen. Manchmal werfen sie auch die Schulbrote, die sie nicht gegessen haben, einfach auf die Straße oder in besagten Vorgarten. Wenn es sich um Käse- oder Wurstbrote handelt, nehme ich mich mitunter gerne des Belags an. Bei Schokoladenaufstrich oder, noch schlimmer, Gurken und Tomaten eher nicht. Ja, es gibt tatsächlich Mütter, die die Brote ihrer Kinder mit irgendwelchem Grünzeug anreichern. Das sind in der Regel die besonders bemühten Mütter, die etwas für die Gesundheit ihrer Kinder tun wollen. Allerdings findet katze solche Brote, Großkatze sei Dank, relativ selten auf der Straße oder in den Vorgärten. Diese Mütter holen ihre Kinder nämlich in der Regel mit ihrem Auto von der Schule ab, so dass sie wenig Gelegenheit haben, sich auf dem Nachhauseweg ihrer nicht gegessenen Brote zu entledigen. Schokolade ist im Übrigen Gift für Katzen. Aber ich schweife wieder ab.

Und was zog Sophia aus der besagten Seitentasche? Ein Halsband, ein grellrotes Halsband. Igitt, igitt!! So etwas Hässliches hatte ich lange nicht gesehen.

„Schau dir dieses schöne Halsband einmal an, das habe ich dir aus der Türkei mitgebracht, kleine Minou."

Kleine Minou! Dass ich nicht miaue! Ich bin eine große, kräftige, aber auf keinen Fall dicke und fette Katze. Stattlich bin ich, um es auf einen Nenner zu bringen. Und so ein hässliches rotes Band für mich. Was sollte das nur? Und wie um alles in der Welt konnte katze so etwas Geschmackloses als schön bezeichnen?

„In das Halsband ist ein Sensor eingelassen, so dass ich dich immer überall finden kann. Ganz egal, wo du auch bist." Stolz hielt sie das Band in die Höhe und hielt es dann vor ihren Hals.

„Oh Söphchen, dich kleidet das Band auch sehr gut. Hätte ich das gewusst, hätte ich auch eins für dich erstanden. Bei zwei Bändern hätte man richtig gut den Preis runterhandeln können. Ach, was sage ich? Mir wäre jeder Preis recht gewesen. Hauptsache, ich weiß jederzeit, wo du dich aufhältst", alberte Johann rum. Dabei verdrehte er die Augen. Sein Blick sagte alles. In diesem Fall bewies er eindeutig mehr Geschmack als seine Freundin.

Toll, einfach toll, das hätten sie mal besser in Johanns Rucksack gelegt. Kleiner Katzenscherz am Rande.

Nur zögernd näherte ich mich Sophia. Ein solches Geschenk hätte es wirklich nicht gebraucht. So etwas tangiert meine Katzenfreiheit. Was heißt: tangiert? Schränkt meine Freiheit voll ein. Nichts mehr mit Liberté, Captivité war anscheinend angesagt. Sollte das etwa der Niedergang zur Hauskatze bedeuten? Mir wurde ganz schummerig. Offensichtlich war die Digitalisierung nicht mehr aufzuhalten und machte auch vor Katzen nicht Halt.

„Nun komm schon, Minou. Das Band wird dir ganz toll stehen." So versuchte Sophia, mich zu einer schnelleren Gangart zu motivieren. Ich war hin- und hergerissen. Ich wollte Sophia auf keinen Fall beleidigen, aber es gibt schließlich auch bei Katzen so etwas wie Stolz. Oder erst recht bei Katzen, wenn ich richtig nachdenke.

„Nun komm schon, Minou, lass dich ein wenig aufhübschen. Es wird dir sehr gut stehen, es passt so herrlich zu deinen Augen", gab Johann einen mehr als verzichtbaren Kommentar von sich. Er war auf dem Wege, es sich mit mir total zu verscherzen.

Seit wann hatte ich rote Augen? Johann war wohl nicht nur sehr schnell außer Puste, sondern auch noch farbenblind. Arme Sophia. Sie hatte etwas Besseres verdient. Auf keinen Fall einen solchen untrainierten Spinner.

Und von wegen: sehr gut stehen. Das einzige, was nun stand, waren meine Rückenhaare. Dennoch näherte ich mich Sophia, wenn auch nur widerwillig. Und schon hatte sie das grellrote Band um meinen Hals geschlungen. Ich zwang mich zur äußersten Ruhe. Sophia war gerade erst heimgekommen und ich wollte sie nicht enttäuschen.

Disziplin, Disziplin oder Contenance, wie katze so sagt. Das war nun angesagt. Mir würde es schon gelingen, das Band bei der nächstbesten Gelegenheit abzustreifen. Ich konnte mich ja nicht zur Lachnummer im Revier machen lassen. Und dann noch mit Sensor. Das ging gar nicht.

Ich war mir sicher, dass ich das schaffen würde, zumal ich mich auch von den drei Flohbändern, die mir das alte Ehepaar, das mich Laila nennt, aufgebürdet hatte, erfolgreich befreit hatte. Nicht zu vergessen das gelbe Band, das, wie die Familie, die mich Katze nennt, fand, so gut zu meinen Augen passt und mit einem kleinen Herztäschchen mit 50 Cent und der Telefonnummer der Familie versehen war.

„Damit man uns Bescheid gibt, wenn dir etwas passiert", hatte die Frau gesagt, als sie es mir von ihrem Mann um den Hals legen ließ.

Nett gemeint, vor allem das mit den Augen. Sie haben wirklich einen katzlichen Gelbton. Etwas völlig anderes war der

Vergleich meiner Augen mit dem roten Band. Das war eine Unverschämtheit von Johann gewesen, wenn man es genau nimmt.

Bei dem gelben Halsband hatte ich insgeheim das unangenehme Gefühl gehabt, dass im Vordergrund dieser Bemühungen stand, nicht unbedingt dann noch Aluschälchen auf Vorrat zu kaufen, wenn ich schon im Katzenhimmel bei der Großkatze weilte. Kurzum, ich hatte alle Bänder innerhalb kürzester Zeit verabschiedet. Und das würde mir auch jetzt sicherlich wieder gelingen.

Gute Miene zum bösen Spiel machend, stolzierte ich zweimal auf der Terrasse auf und ab und miaute dabei herzergreifend. Es sollte stolz klingen, mein Miauen. Es sollte Sophia meine Freude über das Band demonstrieren. Das gelang mir leider nicht so richtig. Ich bin eben eine ehrliche Katzenhaut. Lügen fällt mir sehr schwer.

„Du bist hungrig, nicht wahr?", interpretierte Sophia mein misslungenes Miauen.

So hatte ich es zwar ausnahmsweise einmal nicht gemeint, aber Sophia hatte trotzdem Recht. Ich war hungrig, hatte ich doch die Diebe durch die halbe Stadt verfolgt. Anders als der Sportstudent, wie ich noch einmal betonen möchte.

Fix rannte Sophia die Kellertreppe runter und kam mit meinem Abendessen zurück. War das eine Freude. Rasch füllte sie meinen Napf und stellte ihn unter die Terrassenbank. Ich musste mich total zurückhalten, um ihr nicht das Essen schon aus den Händen zu schlingen, denn ich wollte auf keinen Fall verfressen erscheinen. Außerdem wollte ich keinen entsprechenden Kommentar von Johann hören. Ich haderte noch ein wenig mit ihm.

Während ich mein Essen verschlang, allerdings, aus bekanntem Grund, mit einer gewissen vornehmen Zurückhaltung, packten die beiden den übrig gebliebenen Rucksack auf der Terrasse weiter aus. Es entstanden drei Haufen: Schmutzwäsche, Schuhe, Geschenke. Wie sich jeder vorstellen kann, hatten die Haufen unterschiedliche Größen. Welcher Haufen war wohl am kleinsten? Na ja, diese Frage erübrigt sich. Ich für meinen Teil hätte gerne auf das Geschenk verzichtet. Ich glaube, Johann hatte dies bemerkt. Geradezu hinterhältig schaute er ab und zu auf mich. Wenn sich unsere Blicke dann trafen, griff er mit der Hand an seinen Hals, als müsse er ersticken. So ein Blödmann. Wäre er nicht so gut im Streicheln, würde ich ihn sicher in Zukunft keines Blickes mehr würdigen.

„Hast du Halsschmerzen, Johann?", fragte Sophia Johann besorgt, als er zum vierten Mal diese unqualifizierte Handbewegung machte.

„Nein, nein, alles gut, Sophia", antwortete er knapp mit schrägem Seitenblick auf mich. Bösartigkeit funkelte in seinen sonst so treuen braunen Augen. Sollte ich mich so in ihm getäuscht haben? Auf jeden Fall unterließ er nun die dumme Bewegung. Ich sprang auf die Terrassenbank, legte meinen Kopf auf meine Vorderpfoten und beobachtete die beiden beim Auspacken.

„Seid Ihr wieder da?" Das war die Nachbarin, die das Haus gehütet hatte.

„Hallo. Wir sind eben angekommen, das heißt: Johann und ich. Meine Eltern sind noch nicht da", entgegnete Sophia.

„Dann muss ich die Katze ja nicht mehr füttern." Ich hörte eine gewisse Dankbarkeit aus ihrer Stimme.

„Ja, und vielen Dank für Ihre Mühe", antwortete Sophia. „Minou sieht wohlgenährt aus." Sie erwähnte mit keinem Wort, dass Johann eben bestohlen worden waren. Das erstaunte mich.

„Wann kommt denn Deine Tante zurück", wollte die Nachbarin wissen.

„Das weiß ich nicht so genau", gab Sophia zurück. „Lange sind sie aber nicht mehr unterwegs. Die Schule beginnt doch bald wieder. Mein Vetter muss dann wieder ran."

„Ich bin froh, wenn alle wieder da sind. Die Ferienzeit lockt immer Einbrecher an. Letzte Woche noch wurde am Ende unserer Straße in das neue Haus am Tage eingebrochen. Den ganzen Schmuck der Frau haben die Diebe gestohlen", beendete die Nachbarin schließlich das Gespräch. Wenn sie gewusst hätte, dass soeben schon wieder ein Diebstahl stattgefunden hatte, hätte sich die Nachbarin sicherlich sehr aufgeregt. Sophia und Johann reagierten auf die Aussage allerdings überhaupt nicht. Es war gerade so, als hätten sie den Rucksackdiebstahl vergessen.

Ein unbekanntes Gepäckstück im Rucksack

Abseits der drei Haufen lag eine kleine weiße Plastiktüte, die zu einem handgroßen Päckchen verschnürt war. Sophia schaute sich fragend um. Sie suchte wohl nach Johann, um in Erfahrung zu bringen, zu welchem Haufen sie das Päckchen legen sollte.

„Das ist ja das Päckchen, das mir am Flughafen in Istanbul beim Umpacken schon aufgefallen ist. Ob Johann ein Geschenk für mich gekauft hat?" Manchmal spricht Sophia mit sich selbst. Ob das daran liegt, dass sie ein Einzelkind ist, weiß ich nicht. Ich vermute es aber. Sie hat schon als Schulkind mit sich alleine Mutter und Kind gespielt. Sie war dann Vater, Mutter und Kind in einer Person. Für jede Person hatte sie eine eigene Stimme. Ich fand das immer sehr schön, wenn ihre Mutter das später wiederholt ihren Freundinnen erzählte. „Und nie hat sie sich mit den Stimmen vertan", beendete sie stets die Geschichte voller Mutterstolz. Faszinierend, einfach katzlich.

Johann war nicht mehr in der Nähe, sondern mal dahin gegangen, wo ich auch unbedingt hingehen musste. Also sprang ich runter von der Bank und meinem Beobachtungsposten, streckte mich und machte mich auf den Weg zu einem nicht einsehbaren Flecken. Noch mit einem Auge sah ich, dass Sophia das Päckchen aufhob und auf die Bank in meinem Esszimmer, auf der ich gerne raste, legte. Dann packte sie die Wäsche unter den Arm, sicher, um sie in die Waschmaschine zu stecken.

Wir verloren uns vorerst aus den Augen. Ich musste nämlich unbedingt noch einmal mein Revier markieren, hatte ich morgens doch eine magere Katze herumstreunen sehen. Nicht, dass Sophia sich nach ihrem Türkeiurlaub nun bevorzugt um solche Katzen kümmern wollte. Fremde Katzen, insbesondere bemitleidenswerte Geschöpfe, halb verhungerte und magere Katzen, mussten ferngehalten werden. Ich wollte keine Nebenbuhlerinnen oder Nebenbuhler in meinem Revier. Es sollte alles so bleiben wie es war. Ich muss dringend an meinem Egoismus arbeiten. Ich werde das auch wirklich machen, großes Katzenehrenwort.

Erst am späten Abend kam ich nach meiner Markierungsrunde zurück. Sophia und Johann lagen wohl im Bett. Wie gut, dass das Sophias Vater nicht sah. Ich habe gehört, dass er es nicht liebt, wenn Johann in Sophias Zimmer übernachtet. Ich saß unter dem Küchenfenster, als er dies zu seiner Frau sagte. Die hatte dafür aber nur ein müdes „Ach, die Zeiten haben sich geändert!" übrig.

Sophias Mutter, die Judith heißt, ist viel offener für Veränderungen, wie ich schon wiederholt festgestellt habe. Ein Beispiel hierfür fällt mir gerade nicht ein. Würde ich jedoch nachdenken, fielen mir sicher viele ein.

Die Eltern wollten erst in zwei Tagen zurückkommen, wie ich Gesprächsfetzen entnommen hatte. Somit hatten die beiden noch sturmfreie Bude, wie es die Menschen nennen.

Ich schlich über die Terrasse und sprang dann auf die Bank, um mich in Sophias Nähe ein wenig auszuruhen. Auch wenn dicke Mauern dazwischen waren, spürte ich sie deutlich.

Weil mich ein weißes Päckchen, das auf der Bank lag, störte, stieß ich es kurzerpfote auf den Boden. Da verschwand es hinter den Gartenschuhen, die Sophias Mutter immer unter die Bank stellte. Ich würde das Päckchen morgen wieder hervorholen, wenn ich es nicht vergessen sollte. Es handelte sich nämlich um das Päckchen, von dem Sophia vermutete, es enthielte ein Geschenk von Johann für sie. Also hatte sie noch nicht darüber mit Johann gesprochen oder aber es war nichts Wichtiges darin und die beiden konnten es auf der Bank liegen lassen. Wie auch immer, mich störte es im Moment.

Ich gab mich meinen liebsten Träumen hin, in denen es sich um Aluschälchen vom Feinsten handelte. In der Folge schneite es mit einem Mal Speckwürfel, abgelöst von handtellergroßen Käsescheibchen. Dann aber trat dieser katzenhafte Traum in den Hintergrund und ich sah mich in einer Auseinandersetzung mit Katzen, die mir mein Revier streitig machen wollten. Sie hatten Riesenglocken um den Hals an einem grellroten Band und versuchten, mich mit dem Lärm einzuschüchtern. Großkatze sei Dank erwachte ich aus dem schrecklichen Traum. Ich tastete nach Sophias Geschenk. Das Halsband war noch an Ort und Stelle. Nicht, dass es mir etwas ausgemacht hätte, wenn es nicht mehr dagewesen wäre. Im Gegenteil. Es war einfach nur ein Reflex aufgrund des Katzentraums. Ich musste mir unbedingt etwas einfallen lassen, wenn mich das Halsband schon im Traum verfolgte.

Der geräuschvolle Traum kam jedoch nicht von ungefähr bzw. aus der innerlichen Ablehnung des Halsbandes. Es war etwas im Busch. Mein Traum war Vorbote einer versuchten Attacke der Rucksackdiebe. Traum und Wirklichkeit wurden miteinander verwoben.

Zweiter Teil
oder die Welt wird unruhig

Es wird laut in der Nacht

Leider war es kein richtiger Traum gewesen, sondern ein Halbtraum mit realen Elementen, wie ich präzisieren muss. Bei Sophia klingelte jemand Sturm. Sofort dachte ich an Sophias Vater und die sturmfreie Bude. Dann hörte ich, fast noch im Halbschlaf, vor der Haustür jemanden rufen: „Macht sofort auf oder wir kommen rein!"

Das war nicht die Stimme ihres Vaters. Die kenne ich genau. Außerdem haben die Eltern ja Schlüssel und müssen nicht klingeln. Die Stimme erinnerte mich an etwas. Ich überlegte, war allerdings noch nicht ganz in die Wirklichkeit eingetreten. Ich hatte allerdings das Gefühl, dass mich etwas eher Feindliches, wenn katze es so ausdrücken möchte, einholte. Resultierte dieses Gefühl aus dem Klang der Stimme oder aus der Bedrohlichkeit des Traums? Ich hatte keine Zeit, darüber länger nachzudenken. Meine mir angeborene Neugierde, die gleichsam ein Schutz vor ungewollten Überraschungen ist, trieb mich an bzw. von der Bank.

Ich sprang auf die Fensterbank zu Sophias Zimmer. Die Rollläden waren runtergelassen, aber das Fenster war geöffnet. So hörte ich deutlich, wie Sophia angstvoll flüsterte: „Johann, wach auf, da ist jemand an der Tür, hörst du?"

„Was ist los?" Johanns Stimme hörte man an, dass er noch im Halbschlaf war. „Sind deine Eltern zurück?"

„Jemand hat geklingelt und gebrüllt, wir sollten rauskommen. Hast du das nicht gehört?" Ihre Stimme zitterte angstvoll.

„Macht endlich auf", schallte es wieder von der Eingangstür her, „sonst kommen wir so rein. Und dann könnt ihr etwas erleben."

Ich kannte die Stimme hundertprozentig irgendwoher. Mir wurde immer klarer, dass ich mit der Stimme etwas Unerfreuliches verband. Es war nicht der Katzentraum mit dem Klingeln der Halsglocken gewesen, der noch an mir nagte und mich verunsicherte. Umgekehrt, es waren die bösartige Stimme und das Klingeln an der Haustüre, die sich in meinen Traum geschlichen hatten. Aber was sagte mir die Stimme nur? Woher kannte ich sie? Ich musste der Sache auf den Grund gehen.

Ich sprang in einem Satz von der Fensterbank runter in den Garten. Vorsichtig schlich ich um das Haus herum Richtung Haustür, um zu sehen, wer in der Nacht die Frechheit besaß, uns aus den Träumen zu reißen. Mein Aluschälchentraum, angereichert um Speckwürfel und Käsescheiben, ist nämlich einer meiner Lieblingsträume.

In exakt dem Moment, in dem ich einen Blick auf die klingelnden Störenfriede werfen konnte – es waren zwei Halunken an der Tür –, öffnete sich ein Fenster in der Nachbarschaft und ein Mann rief lauthals: „Was soll die Brüllerei in der Nacht? Verschwindet augenblicklich oder ich rufe die Polizei!"

„Halt die Klappe, alter Mann", antwortete einer der beiden Typen an der Tür.

„Die Welt wird immer schlechter", kam es als Antwort zurück. Das Fenster schloss sich und es trat eine Totenstille ein. Der Nachbar, der neben der Familie wohnt, die mich immer Laila nennt – Achtung: aber nicht der, die mich Katze nennt, denn die wohnt auf der anderen Seite –, hatte sich anscheinend einschüchtern lassen. Das hätte ich nicht vermutet. Er macht immer einen eher resoluten Eindruck. Na ja, man täuscht sich nicht mehr als in Menschen. Woher ich diese Weisheit habe, weiß ich nicht. Sie schien sich aber zu bestätigen. Schien!

„Lass uns abhauen. Der Alte macht sonst noch Ernst und ruft die Polizei", flüsterte einer der beiden Typen dem anderen zu. Ich konnte es deutlich verstehen.

In dem Moment erkannte ich sie. Das waren die Kerle, die Johanns Rucksack geklaut hatten. Klar, es fiel mir wie Milben von den Augen. „Streichelt das Katzenvieh mal schön weiter." Das war die Stimme, nach der ich die ganze Zeit gesucht hatte.

„Quatsch, du Feigling", meinte der andere großspurig und so laut, dass der Nachbar ihn hören musste, „der hat viel zu viel Angst vor der schlechten Welt."

Bei den letzten Worten kicherte er bösartig. Die Tatsache, dass der Nachbar das Fenster geschlossen hatte, ließ sich wirklich so deuten. Ich selbst war auch davon überzeugt, dass er sich aus Angst zurückgezogen hatte.

Wieder klingelte einer der Diebe und gleichzeitig rief der andere: „Müssen wir euch Beine machen? Wir lassen uns nicht verarschen. Wir scherzen nicht. Macht endlich auf, sonst passiert was."

Mir wurde übel vor Angst. Es hörte sich wirklich nach einer Drohung und nicht nach einem Scherz an. Wie konnte ich Johann und Sophia nur helfen. Die durften auf keinen Fall die Türe öffnen. Sie waren den beiden Kerlen körperlich nicht gewachsen. Auch Johann nicht, selbst wenn er Sport studierte, was sicher Krafttraining mitbeinhaltete. Und wenn ich dann noch an seine Verfolgung der Diebe am späten Nachmittag dachte, wurde mir die Chancenlosigkeit der beiden gegenüber den Rucksackdieben zunehmend deutlicher.

Im gleichen Moment hörte ich in der Ferne die Polizeisirenen. Großkatze sei Dank. Beim Klang der Sirenen fiel mir ein Stein von meinem Katzenherzen.

Da öffnete der Nachbar mit einem Ruck das Fenster und rief laut und deutlich in die Nacht hinein: „Der alte Mann hält, was er verspricht. Wir Alten lassen uns von Typen wie euch doch nicht in Angst und Schrecken versetzen. Da müsst ihr früher aufstehen, ihr Schlappschwänze."

Im Hintergrund des mutigen Nachbarn hörte ich ein kaum vernehmbares „Reiz sie nicht, Egon!"

„Pah, die sollen mich kennen lernen. Und wofür gibt es sonst die Polizei?", war die unüberhörbare Antwort des Nachbarn. Er lehnte sich breit in das offene Fenster. Nicht das geringste Anzeichen von Angst war erkennbar. Eher Triumph. Er hatte den unverschämten Kerlen gezeigt, dass er das wahr macht, was er sagt. Chapeau. Das ist Französisch und bedeutet so viel wie: Hut ab, ein Zeichen der Ehrerbietung.

Die zwei Kerle spurteten zu ihren Rädern, die an eine defekte Straßenlaterne gelehnt waren, schwangen sich darauf und rasten mit heftigem Treten in die Pedale davon, nicht ohne in Richtung des Nachbarn den Stinkefinger zu zeigen. Das war offensichtlich ihre bevorzugte Kommunikatzion. Ich hörte noch ein wütendes: „Das wirst du noch bereuen, alter Mann." Dann waren die Kerle verschwunden.

Während die Polizeisirenen sich näherten, öffnete Sophia die Haustür. Sie ist sehr mutig, muss ich sagen. Hinter ihr steckte Johann den Kopf zur Tür heraus. Sophia erblickte den Nachbarn im Fenster und rief: „Was war das für ein Krach, Herr Schmitz?" Ja, den Namen hatte ich schon mal gehört, aber wie die meisten Namen gleich wieder vergessen. Jetzt würde ich versuchen ihn mir zu merken. Außerdem hieß er noch Egon. So hatte ihn seine Frau genannt.

Egon Schmitz war ein mutiger Mann. Der ließ sich nicht unterkriegen. Das gefiel mir. In ihm verbarg sich eine wahre unbeugsame Katzennatur.

„Hast du das denn nicht gehört? Bei euch hat jemand immer wieder auf die Tür eingedroschen und gerufen, ihr solltet öffnen. Ich hab mir Sorgen um dich gemacht, weil deine Eltern doch nicht da sind. Bist du allein?" Er hatte Johann wohl noch nicht gesehen.

„Nein", meldete sich Johann zaghaft. „Wir sind heute aus dem Urlaub zurückgekommen. Weil es so spät war, bin ich hiergeblieben."

Nun kam er aus Sophias Schatten heraus und präsentierte sich in der vollen Türesbreite.

Männer können ja so feige sein. Ich weiß schon, warum ich mir keinen Kater anschaffe. Ich brauche meine Liberté und keinen ängstlichen Klotz an meinen wunderschön gestreiften Pfoten. Da spürte ich wieder das grellrote Band an meinem Hals. Aber jetzt hatte ich dafür keine Zeit. Ich musste hören, was die Menschen sagten.

„Das ist gut so", antwortete der Nachbar. Man höre und staune. Der Zweck heiligt wohl die Mittel, wie die Menschen häufig sagen, wenn sie sich untreu werden.

Ich hätte ja gedacht, dass er die Gegenwart Johanns nicht gutheißen würde. Ich erinnere nur daran: „Die Welt wird immer schlechter." Das oder etwas in dieser Richtung hatte er den beiden Typen noch zugerufen, bevor er das Fenster geschlossen hatte. Eigentlich sagt diese Aussage alles. Oder? Na ja, nicht mein Problem. Außerdem hatte er Stärke bewiesen.

Bei den letzten Worten des Nachbarn hielt ein Polizeiwagen mit zwei Polizisten vor Sophias Haus.

„Was ist denn los?", fragte einer der beiden Polizisten. Beide blieben im Auto sitzen und hatten nur die Wagenfenster runtergelassen.

„Da haben sich zwei Burschen an der Haustür der beiden zu schaffen gemacht", brüllte Herr Schmitz bzw. Egon den Polizisten zu.

„Was wollten die denn?" Der Polizist schrie dies laut in die Nacht.

Da öffnete sich ein Fenster bei den Menschen, die mich Laila nennen.

„Ruhe! Bei diesem Lärm kann man nicht schlafen." Das war der alte Mann. Als er die Polizei sah, verstummte er sofort und schloss eilig das Fenster.

„Was war das denn?" Einer der Polizisten schaute fragend auf das nun geschlossene Fenster. Er machte einen etwas verärgerten Eindruck, weil der alte Mann sie alle zur Ruhe aufgefordert hatte.

Eine leichte Bewegung der Gardine verriet mir, dass der alte Mann die Straße und insbesondere das Haus von Sophias Eltern beobachtete. Ob die Polizisten das ebenfalls bemerkten, weiß ich nicht. Dass einer der Polizisten in Richtung des alten Mannes winkte, ließ allerdings darauf schließen.

„Ich komme mal runter", rief Herr Schmitz in seiner resoluten Art. „Wir müssen ja nicht die ganze Straße aufwecken."

Geräuschvoll wurde das Fenster geschlossen und noch ehe eine Minute vergangen war, stand er bei den Polizisten, die sich endlich aus ihrem Wagen bequemt hatten. Er hatte sich nicht einmal einen Morgenmantel übergezogen, sondern stand da in seinem Schlafanzug. Die Hosenbeine gingen nur bis zum Knie.

Sophia und Johann waren ebenfalls aus dem Haus getreten und unterhielten sich bereits mit den Polizisten, als Herr

Schmitz hinzukam. Ich schlich mich so nahe wie möglich an die fünf Menschen heran, um alles verstehen zu können.

„Es waren zwei Burschen", erklärte Herr Schmitz, der sofort das Wort übernahm.

„Wie sahen die denn aus? Können Sie die Männer beschreiben?"

„Leider nein", musste der alte Mann zugeben. „Es war viel zu dunkel. Und die Straßenlaterne ..." – er deutete mit dem Kopf nach oben – „ist mal wieder kaputt. Das kann man so oft melden, wie man will. Die Stadt tut nichts. Aber wenn die was von uns will, ist sie sofort da. Da gibt es kein Pardon. Zum Beispiel die Zigarettenschachteln ..."

„Ja, ja", unterbrach einer der Polizisten Herrn Schmitz. Er wusste sicher aus Erfahrung mit anderen älteren Menschen, was nun noch alles kommen würde, und dass es ewig dauern würde, bis Herr Schmitz zum entscheidenden Punkt kommen würde oder auch nicht. Daher wandte er sich an Sophia und Johann.

„Was haben Sie denn gesehen?"

„Nichts, rein gar nichts", antwortete Johann.

„Sie waren auf Rädern", schaltete sich Herr Schmitz wieder ein. Er ließ sich von den Polizisten nicht mundtot machen. „Die Räder lehnten an der defekten Laterne. Und beide Kerle waren groß und kräftig. Mehr kann ich leider nicht sagen", ergänzte der Nachbar und schüttelte bedauernd seinen Kopf.

„Am Abend bzw. am späten Nachmittag, als wir hier ...", begann nun Sophia und wollte wohl von dem Rucksackklau erzählen. Ein kurzer Stups Johanns in die Seite brachte sie zum Schweigen.

Ich hätte heulen können vor Wut. Dieser Ignorant. Das einzig Richtige in diesem Moment wäre gewesen, von dem Diebstahl zu erzählen. Und was macht der feine Herr? Katze darf überhaupt nicht drüber nachdenken.

„Was war am Abend bzw. am späten Nachmittag?", fragte einer der Polizisten.

Hurra, er hatte es mitbekommen. Er war hellhörig geworden. Großkatze sei Dank. Mein Katzenherz jubelte.

„Ach, eigentlich nichts. Ich bin ein wenig durch den Wind", gab meine ansonsten so selbstbewusste Sophia von sich. Ich glaubte es einfach nicht. So viel zum Thema Frauenpower. Ich hätte mir das nicht von einem Kater bieten lassen. So weit käme es noch. Sie musste doch merken, dass sich etwas über uns zusammenbraute.

„Sind Sie sicher?", hakte einer der Polizisten zweifelnd nach.

„Ja, klar, absolut", kam eine knappe Antwort von Sophia. Dabei lächelte sie den Polizisten an und nickte bestätigend mit ihrem Kopf. So kann nur Sophia lächeln.

„Dann können wir im Moment nichts machen", beendeten die Polizisten ihren Kurzbesuch und fuhren von dannen. Herr Schmitz schloss sich an, zumal ihm seine Frau vom Fenster her Zeichen gab, er solle zurückkommen. Vorher schaute er aber noch Sophia eindringlich an.

„Wolltest du eben nicht doch etwas Wichtiges sagen, Sophia? Denkt mal drüber nach." Mit diesen Worten warf Egon Schmitz gleichzeitig einen fragenden Blick auf Johann.

„Nein, nein, eigentlich nicht", schüttelte sie ihren Kopf. „Vielen Dank dafür, dass Sie die Polizei gerufen haben, Herr Schmitz. Gott sei Dank ist nichts passiert."

„Noch nicht", grummelte der Nachbar, „noch nicht. Die Welt wird immer schlechter. Gute Nacht, ihr beiden. Wenn etwas sein sollte, ruft mich an. Ich habe nur einen leichten Schlaf."

Ich merkte deutlich, dass er an Sophias Worten zweifelte. Ich an seiner Stelle hätte noch einmal nachgehakt. Aber ich war nicht an seiner Stelle. Außerdem hatte Herr Schmitz nicht das mitbekommen, was ich am späten Nachmittag erlebt hatte. Er drehte sich um und ging hinüber zu seinem Haus. Dabei hörte ich noch, wie er in seinen Bart brummte: „Eigentlich nicht. So eine blöde Antwort."

„Gute Nacht, Herr Schmitz", kam es im Gleichklang von den beiden.

Herr Schmitz hob noch einmal die Hand wie zum Winken, drehte sich aber nicht mehr um und verschwand hinter der Haustür.

Johann nahm Sophia, die ein wenig zitterte, in den Arm, um sie ins Haus zurückzuführen. Das war eine liebevolle Geste, so dass ich meine bösen Gedanken über Männer und deren Feigheit im Allgemeinen und über Johann im Besonderen wieder aus meinem Kopf strich. Vielleicht war ich einfach Johann gegenüber ungerecht in meiner Angst um Sophia.

Ich schlich um das Haus herum zurück zur Terrasse und sprang von dort aus auf das Fenstersims zu Sophias Zimmer. Ich wollte auf jeden Fall heute Nacht Wache schieben. Ich war mir nämlich nicht sicher, ob die beiden Typen nicht noch zurückkommen würden. Die suchten etwas. Das war klar. Aber was nur? Es musste auf jeden Fall etwas mit dem Rucksack zu tun haben. Oder mit der Türkeireise?

Ich legte mich der Länge nach auf das Sims und leckte meine gestreiften Pfoten. Dabei kann ich am besten nachdenken. Und das war wichtig. Ich musste mich genau daran erinnern, wie die beiden Männer aussahen und was mir ansonsten am Nachmittag besonders aufgefallen war. Ich musste ein so genanntes Täterprofil erstellen. So nennt katze das in Fachkreisen, wenn katze jemanden ganz genau beschreibt. Das Profil war wichtig. Ich musste die Diebe nämlich zukünftig frühzeitig entdecken und einschätzen können, denn es braute sich etwas zusammen. Ich spürte das ganz deutlich bis in meine Schwanzspitze. Auf mein Gefühl kann ich mich verlassen. Da Sophia und Johann in meinen Augen zu wenig sensibel für ihre Situation waren, lag es jetzt allein an mir, Unheil abzuwenden.

Vorher belauschte ich die beiden noch. Es ging um den Rucksackklau. Ich musste aufpassen, dass ich mich nicht zu stark bewegte, da das Sims nicht sehr breit war und ich schnell abrutschen konnte.

„Warum hast du nicht gewollt, dass ich den Polizisten von dem Diebstahl erzähle?", hakte Sophia gerade fast ärgerlich nach. Diese Frage hätte ich auch gestellt, wäre ich an ihrer Stelle gewesen. Besser gesagt: Ich hätte diese Frage nie stellen müssen, da ich mir nicht den Mund hätte verbieten lassen. Aber sei's drum. Das brachte mich jetzt nicht weiter.

„Du weißt doch, wegen des nicht ganz sauberen Inhalts. Ich muss noch recherchieren, ob mich die deutsche Polizei hierfür belangen kann."

Ganz Unrecht hatte er ja nicht. Aber hätte er nicht schon lange, wie er so schön sagte, recherchieren können?

Dieser Meinung war auch Sophia. Laut und deutlich verstand ich ihre Worte: „Das hättest du schon lange machen können." Recht hatte sie. Aber wenn ich mich recht erinnere, hatte sie sich ebenfalls im Internet klug machen wollen. Hier hatten beide tüchtig geschlampt.

Ich musste mich nun konzentrieren und hörte nicht mehr auf das weitere Gespräch der beiden. Im Unterbewusstsein nahm ich noch etwas wie „Morgen sehen wir weiter, schlaf gut" wahr. Ich war mit meinen Gedanken aber bereits ganz woanders.

Profil der Diebe und Autotypologie

Ich dachte nach. Ich überlegte systematisch. Ich bin sehr gut im systematischen Denken. Ich musste verinnerlichen, was mir zu den beiden Dieben einfiel. Ich hatte sie im Hellen gesehen, ich hatte sie auf ihrer Flucht mit den Rädern bis zu den großen Häuserblöcken verfolgt.

Da war mir schon etwas sehr Wichtiges aufgefallen: Beide hatten ein Fahrrad.

Aber Fahrräder sehen für mich alle gleich aus. Sie haben kein besonderes Gefährdungspotential für mich, so dass ich mir bisher keine großartigen Gedanken darüber gemacht hatte.

Anders ist das mit Autos, von mir insgeheim Killermaschinen genannt. Da gibt es nach meinen Analysen sechs unterschiedliche Typen. Die habe ich im Übrigen allein und ohne fremde Hilfe aufgrund intensiver Beobachtung herausgearbeitet. Ob diese Typen trennscharf sind, wie katze so sagt, könnte ich noch überprüfen. Dazu müsste ich jedoch viel Muße haben. Vielleicht im Winter einmal, wenn ich an einem warmen Ofen liege, vorausgesetzt, ich würde mich an einen warmen Ofen legen. Im Sommer bin ich zu viel mit anderen wichtigen Tätigkeiten beschäftigt, wie ich bereits dargelegt habe.

Nachfolgend skizziere ich meine Killermaschinentypen kurz und prägnant. Zum einen mache ich dies, um meine Klugheit, besser Intelligenz, unter Beweis zu stellen, zum anderen, weil meine Erzählung dadurch verständlicher wird. Im Übrigen wiederum ein Beleg meiner Brillanz. Aber das nur am Rande.

Im Mittelpunkt meiner Typenbildung stehen Autogröße, Größe der Reifen und Farbe der Autos. Den unterschiedlichen Kombinationen dieser Kriterien habe ich dann das von mir über eine lange Zeit beobachtete Gefährdungspotential zugeordnet:

Typ 1: Kleine bunte Autos mit kleinen Reifen. Keine Gefahr. Die sieht katze lange bevor sie da sind. Da kann katze in der Regel in Ruhe ausweichen.

Typ 2: Kleine dunkle Autos mit kleinen Reifen. Die sieht katze leider sehr spät. Da sie in der Regel jedoch langsam sind, geringe Gefahr, aber größer als bei 1.

Typ 3: Große bunte Autos mit kleinen Reifen. Die sieht katze, allerdings spät. Geringe Ausweichmöglichkeiten wegen der großen Geschwindigkeit. Größere Gefahr als bei 1 und 2.

Typ 4: Große dunkle Autos mit kleinen Reifen. Die sieht katze in der Regel erst, wenn es zu spät ist. Kaum Überlebenschancen.

Typ 5: Bunte Autos mit riesigen Reifen. Die sieht katze bevor sie da sind. Katze muss sich einfach flach auf die Straße legen und mit etwas Glück bleibt katze unversehrt.

Typ 6: Dunkle Autos mit riesigen Reifen. Die sieht katze spät, aber bei flachem Hinlegen große Überlebenschancen, allerdings geringer als bei 5, da katze sie später sieht.

Bei den letzten beiden Typen habe ich nicht nach der Größe des Autos unterschieden, weil hier Farbe und Reifengröße entscheidend sind. Aber das nur am Rande. Zurück zum Täterprofil.

Ich dachte angestrengt nach. Ich sah beide nur verschwommen vor mir. Beide Typen hatten einen Schnurrbart. Nicht so gebogen wie ich, sondern nur ganz klein und dünn. Nichts Halbes und nichts Ganzes, wie katze so zu sagen pflegt.

Beide, ich sah es deutlich vor mir, hatten keine Haare auf dem Kopf, obschon sie nicht besonders alt wirkten. Ich erinnerte mich an ein schwarzes Schimmern auf den Köpfen.

Das deutete darauf hin, dass die Typen sich eine Glatze rasiert hatten. Menschen machen so etwas durchaus. Oft ist das kein so gutes Zeichen. Natürlich gibt es Ausnahmen. Aber hier war keine Ausnahme angesagt, hier war bei den glatzköpfigen Menschen Vorsicht geboten.

Ich war gut, ich korrigiere: ich war verdammt gut. Je mehr ich darüber nachdachte, umso weniger verschwommen waren die Typen und umso mehr fiel mir ein. Jetzt sah ich wieder etwas Entscheidendes deutlich vor mir: Einer hatte ein Bild auf dem rechten Unterarm, einen riesigen Wurm, vielleicht auch eine Schlange. Menschen nennen ein solches Bild Tätowierung.

Sonst war mir nichts in Erinnerung geblieben. Die Typen verschwammen wieder mehr und mehr vor meinem geistigen Auge. Müdigkeit überkatzte mich. Als ich mein Hirn noch einmal malträtierte, fiel mir ein, dass ihre Hosen nur bis zum Knie gingen. Fast so, wie die Schlafanzugshose von Herrn Egon Schmitz von der anderen Straßenseite. Er hatte damit irgendwie lustig ausgesehen. Sicher, weil so dünne Beinchen aus den weiten Hosenbeinen hervorlugten. Die Füße steckten in braunen Filzpantoffeln. Die sieht katze häufiger bei älteren Männern.

Bei dieser letzten Überlegung fiel mir wieder etwas ein, was ich von den Dieben in Erinnerung hatte: dicke Waden und knöchelhohe Sportschuhe mit Klettverschluss. Ja, das sah ich deutlich vor mir. Am Ende der Fußgängerzone hatte ich sie bei meiner Verfolgungsjagd fast eingeholt und da hatte ich ihre Waden und Schuhe gesehen. Ich hatte noch bei mir überlegt, welche Freude es mir machen würde, in diese dicken Waden zu beißen. Mir lief bei dem Gedanken das Wasser im Maul zusammen. Dabei hatte ich noch nie in dicke Waden gebissen, geschweige Waden gefressen.

Obschon mir nun doch einiges eingefallen war, war ich mir nicht sicher, ob ich sie wiedererkennen würde. Aber eine der Stimmen, die würde ich nicht vergessen. Das wurde mir ganz plötzlich bewusst, als ich die Männer vor meinem geistigen Katzenauge noch einmal mit dem Rucksack davonradeln ließ. „Streichelt das Katzenvieh mal schön weiter", mit Betonung auf Katzenvieh. Diese Stimme und den Satz würde ich mein Katzenleben lang in Erinnerung behalten. Aus diesem Satz hatte Bosheit pur gesprochen. Mich schauderte, wenn ich daran dachte.

Ich wurde immer müder und konnte mich nicht mehr auf den Nachmittag und die Kerle konzentrieren. Meine Gedanken liefen eigene Wege. Daher suchte ich mir einen breiteren Platz. Von dem Sims würde ich sicherlich runterfallen, insbesondere wenn meine Träume unruhig wurden. Dies war nach dem Abend und der ereignisreichen Nacht auf jeden Fall zu erwarten. Um mich nicht zu weit von Sophia und Johann zu entfernen, suchte ich wieder auf der Terrassenbank meinen Schlafplatz. Diesmal störte mich auch kein Päckchen. Mit einem letzten Blick zu dem sternenklaren Himmel gab ich mich schließlich meinem wohlverdienten Schlaf hin.

Es wird laut am Tage

Am Morgen erwachte ich bei den ersten Sonnenstrahlen. Sie kitzelten meine Nase. Ich war hungrig, weil ich so viel in der Nacht nachgedacht hatte. Daher miaute ich ganz laut. Aus Sophias Zimmer vernahm ich deren fröhliche Stimme: „Olala. Meine Minou ist da und hat Hunger."

„Ich gebe ihr was. Schlaf du weiter. Nach der Nacht musst du ja hundemüde sein." Das war Johann. Er ist doch ein prächtiger Kerl, wenngleich das Adjektiv hundemüde lieblos gewählt war. Wer um Großkatzes Willen möchte mit einem Hund oder einer seiner wichtigsten Eigenschaften, der permanenten Müdigkeit, in Verbindung gebracht werden?

„Lass mal, ich bin ja schon wach. Ich füttere sie."

Dies war eine klare Ansage. Sophia ließ sich das Füttern nicht nehmen. In wenigen Minuten ging die Kellertür auf. Eine total strubbelige Sophia stampfte mit nackten Füßen die Kellertreppe hoch, ein Aluschälchen wie einen großen Preis in der rechten Hand hochhaltend. Flugs füllte sie meinen Napf und während ich mit Heißhunger mein Essen verschlang, streichelte sie mir gefühl- und liebevoll den Rücken. Auch hinter meinen Ohren kraulte sie mich. Ich hätte ewig so weiterfressen können. Es war einfach katzlich, aber auch, wie alle schönen Dinge des Lebens, endlich.

„Ich habe leider noch keine Fleischwurst. Gleich gehe ich in die Stadt zum Metzger und kaufe unsere Lieblingswurst", vertraute sie mir an.

In Vorfreude auf unsere Fleischwurst kuschelte ich mich an ihre Beine und nackten Füße. Ich liebe diese Fleischwurst, unsere Fleischwurst, wie Sophia sagte. Sie hat etwas Edles, die Wurst. Habe ich das schon erwähnt? Besonders edel ist die Fleischwurst von Metzger Montag. Diese kann ich, genau wie Sophia, aus Tausenden, ach, was sage ich, aus Millionen von Fleischwürsten herausschmecken.

Gut gesättigt und gestreichelt lief ich zu meiner zweiten Futterstelle. Ich ließ mir etwas Zeit, weil ich bei Sophia nicht den Eindruck von Verfressenheit hinterlassen wollte. Also sprang ich noch spielerisch auf die Bank, lief, einen weißen Schmetterling verfolgend, zum Teich und dann erst Richtung Familie, die mich Katze nennt.

Obschon eine Killermaschine vom Typ 1, die einem der Kinder meiner Zweitfutterstelle gehörte, vor der Garage stand, hörte niemand mein Miauen. Es öffnete sich keine Tür und ich bekam kein Aluschälchen vorgesetzt. Das war aber kein Problem, weil ich total satt war. Mich hatte eher die Gewohnheit getrieben – und natürlich die Notwendigkeit zu zeigen, dass ich immer noch da war. Menschen sind ja so vergesslich. Wie heißt deren Motto noch: aus den Augen, aus dem Sinn? Genau. Schon bald würde die Sommerzeit vorbei sein und alles sollte wieder seinen gewohnten Gang gehen. Ich musste folglich Präsenz zeigen.

In diesem Sinn legte ich mich auf die Fußmatte vor der Haustür der Katzenfamilie. Ich wollte es nicht riskieren, dass die Kinder doch noch nach mir Ausschau hielten, aber umsonst, und eventuell den Eltern mitteilten, ich würde nicht mehr erscheinen. So könnte diese durchaus wichtige Quelle, wie dargestellt, versiegen.

Gelangweilt schaute ich zwei Schmetterlingen zu, die taumelnd durch die Gegend flatterten. Während in Sophias Garten eher weiße Schmetterlinge daheim waren, flogen hier mehr bräunliche Gesellen umher. Sie kamen mir mitunter verdammt nahe, als sei ich nicht vorhanden. Beim nächsten Anflug hob ich drohend meine rechte Pfote.

Hinter mir hörte ich just in diesem Moment die vertraute Stimme Sophias. „Noch nicht satt, du Vielfraß?" Bei den Worten drohte sie mir mit dem rechten Zeigefinger. Ich wusste aber sowohl die Tonlage als auch die Geste richtig zu deuten. Sophia scherzte mit mir. Nie und nimmer hätte ich einen Schmetterling gegessen. Das wusste sie ganz genau. Ich fraß auch keine Mäuse wie andere Katzen. Ich fing sie, klar. Aber anschließend legte ich sie als kleines Dankeschön auf die Terrasse von Sophias Eltern oder in die Nähe meiner weiteren Futterquellen. Wenn ich ehrlich sein soll: Ich ekele mich geradezu vor Mäusen. Ich habe es nicht so mit rohen Nahrungsmitteln. Ich mag auch keine Vögel verspeisen, jagen schon. Das ist einfach katzlich. Aber Leib- und Magenspeise? Da sei Großkatze vor.

„Johann und ich gehen jetzt einkaufen", rief sie mir winkend zu und bog in die nächste Straße Richtung Stadt bzw. Metzger Montag ab. Schon war meine Sophia verschwunden.

Zufrieden und in Gedanken bei einer leckeren Scheibe frischer Fleischwurst erhob ich mich von der Fußmatte, streckte mich ausgiebig und nahm meinen morgendlichen Spaziergang auf. Hier bei der Katzenfamilie würde sich sicher nichts mehr tun. Im Haus war es auch mucksmäuschenstill; anscheinend war trotz der vor dem Haus parkenden Killermaschine niemand da. Oder sie schliefen noch.

Revier abstecken nenne ich meinen allmorgendlichen Rundgang. Nicht, dass noch Katzen mit Riesenglocken in mein Revier einbrachen. Die Nacht holte mich wieder ein. Ich musste mich unbedingt ablenken, an die schönen Dinge des Katzenlebens denken. Die Gedanken an die letzten 24 Stunden beunruhigten mich nämlich ein wenig. Nein, ich muss mich verbessern: Sie beunruhigten mich sehr. Ich war schon lange nicht mehr in meinem Katzenleben ähnlich beunruhigt gewesen.

Ich schlich durch die Gärten, beobachtete in den Gartenteichen die Fische und Frösche und ab und zu streckte ich meine rechte Pfote gedankenverloren nach den Fischen aus. Die schwammen vor Angst wie von einer Biene gestochen kreuz und quer torpedohaft durch den Teich. Einfach katzlich. Die Frösche wiederum sprangen wie von einer Tarantel gestochen ins Wasser und versteckten sich vor mir unter Seerosenblättern oder sonstigem Gestrüpp. Im Übrigen, Taranteln sind große Spinnen. Ich glaube sogar, dass sie giftig sind. Ich bin mir aber nicht hundertprozentig sicher. Ich kann mich vage an ein diesbezügliches Gespräch vor vielen Jahren zwischen Sophia und ihrem Vetter Max erinnern, aber eben nur vage.

Wenn die Frösche gewusst hätten, dass sie das Letzte waren, was ich auf meiner Speisekarte zu sehen wünschte, hätten sie sich nicht so beeilt mit dem Verschwinden. Menschen mögen allerdings Frösche sehr gerne. Sie gelten als Delikatessen, wenigstens bestimmte Teile von Fröschen. Ich glaube, es sind die Pfoten. Oder sind es die Augen? Ich bin mir nicht sicher. Irgendetwas ist es aber. Egal! Ob Frösche Menschen von Katzen überhaupt unterscheiden können? Eine interessante Frage, der ich eventuell einmal nachgehen könnte, vorausgesetzt, dass sich die Frage auch als wichtig für mein Katzenleben erweisen sollte.

Auf jeden Fall im Großen und Ganzen ein Morgen ganz nach meinem katzenhaften Geschmack, zumal mir die Sonne meinen Rücken sanft beschien und ein kaum spürbarer Wind mein Fell streichelte. Einfach katzlich. Wäre da nur nicht meine innere Unruhe gewesen. Immer wieder gingen mir die Ereignisse der letzten Stunden durch meinen Katzenkopf.

Allmählich näherte ich mich wieder Sophias Zuhause. Ich spürte schon frische Fleischwurst zwischen meinen Zähnen. Da vernahmen meine empfindlichen Ohren ein Klingeln. Das war, wenn mich nicht alles täuschte, die Klingel in Sophias Haus. Ich lief etwas schneller, weil mich ein ungutes Gefühl beschlich.

Da war sie wieder, die Vorahnung. Als ich Sicht auf die Haustür hatte, sah ich allerdings niemanden, der für das Geräusch verantwortlich war. Dennoch war ich besorgt. Meine ausgeprägten Katzensinne sagten mir, dass hier etwas nicht stimmte. Ich lief so schnell mich meine Pfoten trugen um das Haus zu meinem Esszimmer.

Ich hatte recht gehabt. Mein Gefühl hatte mich nicht betrogen. Vor der Terrassentür stand breitbeinig einer der

Halunken. Es war der mit dem Wurm oder der Schlange auf dem Arm. Er hatte eine Eisenstange in der rechten Hand und fuchtelte damit an der Terrassentür herum. Seine Waden waren zerkratzt. Das war sicher passiert, als er von der Haustür zur Terrasse gegangen war. Seitlich des Hauses befindet sich nämlich ein wilder Brombeerstrauch, an dem katze sich leicht verwunden kann, vor allem, wenn man nur halblange Hosen trägt. Es war eindeutig, was er vorhatte. Er wollte in das Haus eindringen und war damit beschäftigt, das Türschloss zu knacken.

Hoffentlich waren Sophia und Johann noch nicht wieder zurück und folglich nicht im Haus. Für den Fall, dass sie noch in Sachen Fleischwurst unterwegs waren, hoffte ich inständig, sie würden nicht gerade jetzt zurückkommen. Ich wünschte mir, sie würden noch durch die Stadt bummeln, vielleicht ein Eis essen oder zwei. Das dauerte dann seine Zeit.

Der andere der beiden Ganoven stand hinter dem Gartenteich am Ende des Gartens, ungefähr fünfzehn bis zwanzig Meter von der Terrasse entfernt. Sein Kopf ging suchend hin und her. Er beobachtete von seiner Position aus das Haus von Sophias Eltern und schielte gleichzeitig auf die Nachbarhäuser. Seine Arme hatte er in die Hüften gepresst. Er trug wieder die halblangen Hosen und wie der andere ein schwarzes T-Shirt mit einem Totenschädel auf dem Rücken, was die Gefährlichkeit der beiden in meinen Augen noch unterstrich. Glatze und Totenschädel, das sagte mir alles, nur nichts Gutes. Ich muss an dieser Stelle betonen, dass ich keinerlei Vorurteile habe, aber die Erfahrung eines langen Katzenlebens auf der Straße.

„Da ist keiner", stellte er von seinem Beobachtungsposten schließlich fachmännisch fest. „Sieh zu, dass du die Türe geöffnet bekommst, bevor jemand zurückkommt. Möchte nicht handgreiflich werden müssen." In der bestimmenden

Art, so wie er seinen Kumpan herumkommandierte, war er offensichtlich der Chef. In meinen Augen darüber hinaus ein Angeber, der andere für sich arbeiten ließ.

Unangenehme Zeitgenossen waren das, beide. Man sah es nicht nur, man hörte es auch sofort. Mit den Eindringlingen war hundertprozentig nicht zu spaßen. Meine Gedanken überschlugen sich jetzt regelrecht. Der Rucksack hatte den Kerlen wohl nicht gereicht. Jetzt wollten sie tatsächlich ins Haus. Hatten sie es auf Wertsachen oder auf meine Sophia und ihren Johann abgesehen?

Aber nein, Letzteres konnte nicht sein, sie wollten nichts von Sophia und Johann. Der eine vom Teich hatte ja den anderen mit der Schlange auf dem Arm aufgefordert, sich zu beeilen, damit er nicht bei einer verfrühten Rückkehr der beiden handgreiflich werden müsse. Ich klammerte mich geradezu an diesen Rückschluss.

Ich kam mithin zu dem Ergebnis, dass sie irgendwelche Wertsachen von Sophia und Johann stehlen wollten. Ansonsten hätten sie in der Nacht nicht nach ihnen gerufen. Nach dem Leben trachteten sie ihnen wohl nicht, wenigstens nicht im Moment. Aber was nicht ist, kann noch kommen. Diese schreckliche Vorstellung nahm in meinem Kopf Überpfote. Ich steigerte mich in die Vorstellung sich anbahnender Gefahr für Sophias und Johanns Leib und Seele richtig hinein. Vorbei war es mit meinem mich beruhigenden Rückschluss. Gedanken sind mitunter sehr kurzlebig. Oh Großkatze, oh Großkatze, wohin sollte das führen?

Mit einem Mal wurde ich von einer unbeschreiblichen Rage ergriffen. In meiner Angst um Sophia und Johann, aber insbesondere um Sophia, wuchs ich über mich hinaus. Ohne weiter nachzudenken nahm ich voller Wut Anlauf und sprang dem Typen mit der Eisenstange mit einem Satz auf den kahlen Kopf. So etwas hatte ich noch nie in meinem Katzenleben gemacht. Ich handle nie so unbedacht aufs Geradewohl. Aber es gibt bekannterweise zu Allem ein erstes Mal.

Es war total wackelig auf dem Kopf, vor allem, weil sein Besitzer sich schüttelte und versuchte, mich mit der Hand zu verscheuchen. Ich schlug in meiner Not meine Krallen mit voller Wucht in seinen haarlosen Schädel. In seinem Schmerz schrie er heulend auf und rief seinem Kumpel zu: „Nun hilf mir doch. Steh nicht so blöd rum. Das Vieh ist ja wie von Sinnen. Das kratzt mir die Augen aus dem Kopf! Tu endlich etwas." Bei seinen Worten schlug er ohne Erbarmen nach mir. Dabei benutzte er zunächst, aber nur ganz kurz, die Eisenstange. Weil er sich damit selbst verletzte, ließ er sie einfach fallen und nahm beide Hände zu Hilfe. Dass die Stange voll auf seine Füße fiel, machte ihn noch wütender.

Der andere schaute mich voller Abscheu – oder war es eher Angst? – egal – an und lief auf uns beide los. Dabei vergaß er, dass er hinter dem Teich stand. Und hast du nicht gesehen, landete er bäuchlings in den Wasserlilien bzw. dem Gestrüpp, was im Sommer noch von den Lilien übrig ist, während ich mühsam versuchte, auf dem Kopf mein Gleichgewicht zu finden. Das klappte partout nicht. Nicht zuletzt, weil es schon ein besonderer Anblick war, wie der Kerl aus dem Teich wieder auftauchte. Auf seinem Kopf prangten lauter abgestorbene Pflanzen, so, als hätte er wieder Haare. Er paddelte wie ein Ertrinkender mit seinen Armen und schnappte nach Luft. Ich hätte mich beeumeln können, wie Sophia zu sagen pflegt. Just dazu fehlte mir im Moment die Zeit. Mein Opfer hatte meine Hinterpfoten zu fassen bekommen und zog mit aller Gewalt daran.

Ich rutschte von der Glatze ab. Meine Krallen fanden kaum Halt in der rechten Gesichtshälfte des Kerls, an der ich entlangrutschte. Ich hinterließ blutige Kratzspuren, sowohl auf der Glatze als auch auf der Wange.

In meiner übergroßen Not biss ich mich im rechten Ohrlappen des Einbrechers fest. Der jaulte auf wie der Nachbarshund, wenn er eine Wasserladung erhält. Nein, noch viel schlimmer. So einen grauenvollen Schrei hatte ich noch nie in meinem Katzenleben vernommen.

Ich spürte Metall in meinem Mund. Der Mensch schüttelte seinen Kopf, brüllte wie am Spieß und ließ vor Schmerz meine Hinterpfoten los. Wo er nun beide Hände wieder frei hatte, schlug er wie verrückt, wie ein Boxer auf einen Punchingball, nach mir, so dass ich instinktiv immer fester zubiss. Ich bekam kaum noch Luft, weil mich die Schläge in meine Seiten trafen. Ich konnte mich nur glücklich schätzen, dass er die Eisenstange nicht mehr in den Händen hatte. Ansonsten wäre ich jetzt sicher mausetot.

Dann ging alles ganz schnell. Ich baumelte plötzlich wie ein Artist in der Luft, zirka 1,30 Meter über dem Terrassenboden, ohne Netz und doppelten Boden. Das Ohr gab nach und ich landete unsanft auf meinem Rücken. Sofort war ich wieder auf den Beinen, wie es sich für eine Katze geziemt. Außerdem war die Gefahr, von einem der beiden Ganoven überkatzt zu werden, mehr als groß. Ohne Anlauf, quasi aus dem Stand heraus, sprang ich auf den Apfelbaum vor dem Teich, den ganzen Stolz von Sophias Vater, das Ohr als Siegestrophäe im Maul.

„Die Furie hat mir das Ohr abgebissen", winselte mein Kontrahent. Und an mich gewandt: „Lass das Ohr los, du ..." Ich will nicht wiederholen, wie er mich nannte. Ich sprang in die äußerste Baumspitze, während der nun Einohrige rasend vor Wut an dem Baum schüttelte und Unverständliches brüllte.

„Sei nicht so laut. Willst du, dass die ganze Nachbarschaft merkt, dass wir hier im Garten sind? Und lass das Geschüttele an dem Baum sein. Das bringt doch nichts, du Depp. Wir müssen hier weg", rief der Ganove, der mittlerweile wieder auf die Beine gekommen war und jetzt im Teich stand. Dabei versuchte er mit beiden Händen die Pflanzen abzustreifen. Viel Erfolg hatte er nicht. Das Gestrüpp schien an ihm zu kleben. Wie Kletten.

Plötzlich öffnete sich in der Nachbarschaft ein Fenster. Beide verstummten augenblicklich. Der Baum kam Großkatze sei Dank zur Ruhe. Ich hätte mich keine Sekunde länger festkrallen können. Von wegen: „Das bringt doch nichts, du Depp." Ich atmete tief durch, was mir höllische Schmerzen bereitete.

„Was ist da los? Was soll das Gebrülle?" Das war eine kräftige Männerstimme, die ich im Moment nicht zuordnen konnte.

Aus sicherem Abstand lugte ich vom Apfelbaum auf die beiden Verbrecher hinunter, die zur Salzsäure erstarrt waren. Das Ohr hielt ich fest im meinem Maul. Dann sprang ich aus Gründen der eigenen Sicherheit gekonnt vom Baum aus in den Nachbargarten. Der Einohrige, der offensichtlich in Angst um sein Ohr den Mann vergessen hatte, der zur Ruhe aufgefordert hatte, versuchte, über den Zaun zu klettern, der die Gärten trennte. Dabei legte er seine rechte Hand schützend um das restliche Ohr. Natürlich hatte er keinerlei Erfolg. Dazu hätte er, wenn überhaupt, zwei Hände benötigt. Mit Intelligenz war er weiß Großkatze nicht gesegnet.

„Ich brauche das Ohr, du verdammtes Biest. Das muss schnellstens wieder angenäht werden." Seine Stimme war schrill und überschlug sich fast, jedoch ziemlich leise wegen der hellhörigen Nachbarschaft.

„Ist da wer?", rief erneut eine männliche Stimme aus einem der Häuser gegenüber. Das war sicherlich der Mann, der vorher das Fenster geöffnet und um Ruhe gebrüllt hatte.

Beide verharrten in ihrer jeweiligen Stellung, um auf keinen Fall weiter auf sich aufmerksam zu machen. Katze hörte nichts, auch nicht, ob sich das Fenster wieder schloss.

Nach wenigen Sekunden kletterte der Ganove, der in den Teich gestolpert war, mühsam aus dem Teich heraus. Er war sehr darauf bedacht, keine Geräusche von sich zu geben. Seinem verletzten Kumpel, der sich am Zaun festhielt, raunte er zu: „Komm, wir verschwinden vorerst. Wir schnappen uns nachher den Typen, der uns den Stoff geklaut hat." Er schüttelte sich wie ein nasser Hund. Ein Teil der abgestorbenen Pflanzen landete auf dem Rasen, der dringend einmal gemäht werden musste.

„Spinnst du? Ich brauche mein Ohr. Um den Stoff kümmern wir uns, wenn ich mein Ohr wiederhabe. Verstanden?" Der Kerl war außer sich und vergaß jede gebotene Vorsicht.

„Nicht so laut", rügte ihn sein Kumpel leise zischend. „Das kannst du knicken. Das findest du nicht wieder. Das Vieh hat das Ohr sicher schon gefressen. Wir müssen schnellstens hier weg. Mit deinem Gebrüll hast du sämtliche Nachbarn und Hunde auf uns aufmerksam gemacht. Du bist für alles zu blöd."

Wie auf Kommando bellte nun der Hund der Nachbarin, die mich so unregelmäßig versorgt hatte, aus dem Hof heraus. Ich brachte mich tunlichst im Nachbargarten in Sicherheit, dem Garten von Sophias Tante, die mit Familie und Hund noch im Urlaub war. Die Nachbarin hatte ihrem Hund anscheinend die Hoftür zum Garten geöffnet, damit er sein kleines Geschäft verrichten konnte. Sofort hatte er die Einbrecher auf dem Nachbargrundstück in der Nase und versuchte auf seine nervende Art, sein Frauchen auf die Diebe aufmerksam zu machen.

„Sei still, du störst die Nachbarn mit deiner Bellerei", mahnte jedoch das kluge Frauchen leise. Oh Großkatze, welche Ignoranz!

Manchmal fragt katze sich, warum die Menschen sich Wachhunde halten, wenn sie deren Signale nicht deuten können, sondern sogar noch von dummer Bellerei sprechen. Trotzdem hatte das Bellen seinen tieferen Sinn erfüllt. Die Ganoven suchten schnellstens das Weite, so dass ich nicht mehr in Gefahr war.

Von einem Kirschbaum aus überwachte ich schadenfroh den Abzug und schlich dann langsam zurück, mich immer wieder vergewissernd, dass die Kerle mich nicht dennoch in einen Hinterhalt lockten. Davon war zwar nicht auszugehen, da der Nachbarhund immer noch im Garten war. Aber wissen konnte katze es nicht. Es ging schließlich um das rechte Ohr des tätowierten Ganoven. Er wollte das wohl unbedingt haben.

Während ich mich mühsam in Richtung Terrasse bewegte, fragte ich mich, wer wohl wem welchen Stoff gestohlen hatte. Und was, um Katzenhimmels Willen, war überhaupt mit Stoff gemeint. Allerdings wurde mein Denkprozess durch die Schmerzen, die nun bei jedem Schritt wie Messerstiche durch meinen Körper liefen, behindert. Der Typ mit der Schlange auf dem Arm und nun mit nur noch einem vollständigen Ohr hatte in seiner Panik hart zugeschlagen.

Zurück auf der Terrasse spuckte ich aus, was sich noch immer in meinem Mund befand. Es war das Stück Ohr, das sein Besitzer nur zu gerne wiedergehabt hätte. Nie und nimmer hätte ich so etwas gegessen. Was dachte sein Kumpel nur? An dem Ohr steckte zusätzlich ein so genannter Ohrring, ein Ring, wie ich ihn mal bei einer Taube gesehen habe. Die hatte einen solchen Ring, aber wohl mangels ausreichend großer Ohren, am Fuß. Daher hatte ich wohl den metallenen Geschmack im Maul. Es konnte sich allerdings auch um Blutgeschmack handeln. Blut soll ebenfalls einen metallenen Geschmack haben, wie ich letztens hörte, als ein Liebespaar sich küsste.

Igitt, so ein Blutgeschmack. Ich brauchte dringend etwas zum Essen, weil ich den widerlichen Geschmack loswerden musste.

Auf dem Terrassenboden sah ich einen kleinen Blutfleck und mehrere Blutspritzer. Ach, und das Ohr hatte ich direkt daneben gespuckt. Das war gekonnt. Was würden nur Sophia und Johann dazu sagen? Sicher waren sie stolz auf mich. Ich war es auf jeden Fall. Ich hatte Sophias Heim erfolgreich vor den Dieben verteidigt. Der Beweis lag unübersehbar vor. Einfach katzlich. Na ja, letztlich hatte ich auch Sophia und Johann vor ihnen gerettet. Nicht auszudenken, was die Kerle mit ihnen gemacht hätten, wenn sie zufällig im Garten aufgetaucht wären.

Aber leider kam es anders als erwartet. Es kam ganz anders. Mit so etwas hätte ich nie in meinem Katzenleben gerechnet.

Ich hörte Sophia und Johann erst, als sie die Haustür aufschlossen. Ich hatte trotz der Schmerzen geschlafen. Sofort dachte ich an die tolle Fleischwurst, mit der ich belohnt werden würde. Der Gedanke war so intensiv, dass ich meine Schmerzen vergaß.

Es dauerte nur wenige Minuten und die beiden erschienen auf der Terrasse. Stolz stellte ich mich neben das halbe Ohr, das ich geschickt neben dem Blut platziert hatte, wenn auch nicht willentlich. Die beiden jedoch sahen vom Blut zum Ohr, vom Ohr zum Blut und dann voller Entsetzen auf mich.

„Um Himmels Willen", schrie Sophia, „was hast du nur gemacht, Minou. Wem hast du denn das Ohr abgerissen?"

Damit hatte ich nicht gerechnet. Kein Lob, kein dankbares Streicheln. Stattdessen das Verkennen der Realität.

„Seit wann bist du denn so bösartig?" Diese nun folgende Bemerkung Sophias war geradezu unverzeihlich.

Ich verstand die Welt nicht mehr. Undank ist der Welten Lohn. So sagen die Menschen oft. Recht haben sie. Und überhaupt, wie kam sie darauf, dass ich das Ohr jemandem abgebissen hatte? Hätte ja durchaus ein Vogel sein können, der es im Flug über der Terrasse verloren hatte. Die Antwort erhielt ich prompt durch Johann.

Johann schüttelte immer noch entsetzt mit dem Kopf und stellte klar: „Minou hat noch Blut am Maul. Wir müssen hier ganz schnell alles in Ordnung bringen, damit niemand sieht, was Minou angerichtet hat. Sophia, putze ihr bitte das Blut vom Maul. Es muss ja niemand wissen, was Minou angestellt hat. Nicht, dass wir sie noch erschießen lassen müssen."

Häh? Hörte ich richtig? Auch von Johann kein Dank? Auch von ihm keine Streicheleinheiten als Belohnung? Allein eine Schuldzuweisung und großes Entsetzen. Und dann noch von Erschießen reden. Das setzte dem Ganzen die Krone auf. Als sei ich gemeingefährlich! Ich fasste es nicht.

Es reichte. Tief beleidigt sprang ich über den Apfelbaum in den Nachbargarten und bewegte mich umständlich durch mehrere Gärten zu den beiden Alten, die mich Laila nennen. Ich hatte die Nase voll von Sophia und Johann. Die waren einfach undankbar und dumm. Hätten sie nur für fünf Cent Verstand besessen, hätten sie gemerkt, dass ich sie gerettet hatte. Nicht sie mussten mich vor irgendwelchen Sanktionen retten. Ein aufmerksamer, intelligenter Mensch hätte sofort die Eisenstange gesehen und den mitgenommenen Teich. Ebenso hätten sie die Reste des unfreiwilligen Bades auf dem Rasen wahrnehmen müssen. Dort hatte nämlich der zweite Ganove deutliche Verwüstungsspuren hinterlassen. Und ich gehe bekanntlich für alles in der Welt nicht freiwillig ins Wasser. Keinerlei logisches Denkvermögen, aber Mathematik studieren. Ich durfte gar nicht weiter darüber nachdenken. Ich geriet immer mehr in Rage.

Natürlich ließ ich Sophias Haus nicht aus den Augen, sondern hatte es, soweit es meine Schmerzen zuließen, im Blick. Ich hatte mich so vor die Haustür meiner Laila-Familie gelegt, dass ich die Haustür zu Sophias Heim beobachten konnte.

Niemand konnte das Haus verlassen oder in das Haus hinein, ohne von mir bemerkt zu werden. Allmählich verrauchte meine berechtigte Wut. Mein Beschützerinstinkt, von dem ich bis jetzt nichts gewusst hatte, nahm Oberpfote.

Die beiden verließen das Haus den ganzen Tag nicht mehr. Ich ließ es mir währenddessen im Vorgarten der Laila-Familie leidlich gut gehen. Es gab mittags Sauerbraten mit Rotkohl, eines meiner Leibgerichte, auch wenn nicht katzentypisch und für die Jahreszeit darüber hinaus unüblich. So was isst katze eigentlich im Herbst und im Winter, wenn es kühler ist. Aber vielleicht froren die beiden alten Leutchen mehr als andere Menschen und wenn katze friert, ist ein warmes deftiges Mittagessen das beste Gegenmittel. So habe ich einmal gehört. Auf mich schien das Essen wie eine gute Medizin zu wirken. Ich war zwar nicht alt, allerdings psychisch und physisch verletzt.

Abends hörte ich von weitem, dass Sophia mich rief. Ihr „Minouuu, Minouuu", drang über die ganze Straße bis zum anderen Ende. Ich entschied mich zu zeigen, dass ich nicht länger nachtragend war.

Ich packte meine Hinterpfoten unter die Vorderpfoten und trottete über die Straße in mein Esszimmer. Dabei achtete ich ganz besonders auf potentielle Fahrräder, da ich momentan in meinen Bewegungen nicht so flink wie gewöhnlich war. Katze konnte ja nicht wissen, wer, ohne Rücksicht auf andere Straßenverkehrsteilnehmer zu nehmen, unterwegs war. Vielleicht kamen die Diebe auch zurück? Möglich war das. Es fehlte ihnen ja jetzt nicht nur der Stoff, wie sie gesagt hatten, sondern noch zusätzlich ein rechtes halbes Ohr mit Ohrring. Letzteres empfand ich als gerechte Strafe für den Rucksackklau und den versuchten Einbruch.

Auf der Terrasse erinnerte nichts mehr an den Zwischenfall am Morgen. Fast alle Spuren waren beseitigt. Allerdings lag die Eisenstange noch auf dem Boden. Die hatten die beiden offensichtlich bei ihrer Aufräumaktion nicht bemerkt. Wie kann man nur so blind sein? Der Rasen sah ebenfalls noch aus, als habe eine Bombe eingeschlagen. Wo waren die beiden nur mit ihren Gedanken?

Ein köstliches Essen erwartete mich zu meiner großen Freude: zwei Scheiben Fleischwurst. Leider nicht die Frage: „Darf es etwas mehr sein?" Sie war jedoch nicht nötig, denn ich war pappesatt, wie Sophia stets nach ausgiebigem Essen zu stöhnen pflegt.

Nach durchaus zufriedenstellenden und ausreichenden Streicheleinheiten ließ ich mich auf der Terrassenbank nieder. Die beiden litten offensichtlich an schlechtem Gewissen. Daher das viele Streicheln. Gut so. Katzlich. Und kein Wort von dem halben Ohr und dem Blut. Eigenartig.

Nach einiger Zeit verschwanden sie im Haus. Nachvollziehbar. Morgen würden die Eltern zurückkommen und es war mit hundertprozentiger Sicherheit Ende mit sturmfreier Bude.

Die Nacht verbrachte ich auf dem Dach des kleinen Gartenhauses von Sophias Eltern. So konnte ich wachen und ab und zu schlafen, ohne von irgendwelchen menschlichen Wesen überrascht zu werden. Außerdem war das Dach so breit, dass ich nicht befürchten musste, im Schlaf runterzufallen, wenn ich mich ein wenig bewegte. Meine Schmerzen waren außerdem nach dem Genuss der Fleischwurst und dem Streicheln nicht mehr ganz so schlimm, so dass ich Großkatze sei Dank in der Lage war, in der Nacht ein wachendes Auge über die beiden zu halten.

Ich traute nämlich dem momentanen Frieden nicht so recht und Sophia und Johann waren mir einfach zu unbedarft, fast wie Kinder. Sie waren sich der Gefahr, in der sie schwebten, absolut nicht bewusst. Ich jedoch hatte die Ganoven gesehen und gehört und ihre Brutalität am eigenen Leib erfahren.

Ich wollte gar nicht wissen, wie es unter meinem schönen dichten Fell auf meiner Haut aussah. Sicher war ich an den meisten Körperstellen blau und grün.

Nachdem ich dem einen Kerl mit der Tätowierung auf dem Arm das halbe Ohr abgebissen hatte, waren sie ganz bestimmt in ihrer aufgestauten Wut noch gefährlicher. Katze musste auf der Hut sein. Ich musste und würde Sophia und Johann beschützen. Dass ich dazu in der Lage war, hatte ich einzigartig unter Beweis gestellt, auch wenn Sophia und Johann das dummerweise nicht erkannt hatten. Meine Lieblingsignoranten!

Sophias Eltern sind wieder da

Ich musste sehr gut und fest auf dem Dach geschlafen haben. Von wegen Wachen! Die Müdigkeit hatte mich tatsächlich überkatzt. Als ich am nächsten Morgen erwachte und unter dem Küchenfenster wie immer mein Miau anstimmte, öffnete sich das Küchenfenster und Sophias Mutter schaute raus. Ich hatte ihre Rückkehr trotz meiner Wache auf dem Gartenhaus nicht bemerkt. Das war bedenklich, das war sogar sehr bedenklich. Das hätte nicht geschehen dürfen. Aber wie heißt es so schön im Volksmund? Genau: passiert ist passiert. Ich redete mir folglich ein gutes Gewissen ein. Es war ja nichts Schlimmes geschehen. Nur die Eltern waren zurück. Daran hätte ich durch Aufpassen nichts ändern können. Außerdem war ich froh, dass sie da waren. Nun hatte ich Großkatze sei Dank nicht mehr die volle Last der Verantwortung für Sophia und Johann.

„Da bist du ja, du Räuber", rief Sophias Mutter lachend und sichtlich erfreut, mich zu hören und zu sehen.

Manchmal nennt sie mich scherzeshalber Räuber. Warum? Das weiß ich nicht. Es ist anscheinend eine Art Kosenamen. Die Menschen lieben solche Namen. Johann nennt Sophia manchmal Söpchen. Igitt, ist das schlimm! Aber Sophia strahlt dann nur und betitelt ihn mit Hänschen. Noch schlimmer! Nach dem Motto: Was Hans nicht lernt, lernt Hänschen nimmermehr. Oder umgekehrt? Was Hänschen nicht lernt, lernt Hans nimmermehr? Macht mehr Sinn. Wie dem auch sei: einfach furchtbar und katzlich zugleich. Johann scheint diesen Kosenamen allerdings zu lieben. Seine Augen beginnen dann zu glänzen. Da sind wir Katzen doch anders gestrickt.

Wie dem auch sei, eine dicke Scheibe Bauernkäse landete vor meinen Pfoten. Und nicht light, nein, mit richtig viel Fett. Katzenhaft. Einfach gut, dass Sophias Mutter wieder da war. Dieser Käse war bestimmt ein Mitbringsel aus dem Urlaub. Ich konnte nur aus vollem Katzenherzen hoffen, dass sie sich gut mit diesem Käse eingedeckt hatte.

Kaum hatte ich die Scheibe vertilgt, tauchte der Kopf von Sophias Vater hinter der Mutter auf.

„Hallo, du Flohtaxi", begrüßte er mich lachend. „Wir sind wieder da."

Mit den letzten Worten warf er mir ein paar dicke Speckwürfel über den Kopf der Mutter hinunter. Sie trafen mich auf meinem Fell.

„Getroffen", triumphierte er.

„Fast hättest du meinen Kopf erwischt", tadelte ihn seine Frau lachend.

„Gekonnt ist gekonnt", antwortete dieser selbstbewusst. „Warum stehst du auch im Wege?"

Sophias Mutter schüttelte lachend den Kopf.

Dann warf der Herr des Hauses noch weitere Würfel in Richtung Terrassentür. Ich sprang suchend hin und her, so wie es ihm Freude machte. Bewegung hält im Übrigen fit. Ich bemerkte bei meiner Hin- und Herhüpferei, dass ich noch unter den Schlägen des Ganoven litt. Manche Bewegungen taten mir richtig weh und das Atmen fiel mir schwer.

„Was ist das denn? Eine Eisenstange auf der Terrasse?" Kaum herausgebrüllt stand Sophias Vater unten auf der Terrasse neben mir.

Sophias Vater hatte nur einen Blick auf die Terrasse benötigt, um festzustellen, dass hier etwas nicht in Ordnung war. Johann und Sophia hingegen hatten den ganzen Tag nichts gemerkt, auf jeden Fall nicht das, was von Bedeutung war.

Sein nächster Ruf galt Sophia.

„Sophiaaa!" Und dann, ohne Ihr Erscheinen abzuwarten: „Sophia, hast du die Eisenstange auf der Terrasse gesehen? Das sieht doch glatt so aus, als habe sich hier ein Einbrecher versucht." Seine Stimme tönte laut durch den Garten. Endlich jemand mit Verstand. Er hob die Eisenstange auf und betrachtete sie von allen Seiten.

Sophia und Johann erschienen innerhalb kürzester Zeit auf der Kellertreppe. Sie rieben sich den Schlaf aus den Augen. Gleichzeitig setzte der Hund des Nachbarn zu einem Willkommensbellen an.

„Ruhe!", schrie Sophias Vater dem Hund zu. Das kam fast automatisch, wenn immer er den Nachbarshund bellen hörte.

„Kaum da und schon schlechte Laune, Matthias?", entgegnete die Nachbarin, die man nicht sehen konnte, da sich zwischen den Gärten eine riesige, dichte Efeuhecke befand, die den Maschendrahtzaun ganz bedeckte. Sie klang aber nicht eingeschnappt, sondern eher so, als wolle sie auf sich aufmerksam machen.

„Nein, nein, guten Morgen, Josefa, es ist nur noch so früh. Euer Hund soll nicht alle Leute aufwecken. Ich komme gleich mal rüber, um Hallo zu sagen, muss gerade hier noch was mit Sophia besprechen", antwortete Sophias Vater, während er zunächst Sophia und dann Johann wahrnahm.

Perplex staunte er: „Johann, du auch hier?"

Hinter dem Zaun hörte ich ein Kichern: „Das arme Kind!"

Die Nachbarin bekam einfach alles mit. Das sagte Sophias Mutter auch immer. Ich hätte wetten können, dass sie nun mit ihren Ohren ganz nahe an der Efeuhecke lauerte, damit ihr nichts von dem, was Sophias Vater bzw. Matthias nun mit den beiden zu besprechen gedachte, entging. Katzlich.

Sophia und Johann waren erstaunt, Sophias Vater schon auf der Terrasse zu erblicken: „Oh, wir dachten, ihr würdet erst am Mittag kommen."

Hatte ich mir doch fast gedacht. Die Rückkehrer waren noch nicht erwartet worden. Die Nachbarin, die katze immer noch nicht sehen konnte, machte sich wieder bemerkbar. Sie hatte wie vermutet gelauscht. Erst hörte man lautes Räuspern. Dann rief sie scheinheilig rüber: „Morgen Sophia, hat mein Hund dich etwa geweckt?" Ohne eine Antwort abzuwarten ging es Schlag auf Schlag weiter: „Ist Johann immer noch da? Ich habe euch nicht gesehen, nur gehört. Ihr wart ja so beschäftigt mit euch."

Matthias verdrehte die Augen und die Nachbarin holte kurz Luft, um aber sofort fortzufahren: „Ich gehe schnell mal zum Friseur. Färben. Wir sehen uns dann später. Tschüss, meine Lieben."

Zum Abschluss ihrer kurzen Einlage ertönte noch ein Kichern, als wäre sie ein junges Mädchen. Großkatze sei Dank, sie war verschwunden, ohne noch mehr Öl ins Feuer zu gießen.

Nun erschien Sophias Mutter auf der Bildfläche. „Hallo, meine Lieben, zunächst lasst euch einmal kräftig drücken." Sie nahm zuerst Sophia und dann auch Johann in den Arm. Der Vater schloss sich an.

„Ist das schön, dass wir alle gesund wieder eingetroffen sind." Letzteres kam von Sophias Vater. Er war jedoch noch nicht fertig, sondern fuhr mit einem für mich nicht klar deutbaren Unterton fort: „Du, Johann, hast dich ja auch schon häuslich bei uns eingerichtet."

„Habt ihr mitbekommen, dass sich jemand auf der Terrasse rumgetrieben hat?", warf Sophias Mutter in die Runde, um endlich zum Thema zu kommen.

Natürlich hatten sie das nicht. Vielmehr hatten sie mich verdächtigt, jemandem zu Unrecht Böses zugefügt zu haben. Dann hatten sie in dem irrigen Glauben, mir zu helfen, auch noch alle Spuren verwischt. Na, da sage ich doch: Applaus!

Nun hätte es eigentlich angesichts der Eisenstange, die Matthias ihnen entgegenhielt, bei den beiden Klick machen müssen. Aber nein, es dämmerte immer noch nicht. Bei Großkatze, ich fasste es nicht. So viel Ignoranz. Und das gleich im Doppelpack.

Sophias Vater blickte sich suchend um, während er noch auf eine Antwort der beiden wartete, und entdeckte zu seinem großen Entsetzen nun die Tragödie im und am und um den Teich herum.

„Was ist das denn?" Er röchelte geradezu und rang nach Luft. „Da hat sich auch jemand am Goldfischeteich ausgelassen. Wart ihr das?"

Diese letzte Frage war ein wenig dumm. Entsprechend dumm schauten die beiden aus der Wäsche. Und überhaupt: Goldfischeteich mit Betonung auf dem „e". Dass ich nicht lache. Einer war noch drin, ein kleiner mickriger Fisch. Den anderen hatte schon lange der Reiher gefressen.

Oder glaubte Sophias Vater tatsächlich an Wunder? Dachte er etwa, der einzige Goldfisch hätte sich während seiner Abwesenheit vermehrt? Eher nicht. Er machte eigentlich einen durchaus klugen Eindruck.

„Aber Matthias, was sollten die beiden denn im Teich? Der ist doch viel zu klein zum Schwimmen?", wies Sophias Mutter ihren Mann lachend in die richtige Richtung. Damit hatte sie vollkommen Recht. Still ergänzte ich für mich: Nicht nur zu klein, sondern auch zu zugewachsen mit Pflanzen, wenn man es genau nimmt.

Plötzlich wurden Sophia und Johann hellwach und wie Milben fiel es ihnen von den Augen. Ich sah ihre Gedanken förmlich rattern. Nun wurde ihnen offensichtlich bewusst, dass ich ihnen gestern den Hintern gerettet hatte oder so ähnlich. Und schon sprudelte es aus Sophia wie aus einem Maschinengewehr heraus.

„Gestern, als Johann und ich vom Einkaufen kamen, lag auf der Terrasse eine Blutlache. Inmitten der Blutlache lag ein Menschenohr. Davor saß Minou."

„An dem Ohr steckte ein Ohrring", ergänzte Johann.

„Wir dachten, Minou hätte einen Menschen angegriffen und uns das Ohr präsentiert. So wie sie es schon einmal mit Mäusen macht. Praktisch als Dankeschön, weil sie froh war, dass wir wieder da waren." Bei den letzten Worten wurde Sophias Stimme immer leiser. Sie schaute Johann an, damit dieser den nicht so glorreichen Rest erzählte.

„Wir haben dann die ganzen Spuren beseitigt, damit Minou keine Schwierigkeiten bekommt", beendete Johann die Geschichte kurz und bündig.

Sophias Vater schüttelte nur noch den Kopf. So viel Schwachsinn konnte er sich offensichtlich einfach nicht emotionslos anhören. Ich sah ihm förmlich an, dass er nachdachte, dass das nicht nachvollziehbare Handeln der beiden ihn mehr und mehr in Rage brachte. Die Augen wurden zu schmalen Schlitzen, die Lippen waren fest aufeinander gepresst. Dann legte er mit einem Mal lauthals los: „Wenn auf unserer Terrasse eine Blutlache mit einem Ohr liegt, verwischt man keine Spuren, weil man denkt, die Katze hätte hier einen Angriff gestartet, sondern man ruft die Polizei. Vor allem dann, wenn, für alle sichtbar, eine Eisenstange die Terrasse ziert!" Mit etwas leiserem Ton fügte er fragend an. „Wo ist denn das Ohr?" Er durchbohrte Sophia und Johann dabei fast mit seinen Blicken.

„In der Mülltonne. Die wurde gestern noch geleert." Sophia schaute betreten vor sich auf den Boden. „Das Ohr ist weg, wir haben nach der Leerung die Tonne kontrolliert. Wir wollten uns vergewissern, dass alle Spuren beseitigt waren."

Niemand sagte ein Wort. Jeder musste das Gesagte erst einmal verdauen. Ich schaute von einem zum anderen.

Es war still im Garten und auf der Terrasse geworden. Totenstill. Ich konnte den Goldfisch atmen hören. Jetzt hätte die Sache mit dem Rucksack und dem nächtlichen Klingeln und Klopfen kommen müssen. Das wäre perfekt gewesen, alles hätte klipp und klar auf dem Tisch gelegen. Aber nichts dergleichen geschah.

Verstehe einer die Menschenwelt. Hatten die beiden das tatsächlich vergessen? Konnten die beiden eins und eins nicht zusammenzählen? „Angehende Mathematiker", kam mir dazu nur in den Sinn.

„Männerohr oder Frauenohr?", hakte Sophias Mutter nach. Die beiden zuckten mit den Schultern. Wieder trat schöpferische Stille ein.

„Da fällt mir ein. Gestern Nacht war etwas Sonderbares", sinnierte Sophia nach einer gefühlten Ewigkeit nachdenklich in der Runde.

Großkatze sei Dank, nun kam es endlich. Hätte mich auch sehr verwundert bei einem Mädchen, pardon, einer Frau wie Sophia. Die ist doch ansonsten sehr klug für einen Menschen.

„Na los, Fakten, lass dir nicht alles aus der Nase ziehen." Sophias Vater war sichtlich überfordert von Sophias Denkprozess. Wer kann es ihm in einer solchen Situation verdenken. Ich hoffte nur, er würde ihre Erinnerung mit seiner groben Art nicht im Keim ersticken. Er kann einen nämlich manchmal mit seiner poltrigen Art ganz schön auf die Palme bringen und gleichzeitig sprachlos machen. Das „Flohtaxi" ärgert mich auch oft. Ich habe allen Ernstes schon überlegt, ob ich die leckeren Speckwürfel wirklich auf der Terrasse suchen soll, wenn er mich so nennt. Großkatze sei Dank bin ich nicht sonderlich nachtragend. Ich weiß ja im Grunde, wer das sagt. Aber trotzdem, katze hat schließlich auch Gefühle.

„Gestern ist Sophia in der Nacht wach geworden, weil es an der Haustür klingelte und weil sie lauten Krach vor der Haustür gehört hatte. Als wir die Haustür einen Spalt breit öffneten, kam auch schon die Polizei mit einem Wagen vorgefahren. Herr Schmitz von gegenüber hatte sie gerufen. Vor der Tür stand aber niemand mehr", übernahm nun Johann die längst fällige Berichterstattung.

Wie sorgfältig und umsichtig er seine Worte wählte: einen Spalt breit. Das signalisierte: Sie waren vorsichtig gewesen, hatten nicht einfach die Tür geöffnet. Clever, ganz so, wie Sophias Vater es nach Johanns Meinung erwartete. Im Übrigen lag Johann damit richtig. Ich sah es dem Gesicht von Matthias an. So, wie Sophias Vater nun auf die beiden schaute, war ab jetzt Johanns Anwesenheit im Haus während der Abwesenheit der Eltern mehr als gerechtfertigt. Sie war sogar erwünscht. Nachts war es hier anscheinend gefährlich. Da musste Johann einfach Sophia beschützen.

„Herr Schmitz hat beobachtet, dass zwei Männer hier bei euch an der Haustür geklingelt und wie verrückt gebrüllt haben, wir sollten öffnen. Leider konnte er die Kerle nicht beschreiben. Die Straßenlaterne war mal wieder defekt, wie er sagte", fuhr Johann fort, jetzt ganz und gar der Traum-schwiegersohn. Einfach katzlich, wie leicht Matthias zu be-einflussen war.

„Also Männerohr", warf Sophias Mutter ein. Das war ein sauberer Schluss. Ich war total begeistert. Aber niemand von den anderen achtete auf ihre wichtige Aussage.

„Ich geh gleich nach dem Frühstück mal rüber und frag, was da los war", teilte Matthias nun seiner Familie in mehr oder weniger, aber eher mehr ruhigem Ton mit. Ich hatte die Lage richtig interpretiert: Sophias Vater war schon wieder zugäng-licher, zumal sich die beiden in seinen Augen in der Nacht klug verhalten hatten. Vor allem Johann. Ich hätte mich tot-lachen können.

„Da könnte ein Zusammenhang sein. Nachts wollten irgend-welche Kreaturen rein und versuchten es mit Klingeln und am Tag, als niemand da war, wollten sie über die Terrasse rein. Das erklärt uns die Eisenstange. Aber wieso glaubt ihr, dass Minou den oder die Eindringlinge angegriffen hat?" Sophias Vater war nun die Logik in Person. Gut so. Ich fragte mich insgeheim, ob Einbrecher nachts klingeln.

Sophias Mutter nickte und blinzelte mir zu. Ich hatte wenigs-tens das Gefühl, dass sie mich meinte. Wieder kam ein, jetzt ganz leises, „Männerohr?" von ihren Lippen. Eindeutig, das war fragend an mich gerichtet. Ich miaute zustimmend, nicht wissend, ob sie dies als positive Antwort wahrnahm.

„Sie hatte noch Blut an ihrem Maul." Sophia und Johann sprachen gleichzeitig, als hätten sie es einstudiert.

Dankbar schaute mich Sophias Vater an und sagte klar und deutlich. „Kluges Mädchen!"

War ich ein Hund? Die Nachbarin nennt ihren Hund oft „mein Mädchen". War ich ein Mensch? Nein, eine intelligente, stattliche, getigerte Katze mit wunderschön gestreiften Pfoten. Aber er wollte mich nicht beleidigen, das sagten mir seine Augen. Seine Ausdrucksweise war eben ab und zu gewöhnungsbedürftig. Poltrig? Das wäre nicht die korrekte Umschreibung. Eher ungelenk, unsicher, kurz gesagt: haarscharf daneben, aber lieb. So ist er.

„Ohne Minou hätten wir jetzt wohl ein Problem! Oder ihr beiden. Stellt euch einmal bildlich vor, ihr wärt im Hause gewesen und der oder die Einbrecher wären in das Haus gekommen."

Er redete immer noch von mir. Ob er noch etwas Wichtiges gesagt hatte, als ich mir Gedanken über das „Mädchen" machte? Ich nahm mir vor, nicht immer so menschlich überzureagieren. Ich schwor es bei Großkatze. Ehrlich. „Kluges Mädchen" war schließlich keine richtige Beleidigung. Als ich tief Luft holte, quasi, um für mich das Thema zu beenden, spürte ich wieder, dass mir das Atmen Schmerzen bereitete.

„Sophia, hol mal ein Leckerchen für deine Katze!"

Meine Katze, deine Katze: Ich gehörte nur mir. Basta!

Hoppla! Ich ermahnte mich in meinem Kopf. Ich hatte es soeben bei Großkatze geschworen. Ich musste nicht immer zu viel in die Sachen hineininterpretieren. Also freute ich mich einfach über die unerwartete Ankündigung einer zusätzlichen Essensportion, denn bei der Familie, die mich Katze nennt, gab es urlaubsbedingt immer noch nichts. Deren Kinder waren einfach zu sehr mit sich selbst beschäftigt. Ich musste folglich auf Vorrat essen. Mein Pragmatismus siegte. Großkatze sei Dank.

Während ich mich über das zweite Frühstück, besser Frühstückchen bzw. Leckerchen, wie Sophias Mutter es nannte, hermachte, gingen alle vier zum Teich, um sich das Malheur genauer anzuschauen. Was sie erzählten, konnte ich nicht verstehen. Ich war durch meine Lieblingsbeschäftigung abgelenkt. Als ich aufgegessen hatte, legte ich mich unter die Terrassenbank, um ein wenig auszuruhen.

Geweckt wurde ich, als in meinem Esszimmer der Tisch gedeckt wurde. Weil es so sonnig war, wurde draußen gefrühstückt. Es roch nach Kaffee, Rührei, Lachs und anderen Katzlichkeiten. Da ich bei Sophias Vater gut im Trend lag, würde so einiges für mich abfallen. Da war ich mir sicher.

Als alle um den Tisch saßen, streckte ich unter der Bank meine müden Glieder, gähnte kurz und drehte meine Runde um die vier Menschen. Zeit für ein drittes Frühstück, ich konnte schon wieder, katzlich.

„Da ist ja unser Wachhund, pardon, unsere Wachkatze!", strahlte mich Sophias Vater an. Er hatte gerade noch die Kurve gekriegt. Mit diesen Worten warf er mir ein Stück Lachs direkt vor die Schnauze. Ich musste nicht einmal suchen. Mundgerecht lag das Stück vor mir. Es folgten noch viele weitere Katzlichkeiten in Form von Lachs, so dass ich langsam um meine Figur bangte.

Kurz bevor ich platzte und Lachs mir bis kurz vor meinem Kiefer stand, liefen die beiden Frauen in die Wohnung, um mit ihren Mitbringseln aus dem Urlaub wieder zurückzukommen.

Nach dem Austausch der vielen kleinen und großen Geschenke – Großkatze sei Dank war ich diesmal verschont worden – deutete Sophia auf mich und wies auf mein neues grellrotes Halsband mit Sensor hin.

„Mit Sensor?", Sophias Vater verschluckte sich fast. „Wieso denn mit Sensor?"

Sophias Vater ist kein sogenannter „digital native", will heißen: digitaler Ureinwohner. Mit dem ganzen Technikschnickschnack hat er es in der Regel nicht besonders. Daraus macht er keinen Hehl. Ich wage sogar zu behaupten, dass er ein wenig stolz darauf ist, hier quasi gegen den Strom zu schwimmen.

„Damit ich sie mit dem Handy immer orten kann", begründete Sophia ihr Geschenk voller Stolz.

Sie nahm ihr Handy in die Hand, tippte darauf herum und zeigte dann das Display in der Runde. Offensichtlich konnte man mich darauf entdecken. Wie das geht, weiß ich nicht. Bin als Katze selbstredend ebenfalls kein „digital native". Die vier Menschen hatten auf jeden Fall alle eine wahre Freude daran, dass sie auf dem Handy sehen konnten, wenn ich mich bewegte. Matthias war sogar richtig begeistert. Also erhöhte ich ihren Unterhaltungswert und rannte ein wenig durch die Gegend, mal zum Teich, mal zum Gartenhaus, begleitet vom Juchzen und Lachen der Menschen. Sophias Vater war nicht nur begeistert. Er entwickelte sogar ein richtiges Interesse an der Technik. Sophia musste ihm genau erklären, wie das funktionierte. Insgesamt erklärte sie es gefühlte zehn Mal. Er wollte anscheinend seinen Status als Nicht-digitaler-Ureinwohner ändern.

Irgendwann wurde dann der Tisch abgedeckt und fast alle verschwanden im Haus. Wie gesagt, fast alle. Sophia blieb auf der Terrasse und rief nach mir. Sie zeigte mir das Geschenk ihrer Eltern, ein glitzerndes Armband. „Jetzt haben wir beide ein neues Armband bzw. Halsband", sagte sie zu mir. Dabei streichelte sie sowohl über meinen Rücken als auch über die Steine des Armbands. Nicht zeitgleich natürlich, sondern abwechselnd.

Apropos Steine, vom gestohlenen Rucksack hatte ich nichts gehört. Begreife einer die beiden Türkeireisenden. Wieso hielten sie das selbst vor den Eltern geheim? Das waren doch keine Polizisten. Die konnten sie doch dafür nicht bestrafen. Und sie würden es auch nicht, selbst wenn sie könnten. Verstehe einer das Verhältnis der Menschen zu logischem Denken.

Für mich zeigte dies klar und deutlich, dass Sophia sich nicht bewusst war, dass im Hintergrund eine Gefahr lauerte. Das gleiche galt für Johann. Auch bei ihm war keinerlei Bewusstsein für den Ernst der Lage erkennbar. Das sollte sich sehr bald ändern.

Dritter Teil
oder die Dinge überschlagen sich

Johann wird entführt

Gegen Mittag besuchte ich trotz einer gewissen Appetitlosigkeit die Lailas, ihr wisst schon, die Familie, die mich Laila nennt. Regelmäßigkeit ist besonders wichtig. Wenn katze nicht immer wieder erscheint, wird katze vergessen und dann gibt es auch kein Futter mehr. Ist doch logisch, oder? Und die Jagd war noch nie ein von mir präferiertes Hobby. Ich mochte selbstgejagtes frisches Fleisch zudem nicht. Ich denke fast, ich wiederhole mich. Sei es drum.

Sie hatten schon gewartet, um mir ihre Essensreste zu kredenzen: gebratenen Lachs. Genau genommen kredenzte nicht die ganze Familie den Lachs, sondern nur die alte Frau. Ist ja auch egal, wer mir mein Essen servierte. Das Problem war der Lachs. Schon wieder Lachs. Ich hätte kotzen können, wie ungebildete Menschen zu sagen pflegen.

Um mich nicht in Misskredit zu bringen, packte ich den größten Brocken Lachs und verschwand damit im hintersten Winkel des Gartens, wo die beiden gar nicht mehr hingehen. Ich sage nur: Unkraut, Meter hoch. Brennnesseln vom Feinsten. Dort vergrub ich den Fisch für schlechte Zeiten, die hoffentlich nie kommen würden. So etwas hatte ich noch nie gemacht. Ich war mir auch nicht sicher, ob ich den vergrabenen Fisch jemals essen würde.

Das Vergraben war harte Arbeit. Der Boden war steinhart. Bei dieser Erkenntnis fiel mir wieder der nicht genannte Rucksackklau ein. Beunruhigend. Sehr beunruhigend auch, dass

Sophia und Johann nicht einmal mit Sophias Eltern darüber gesprochen hatten. Der Vater wäre ganz sicher ein guter Ratgeber gewesen. Polizei oder nicht Polizei? Er hätte gewusst, was zu tun war. Er wäre auch sicher ein guter Analyst gewesen: Er hätte hundertprozentig einen Zusammenhang zwischen dem Einbruch und dem Diebstahl des Rucksacks hergestellt. So vermutete ich wenigstens. Aber es war wie es war. Die beiden waren nach wie vor stumm wie Fische.

Bei meinem Gang zurück in den vorderen Gartenteil leckte ich mir ganz bewusst die Lippen. Meine Zunge ging ein paarmal schnell vom rechten Mundwinkel zum linken rüber. Die beiden Lailas waren fast zufrieden. Fast, wie gesagt. „Komm, Laila", lockten sie mich, „hier ist noch mehr Fressi-Fressi."

Ich hasse diese Katzensprache der Menschen. Können die sich nicht vernünftig ausdrücken, z.B. Lachsreste mit Gräten und Spinat an Kartoffelbrei? Manchmal gingen sie mir wirklich auf die Nerven. Genau so reden mitunter Eltern oder Großeltern mit ihren kleinen Kindern. Da heißt es zum Beispiel nicht „Ball", sondern „Balla", nicht „Milch", sondern „Milli", nicht „Roller", sondern „Rolli", nicht „Hund", sondern „Wauwau", nicht „Katze", sondern „Miez-Miez". Einfach schrecklich.

Mühsam schleppte ich mich zum Resteessen. Es würgte mich bereits, aber ich musste da durch, wollte ich meine Futterquellenbesteller nicht beleidigen oder sogar verlieren. Der alte Mann ging zu meinem Glück zur Kellertür. Mittagsschlaf war angesagt. Seine Frau allerdings wachte über mein körperliches Wohl. Sie wartete bei dem Tellerchen mit dem Fressi-Fressi auf mich, ihre Arme in die Hüften gestützt. Dabei strahlte sie mich aus blauen Augen glücklich an.

Es wird mir keiner glauben, was jetzt geschah. Kurz bevor ich mich auf die letzten Reste hätte stürzen müssen, kam vom Himmel ein kleiner Klecks, direkt auf das Fressen. Eine Taube hatte gerade gute Verdauung. Nie wieder würde ich Tauben jagen, ich danke dir Großkatze von ganzem Katzenherzen. Ich mag sie sowieso nicht, d.h. genauer, ich esse Vögel überhaupt nicht. Aber selbst, wenn sie meine Leib- und Magenspeise wären, würde ich aus lauter Dankbarkeit nie mehr in meinem ganzen Katzenleben Jagd auf Tauben machen.

„Oh Gott", rief die alte Frau entsetzt, „arme Laila, das kannst du nicht mehr essen. Es tut mir sooo leid. Leider habe ich nichts mehr für dich." Mit diesen Worten zog sie den Teller mit meinem Fressen aus meiner Reich- und Sichtweite. „Das muss nun auf den Kompost, du arme kleine Laila."

Mir tat es überhaupt nicht leid, ganz im Gegenteil, aber ich machte auf traurig, ganz wie es sich gehört, und schlich mit hängendem Kopf aus dem Garten in Richtung Straße. Dieser Abzug war wichtig und sehr gelungen. Sie hätte mir bestimmt einen Essensersatz besorgt, selbst wenn sie sagte, sie hätte nichts mehr. Sie ist nämlich eine sehr verantwortungsbewusste ältere Dame.

Die Straße erreichend sah ich, dass eine mir sehr gut bekannte Person die Straße hinunterlief in Richtung Innenstadt: Johann. Sicher wollte er endlich einmal nach Hause. Zum Zeitvertreib verfolgte ich ihn ein wenig, und zwar so, dass er mich nicht entdeckte. Am Straßenende bog er nach rechts ab. In der Hand hatte er eine Leinentasche. Sicher befand sich seine gewaschene Wäsche darin. Einen Rucksack hatte er ja nicht mehr. Ich schlich hinterher, denn in der Richtung befand sich auch ein wunderbarer Teich mit Fischen. Den konnte katze mit Fug und Recht Goldfischeteich nennen, mit Betonung auf „e". Kleiner Seitenhieb am Rande auf Sophias Vater. Die wollte ich etwas jagen, zumal ich im Moment Fische hasste, insbesondere Lachse. Die Goldfische mussten nun statt ihrer herhalten.

Es kam jedoch ganz anders. Mit Entsetzen denke ich an die Wendung, die das Schicksal nun nahm. Ich hatte das Unheil zwar deutlich im Gefühl gehabt und hatte nicht grundlos die letzten Nächte durchwacht, um auf Sophia und Johann aufzupassen, weil die beiden leider die Zeichen der Zeit nicht richtig zu deuten gewusst hatten. Aber so schnell hatte ich nicht mit dem Handeln der Kerle gerechnet. Wie sagt katze noch: unverhofft kommt oft! Oder besser: unverhofft kommt blitzschnell. Das trifft es auf den Punkt.

Kaum war ich auf Johanns Höhe, allerdings noch immer unsichtbar für ihn, hielt neben ihm eine Killermaschine des Typs vier, also dunkler großer Wagen mit kleinen Reifen, kurzum: sehr gefährlich. Der Beifahrer stieg aus, ging auf Johann zu und hielt ihn am Arm fest. Dabei stieß er ihn gegen die Killermaschine. Dann drückte er ihm den rechten Unterarm auf den Hals. Ich hatte das Gefühl, dass mein Herzschlag aussetzte.

„Wo ist der Stoff, du A…?", brüllte er ihn an. Ich nenne den Ausdruck, mit dem der Typ Johann bedachte, an dieser Stelle nicht. Das war niveaulos.

„Welcher Stoff? Lass mich los, Mensch, spinnst du?", schrie Johann zurück. Er versuchte mit aller Kraft, den unverschämten Kerl abzuschütteln. Erfolglos.

Bei mir machte es sofort nicht nur einmal klick, sondern klick, klick, klick, eine ganze Kaskade. Der Typ, der Johann belästigte, hatte ein Riesenpflaster auf dem rechten Ohr. Und auf dem Arm, mit dem er Johann versuchte, die Luft abzudrücken, schaute ein Wurm oder eine Schlange böse in die Weltgeschichte. Auch die Stimme erkannte ich. Ich sage nur: Katzenvieh. Das waren die Typen, die den Rucksack gestohlen, in der besagten Nacht Sturm geläutet und gestern mit der Eisenstange in das Haus hatten einbrechen wollen. Wenigstens derjenige, der Johann nun so massiv bedrohte, war einer der Halunken. Den anderen konnte ich im Auto nicht gut erkennen. Ich musste Johann unverzüglich helfen.

Eine Killermaschine des Typs drei näherte sich. Ich sah schon die Rettung vor mir. Aber anstatt zu helfen, hupte der Fahrer nur und fuhr seines Wegs. So etwas nennen die Menschen Zivilcourage. Dass ich nicht lauthals miaue.

Mir blieb keine Wahl. Ich krümmte meinen Rücken, fauchte und wollte gerade zum Sprung ansetzen, als mich der Kerl, der Johann belästigte, erblickte. „Scheiße, die Furie! Wir müssen verschwinden." Er öffnete die hintere Wagentür schneller als ich überhaupt sehen konnte und drückte Johann in das Wageninnere. Dann sprang er selbst auf den Beifahrersitz. Noch ehe er die Tür geschlossen hatte, preschte die Killermaschine mit einem Satz nach vorne. Die Beifahrertür schlug zu und weg war das Gefährt. Ich raste hinterher, wobei ich nur den einen Gedanken hatte: „Johann, ich komme, ich helfe dir."

Ich sah bei meiner Verfolgungsjagd deutlich, dass auf dem Hintersitz ein Kampf stattfand. Die Hintertür öffnete sich und Johanns Beine kamen raus. Der Wagen hielt. Johann versuchte offensichtlich zu fliehen. Ich holte auf. Noch höchstens fünfzig Meter trennten mich von Johann und seiner Rettung. Da öffnete sich die Vordertür und der Einohrige sprang heraus. Mit der geballten Faust schlug er auf Johann ein, der daraufhin in die Killermaschine zurückfiel.

Ich fauchte wie ein Tiger. Die gleiche Kraft spürte ich auch in mir. Ich wuchs geradezu über mich hinaus. Der Typ sah mich entsetzt an, schlug die Hintertür mit seiner geballten Faust zu, flüchtete nach vorne auf seinen Sitz und dann verschwand die Killermaschine und mit ihr Sophias Johann. Ich sprintete noch hinterher, sah nach kurzer Zeit ein, dass es sinnlos war und schwankte schließlich ausgelaugt in Richtung Sophias Haus bzw. Haus ihrer Eltern.

Hatte ich Schuld? Wenn ich nicht gefaucht hätte, wäre Johann dann nicht in den Wagen gestoßen worden? Hätte ich ihn mit einem Sprung auf den Rücken des Einohrigen retten können? So oder so ähnlich schwirrte es mir durch meinen Kopf. Gleichzeitig stellte ich mir immer wieder angstvoll die Frage, ob Johann noch lebte. Nach dem letzten Schlag war Johanns Kopf nicht mehr nach oben gekommen. Oh Großkatze, oh Großkatze!

Als ich beim Zurücklaufen auf der Straße genau da, wo Johann aus dem Auto gesprungen war, Blut entdeckte, wurde es mir ganz kalt um mein Katzenherz. Ich hatte nicht geahnt, dass das Leben so bitter sein kann. Ich war total fertig mit der Welt.

Etwas weiter in Richtung Sophias Elternhaus entdeckte ich Johanns Leinensack. Er lag exakt da, wo Johann zum ersten Mal in die Killermaschine gestoßen worden war. Aus dem Leinensack war einer von Johanns neuen Sportschuhen, die dieser in der Türkei erstanden hatte, herausgefallen. Als ich mir den Sportschuh genauer ansehen wollte, kam eine Killermaschine vom Typ drei und fuhr über den Leinensack und den Schuh, wobei der Sportschuh zerquetscht wurde. War das ein böses Omen? Ich verscheuchte ganz bewusst diesen Gedanken. Ich musste stark bleiben, musste Sophia helfen. Und natürlich Johann. Wenn er noch lebte. Aber wie konnte ich helfen? Und wo überhaupt befand sich Johann? Lauter Fragezeichen.

Sophia gesteht alles

Die arme Sophia. Ich musste ununterbrochen an sie denken. Und natürlich an Johann. Was konnte ich nur machen? Was war mit Sophia? Sie musste total fertig sein mit ihren Nerven. Da fiel mir ein, dass sie ja noch gar nichts von Johanns Entführung wusste. Klar, nur ich hatte ja den Überfall beobachtet. Ach ja, und die zweite Killermaschine. Die hatte jedoch die Zeichen der Zeit nicht erkannt, hatte nur ein jämmerliches Hupen von sich gegeben und war verschwunden.

Ich machte mich auf den Weg zu Sophia. Ich wollte ihr eine Stütze sein in den nun folgenden schlimmen Zeiten. Auf Dauer konnte die Entführung nicht geheim bleiben. Dann wäre ich zur Stelle. Johann konnte ich ihr zwar nicht ersetzen, das war mir klar. Vielleicht konnte ich jedoch helfen, ihn zu finden. Wie das geschehen könnte, war mir noch nicht klar.

Bald schon war ich an meinem Ziel. Ich entdeckte zunächst ihren Vater, der mit Herrn Schmitz vor dessen Tür sprach.

„Ach, da kommt ja Minou!", strahlte er mich an. „Sie hat offenbar einem der Burschen das halbe Ohr abgebissen. Mit Ohrring!" Ich war in der Achtung des Vaters offensichtlich gestiegen. Ansonsten hätte er mich schlicht Flohtaxi genannt.

„Was sagen Sie da?" Fragend fiel der Blick des Nachbarn abwechselnd auf mich und Sophias Vater. „Das halbe Ohr abgebissen, mit Ohrring?" Er wiederholte den Satz langsam in Frageform, als müsse er sich den Sinn des Gesagten auf diese Weise verdeutlichen.

„Ja, ich hatte ja noch nicht erzählt, dass es gestern offenbar noch ein Nachspiel zu dem nächtlichen Besuch gab. Die Kerle müssen am helllichten Tag zurückgekommen sein und haben versucht, über die Terrasse ins Haus zu kommen."

„Woher wissen Sie das denn? Sind die etwa reingekommen?", hakte der Nachbar erstaunt und Böses ahnend nach.

„Nein, Gott sei Dank nicht. Ich entdeckte heute Morgen eine Eisenstange auf der Terrasse. Als ich Sophia und Johann fragte, ob sie wüssten, wo die herkommt, erzählten sie mir, dass gestern eine Blutlache auf der Terrasse gewesen sei. Neben der Blutlache habe ein halbes Menschenohr mit einem Ohrring gelegen. Und Minous Schnauze sei voller Blut gewesen. Die Eisenstange hatten die jungen Leute glatt übersehen. Nicht zu fassen. Aber für mich war das ein klarer Einbruchsversuch."

Stark, aus dem Blutfleck war bereits eine Blutlache geworden. Wann stempelte er mich zur Mörderin ab?

„Mit dem Ohr kann man die Typen doch entlarven", jubelte der Nachbar. „Hervorragend gemacht, du Katze, du."

Er beugte sich runter zu mir und streichelte mich. Und – mir stockte fast der Atem – Sophias Vater, den ich ab und an in den letzten Stunden gedanklich Matthias nannte, weil sich irgendwie ein Band zwischen uns entwickelt hatte, tat es ihm gleich.

„Könnte man, könnte man, wäre da nicht ein Problem. Sophia und Johann haben die Blutlache weggeschrubbt und das Ohr in der Mülltonne entsorgt."

Bei diesen Worten streckte er sich wieder und schüttelte verzweifelt den Kopf. Mit der rechten Hand fuhr er in Richtung seiner sich lichtenden Haare, gerade so, als wollte er sich die Haare raufen. Im letzten Moment hielt er inne. Sicherlich war ihm eingefallen, dass er soeben das Flohtaxi gestreichelt hatte. Für ihn war das gleichbedeutend mit Parasitenalarm.

„Im Ernst? Die beiden haben das Ohr in die Mülltonne geworfen?" Das Gesicht des Nachbarn war pures Unverständnis. Sehr gut nachvollziehbar. Nun hörte er auch auf, mich zu streicheln. Als er sich wieder in die stehende Position brachte, knackte es gefährlich.

„Ja, so richtig verstehe ich das auch nicht. Sie wollten anscheinend Minou schützen."

Ich muss gestehen, dass ich mir diesen Unsinn mit „Minou retten" oder „Minou schützen" nur noch schwer antun konnte. Wäre ich nicht zu neugierig gewesen, was der Nachbar noch zu sagen hatte, wäre ich abgezogen. So was tat mir in meinen Katzenohren weh.

„Verstehe ich nicht. Absolut nicht. Sonderbar." Der Nachbar rieb nachdenklich an seinem Kinn.

„Finde ich eigentlich auch. Macht doch absolut keinen richtigen Sinn", gestand Sophias Vater. Er stand mit hängenden Schultern vor Herrn Schmitz. Katze sah ihm an, dass seine Welt aus den Fugen geraten war. Da war auf einmal ein großes schwarzes Loch des Nichtverstehens.

„Ich fand Ihre Tochter auch reichlich sonderbar bei dem Gespräch mit den Polizisten."

Jetzt war es raus. Irgendwie hatte ich darauf gewartet. Und es war gut so. Die Angelegenheit lief meiner Meinung nach gerade aus dem Ruder. Es bestand dringender Handlungsbedarf. Johann war sogar entführt worden und ich war mir nicht sicher, ob er überhaupt noch lebte. Die beiden ahnten allerdings noch nicht, dass sich soeben eine Tragödie ereignet hatte. Am helllichten Tag hatten die Kerle Johann in ihre Killermaschine gezogen. Dabei hatte es außer mir nur einen Zeugen gegeben, der wie bereits angemerkt, zu dumm gewesen war, die Situation richtig zu deuten. Ich hatte den Eindruck, dass zurzeit die Dummheit überpfote nahm.

„Wieso sonderbar?" Sophias Vater zog seine dichten dunklen Augenbrauen in die Höhe, gleichzeitig nahm er Haltung an. Herr Schmitz zuckte merklich zusammen. Matthias sah wirklich von einem Augenblick zum anderen zum Fürchten aus.

„Ich will ja nichts gesagt haben", beeilte sich Herr Schmitz, seinen Nachbarn zu besänftigen. „Ich hatte das Gefühl, dass ihre Tochter und ihr Freund der Polizei etwas verschweigen wollten. Ihre Tochter machte nämlich Anstalten, etwas zu sagen und hielt dann doch ihren Mund. Das war irgendwie eine stillschweigende Übereinkunft zwischen ihr und dem Freund, wie wir Juristen zu sagen pflegen. Das meine ich mit sonderbar. Ich hatte ihre Tochter, nachdem die Polizei weg war, noch darauf angesprochen. Sie gab mir aber keine befriedigende Antwort."

„Danke, dass Sie mir das gesagt haben. Ich muss wohl ein ernstes Wort mit meiner Tochter reden. Bis dann. Und nochmals Danke, dass Sie so ehrlich zu mir waren."

Mit diesen Worten machte er sich eiligen Schrittes auf den Weg zu seinem Haus. Nachdenklich schaute ihm der Nachbar hinterher und murmelte dabei: „Die Welt wird immer schlechter." Worauf sich das bezog, war nicht nachvollziehbar, am ehesten auf nicht näher definierbares Unwohlsein. Na ja, und als Jurist – vielleicht war er Richter – hatte er sicher mehr Schlechtes als Gutes gesehen. Das liegt eindeutig am Beruf. Gärtner beispielsweise, die immer nur blühende Blumen sehen, haben bestimmt eine ganz andere Sichtweise.

Ich tat es Sophias Vater gleich und machte mich eilig auf die Pfoten Richtung Esszimmer. Da flegelte sich Sophia in einem Liegestuhl und sonnte sich genüsslich bei wolkenlosem Himmel. Ihre Mutter saß auf der Bank und las in aller Seelenruhe die Tageszeitung von gestern. Keiner der beiden hatte offensichtlich eine Ahnung davon, was mit dem armen Johann passiert war. Und ich konnte ihnen nichts sagen. Zum ersten Mal in meinem Katzenleben bedauerte ich es von ganzem Katzenherzen, nicht mit Menschen reden zu können.

Obschon sich kein Lüftchen regte, spürte ich den aufsteigenden Sturm, und zwar in Gestalt von Sophias Vater. Er stand mit einem Mal in der Terrassentür und fragte mit sich geradezu überschlagender Stimme: „Hast du mir nichts zu sagen, Sophia?" Mit funkelnden Augen stand er mitten in der Tür, die Hände in die Hüften gestützt.

Die Mutter schreckte zusammen und stieß sich dabei mit ihrem linken Ellenbogen an der Rückwand der Bank. „Meine Güte", schimpfte sie wütend. Sie hatte sich wehgetan. Katze sah es ihrem Gesicht deutlich an. „Musst du dich so anschleichen und dann lospoltern wie, wie …?" Wie was, fragte ich mich. Aber es fiel ihr anscheinend kein passender Vergleich ein. Mir fiel „Racheengel" ein. Den Begriff konnte ich aber aus bekannten Gründen nicht kommunizieren.

Ich schaute gebannt auf Sophia. Sie wurde ganz blass und wandte sich ihrem Vater zu. „Was meinst du? Bist du sauer, dass Johann hier geschlafen hat? Wir hatten gar nicht bemerkt, dass es so spät geworden war und hielten es dann für besser, wenn Johann bei mir blieb. Außerdem fürchtete ich mich ein wenig. Die Nacht davor hatte mir gereicht. Und dann das Ohr auf der Terrasse."

Sie stotterte meiner Meinung nach unzusammenhängend und unlogisch herum und war deutlich – und meiner Meinung nach ganz bewusst – auf der falschen Spur. Es musste ihr so klar wie der blaue Himmel sein, dass es nicht um Johanns Übernachtungen ging. Sie war doch sehr klug. Wenn Sophias Vater damit Probleme gehabt hätte, wäre das in Anwesenheit von Johann zur Sprache gekommen. Er spricht nämlich in der Regel aus, was ihm auf der Seele liegt. Ich sage nur: Flohtaxi. Dies war ganz klar ein nicht gekonntes Ablenkungsmanöver Sophias. Sie wollte offensichtlich Zeit rausschinden, bevor sie antwortete.

„Blödsinn", kam die schon etwas kleinlautere Antwort. Es machte Matthias sichtlich zu schaffen, dass seine Frau sich gestoßen hatte. Er wusste, dass das seine Schuld war und buk sofort kleinere Brötchen. Hatte Sophia ein Glück! Unverdientes Glück im Übrigen.

„Herr Schmitz meinte, du und Johann wüsstet mehr über die Typen, die nachts geklingelt haben und anschließend hier anscheinend einbrechen wollten, als ihr beide uns und der Polizei in der Nacht gegenüber zugegeben habt. Ist das korrekt, Sophia?"

„Das stimmt doch gar nicht. Wie kommt er denn darauf? Und ob die Typen von nachts und die, die auf der Terrasse waren, die gleichen sind, wissen wir auch nicht hundertprozentig." Sophia wurde böse, vor allem, weil sie jetzt log. Sie war ansonsten ein ausgesprochener Wahrheitsfanatiker.

„Es spricht einiges dafür, dass die Typen aus der Nacht und die, die gestern einbrechen wollten, identisch sind", konterte ihr Vater.

„Das sehe ich auch so", mischte sich die Mutter in das Gespräch von Vater und Tochter ein. „Aber wie kommt der Schmitz denn darauf, dass die beiden anscheinend mehr wissen, als sie zugeben?" Sie verdrehte die Augen und unterstrich damit die ihrer Meinung nach absurde Aussage des Nachbarn.

„Er hatte den Eindruck, dass Sophia und Johann den Polizisten in der besagten Nacht etwas verschwiegen haben."

„Das kann nicht wahr sein", wandte sich die Mutter an ihre Tochter. „Oder?", fügte sie, unsicher geworden, hinzu. „Deckt ihr die Typen etwa? Habt ihr Probleme?"

„Ja und nein", wand sich Sophia. Sie merkte, dass das Lügen keinen Sinn mehr machte. Der zum größten Teil energische Auftritt des Vaters und die Einlassung der Mutter signalisierten, dass nun die Stunde der Wahrheit geschlagen hatte.

Mein Katzenherz machte einen Sprung, obschon es mir leid tat zu sehen, dass Sophia in die Enge getrieben wurde. Außerdem war das nicht ganz gerecht, weil eigentlich Johann Schuld an der dummen Verschweigerei hatte. Aber wir kamen endlich der Wahrheit näher und nur das zählte im Augenblick. Es war nämlich allerhöchste Eisenbahn, wie Menschen so sagen. Letzteres suggerierte, dass noch ein wenig Zeit war. Die Eisenbahn hat nämlich in der Regel Verspätung, wie ich mir habe sagen lassen. Sophia kalkuliert morgens, wenn sie zur Universität muss, die Verspätung der Eisenbahn zum Leidwesen ihrer Mutter mit ein. Mit dieser meiner Auslegung machte ich mich selbst ein wenig glücklich. Dann dachte ich an das Blut auf der Straße. Hoffentlich war wirklich noch Zeit. Ich wusste einfach nicht mehr, was ich hoffen konnte.

„Was heißt denn nun ja und nein?" Sophias Mutter wurde leicht ungehalten. Das war etwas ganz Seltenes bei ihr. Sicherlich schmerzte ihr Ellenbogen noch ein wenig.

„Also gut", begann Sophia und erzählte von dem gestohlenen Rucksack und vor allem dessen Inhalt.

„Ob da ein Zusammenhang zu den Steinen besteht?" Sophias Vater schaute nachdenklich von Sophia zur Mutter und wieder zu Sophia. „Kann ich mir eigentlich nicht vorstellen. Oder glaubt ihr etwa, die Diebe hätten sich so über die Steine geärgert, dass Sie sich an euch rächen wollten? Glaub' ich einfach nicht", gab er sich selbst die Antwort. „Da muss was anderes hinter stecken. Da muss es um mehr gehen." Erschöpft ließ er sich neben seiner Frau auf der Bank nieder und stützte seinen Kopf auf seinen Händen ab.

„Hätten wir es denn der Polizei melden sollen? Da war ja eigentlich nichts von Wert. Und Johann hätte sich eventuell nur in Schwierigkeiten gebracht. Was meint ihr denn?" Zaghaft warf Sophia die Frage auf. Sie fühlte sich eindeutig nicht wohl in ihrer Haut.

„Keine Ahnung, ob Johann Schwierigkeiten bekommen hätte", antwortete ihr Vater. „Ich erkundige mich mal. Aber die Polizei rufe ich jetzt sofort an, und zwar wegen der Eisenstange auf der Terrasse. Das hätte ich schon lange machen sollen. Dass ich das noch nicht gemacht habe, verstehe ich nicht."

Er wunderte sich über sich selbst. Das konnte man sehr gut daran erkennen, dass er seinen Kopf schüttelte.

„Genau, habe auch überhaupt nicht mehr dran gedacht", stimmte die Mutter nickend zu. „Ich bin irgendwie noch nicht richtig zu Hause angekommen. Aber von wegen Steine. Ich finde es alles andere als gut, solche Steine mitgehen zu lassen. Stell dir mal vor, das würde jeder machen. Matthias, ruf die Polizei mal an. Nicht, dass die Verbrecher es noch einmal bei uns versuchen. Ich habe kein gutes Gefühl in dieser Angelegenheit."

Gesagt, getan. In Blitzesschnelle wurde der längst fällige Anruf getätigt.

Wie nur sollte ich ihnen jetzt klarmachen, dass da sehr wohl Zusammenhänge waren. Alle verschwanden im Haus und ich saß draußen voller Unruhe. Was war mit Johann? Lebte er überhaupt noch? Die Fragen gingen mir einfach nicht aus dem Kopf. Ich konnte an nichts anderes denken. Vor allem sah ich immer wieder das Blut auf der Straße und musste an den Fausthieb denken, den der einohrige Typ Johann verpasst hatte.

Ich suchte schließlich einen ruhigen Platz unter der Bank, direkt neben den Gartenschuhen von Sophias Mutter. Hinter den Schuhen lugte das weiße Paket hervor. Sophia hatte es ganz vergessen und Johann auch. Was da wohl nur drin war? Wie Sophia glaubte, ein Geschenk für sie? Ich wusste es nicht. Es interessierte mich aber im Moment auch nicht. Ich musste nachdenken, alles noch mal in Gedanken durchgehen. Außerdem schmerzte meine Seite, in die mich der Typ besonders heftig geboxt hatte.

Die Polizei ist im Haus

Es dauerte nicht lange, bis die Polizei an der Tür klingelte. Der Vater hatte bereits hinter der Haustür gewartet und brachte zwei Polizisten durch das Wohnzimmer auf die Terrasse. Sophia und ihre Mutter, die sich während des Wartens in der Küche eine Tasse Kaffee aufgebrüht hatte, folgten im Gänseschritt. Die Polizei machte ihnen anscheinend ein wenig Angst. Ist ja klar, wenn katze ansonsten nichts mit ihr zu tun hat.

„Bei Ihnen waren wir gestern Nacht schon mal, d.h. Sie waren nicht da, aber die junge Frau dort und ein junger Mann. Stimmt doch, nicht wahr?" Einer der Polizisten schaute fragend von den Eltern auf Sophia, die zustimmend nickte. Großkatze sei Dank zeigte sie sich kooperativ. Manchmal kann sie nämlich sehr verstockt sein.

„Als wir eben hörten, dass sich offensichtlich jemand an einer Terrasse zu schaffen gemacht hat und uns die Adresse bekannt vorkam, haben wir uns gleich auf den Weg gemacht", ergänzte der zweite Polizist.

„Wollen Sie einen Kaffee?" Sophias Mutter bietet gerne von ihrem Kaffee an.

„Vielen Dank, im Moment nicht", bedankten sich die Polizisten unisono.

Der Vater holte die Eisenstange, die er mittlerweile unter die Gartenbank gelegt hatte, hervor. „Diese Stange lag mitten auf der Terrasse und schauen Sie sich mal den Teich und die Umgebung an."

„Wüst", kommentierte einer der Polizisten.

„Und die Stange haben nicht zufällig Sie selbst auf der Terrasse liegen gelassen?", wollte der andere Polizist wissen. Das fand ich ganz schön dreist

„Und dann habe ich mich auch noch über den Teich hergemacht?" Sophias Vater war empört über diese Frage. Ich an seiner Stelle hätte den Ball etwas flacher gehalten. Wie oft lagen Schraubenzieher oder Hämmer auf der Terrasse, wenn er etwas gebastelt oder repariert hatte. Wenn seine Frau nicht wäre, sähe vieles anders aus. Die räumt nämlich ständig hinter ihm her. Aber ich will nichts gesagt haben.

„Nein, auf keinen Fall", versicherte Sophias Mutter, der der Ausbruch ihres Mannes unangenehm war. „Wir haben überhaupt keine solche Eisenstange im Haus."

„Das müssen Einbrecher gewesen sein. Meine Frau und ich waren zwei Wochen im Urlaub. Da lassen wir keine Eisenstange, selbst wenn wir eine in unserem Besitz hätten, auf der Terrasse liegen. Das wäre doch eine Aufforderung zum Einbruch", stellte Matthias klar. Er war wieder Herr seiner selbst.

„Gibt es denn Einbruchsspuren an der Tür?", wollten die Polizisten wissen, die sich nun die Tür genauer ansahen.

Eigentlich durften kaum Spuren vorhanden sein, da ich ja kurz nach dem Klingeln an der Haustür im Garten in meinem Esszimmer eingetroffen war und mich sogleich auf den mit der Eisenstange gestürzt hatte. Und genau dies erklärte Sophias Vater nun den beiden Polizisten ausschweifend, obschon er gar nicht dabei gewesen war. Er sprach von dem Ohr mit Ohrring und der mittlerweile Riesenmenge Blut auf dem Terrassenboden.

„Die Katze hier", er deutete auf mich, „hat offensichtlich durch ihren Angriff den Einbruch verhindert."

Obschon die Situation alles andere als lustig war, hätte ich lauthals miauen können. Es wurde immer mehr Blut, der

Fleck immer größer. Irgendwann würde er die ganze Terrasse bedecken. Ich fühlte mich fast wie ein blutrünstiger Tiger. So wird aus einer kleinen Maus innerhalb kürzester Zeit ein riesiger Elefant. Einfach katzlich, wenn katze darüber nachdenkt.

Beide Polizisten schauten sich suchend auf dem Boden um. „Wo ist denn das Blut, wo ist denn das Ohr?", kam es einstimmig.

Sophia schaute mich an. Ihr Blick verriet mir, dass sie die Übertreibung ihres Vaters ein wenig korrigieren wollte. „Na ja, so viel Blut war es auch wieder nicht. Es war eher ein Fleck und darum herum einige Blutspritzer. Das Blut fiel hauptsächlich auf, weil das halbe Ohr mit einem Ohrring daneben lag."

„Und wo ist das Ohr jetzt?", wollten die Polizisten wissen.

„In der Mülltonne", gestand Sophia zaghaft und guckte dabei auf mich.

„War in der Mülltonne", verbesserte ihr Vater, nun wieder in leicht gereiztem Ton, der aber nicht den Polizisten galt, sondern seiner Tochter. „Die Müllabfuhr war schon da, bevor ich überhaupt Gelegenheit hatte, einzugreifen."

„Wie bitte? Habe ich richtig gehört?", fragte der eine den anderen Polizisten. „In der Mülltonne? Das Ohr?" Die Fakten verschlugen ihnen fast die Sprache. Sie zweifelten ganz offensichtlich am Wahrheitsgehalt der Aussage. Vielleicht zweifelten sie auch an Sophias und Johanns Verstand. Matthias schauten sie mittlerweile ebenfalls zweifelnd an.

„Das hätte man sicher noch gebrauchen, äh, annähen können", stotterte einer der Polizisten. Dass die Menschen immer an die Wiederverwendung denken müssen. Recycling nennt katze das auf Neudeutsch.

„Sie haben leider richtig gehört", mischte sich Sophias Vater ein. Sodann erklärte er ihm den Grund für die Säuberungsaktion, so wie ihm dies Sophia und Johann am Morgen beschämt erklärt hatten.

Ich konnte es nicht mehr hören. Die Polizisten wohl auch nicht, aber aus einem anderen Grund. „Das kann ja nicht wahr sein. Wo ist denn eigentlich der junge Mann, der genau so wenig Verstand hatte wie Sie." Beide Polizisten schauten Sophia durchdringend an. Damit hatte katze es vornehm auf einen Nenner gebracht: So viel Blödheit war den Polizisten noch nicht vorgekommen. Mir und Sophias Eltern auch nicht.

Sophia wurde augenblicklich nicht blass, sondern feuerrot, so wie mein Halsband. Ich empfand diese letzte Bemerkung trotz ihrer Richtigkeit nach Sophias Röte nun doch als unverschämt. So konnte doch keiner der Polizisten mit Sophia reden, obschon sie wirklich wenig Verstand bewiesen hatte. Dennoch hatten die Polizisten den Nagel eindeutig auf den Kopf getroffen, wie katze so sagt.

„Ruf Johann doch mal an", bat Matthias Sophia. „Er soll mal vorbeikommen. Er soll sich beeilen. Dann kann er auch von dem Rucksack berichten. Noch ist die Polizei da."

Sophia hatte schon ihr Handy am Ohr. „Das versuche ich gerade, aber er meldet sich nicht. Er meldet sich schon seit Stunden nicht mehr."

Großkatze sei Dank. Allmählich wurde bemerkt, dass Johann verschwunden war. Hoffentlich lebte er noch.

„Was hat es denn jetzt noch mit einem Rucksack auf sich?", wollten die Polizisten, nun hellhörig geworden und mittlerweile auf alles gefasst, wissen. Sie waren eindeutig genervt von so viel Rederei um den heißen Brei. Das hörte man eindeutig aus der Art heraus, wie sie die Frage nach dem Rucksack stellten.

In wenigen Worten schilderte Sophia, dass Johanns Rucksack vor der Haustüre gestohlen worden war. Sie erwähnte allerdings nicht direkt den Inhalt. Das kam erst nach und nach heraus. Die Polizisten mussten es ihr richtig aus der Nase ziehen, wie die Menschen so zu sagen pflegen. Das lag daran, dass sie immer noch nicht wusste, ob Johann auch in Deutschland für den Diebstahl der Steine zur Verantwortung gezogen werden konnte. Sophia ist eben eine treue Seele.

Als die Polizisten endlich Bescheid wussten, schauten sie sich nachdenklich an. Einer machte sich Notizen auf einem Block, den er aus seiner Jacke gezogen hatte, und verlangte während des Schreibens von Sophia, Johann bei dem nächsten Kontakt auszurichten, dass er sofort zur Polizeistation kommen sollte.

„Sonst bekommt er Probleme, sagen Sie ihm das", waren seine Worte, die Sophia keine Wahl ließen. Sein Kollege unterstützte ihn, indem er heftig mit dem Kopf nickte, begleitet von einem knappen: „So ist es! Das soll er sich hinter seine Ohren schreiben."

„Ich gehe gleich mal bei ihm vorbei, ich kann ihn nämlich am Telefon nicht erreichen, wie ich eben schon gesagt habe. Dann kommen wir beide zu Ihnen", gab Sophia kleinlaut von sich.

„Geben Sie uns für alle Fälle einmal seine Adresse und Handynummer", wurde sie von den Polizisten noch aufgefordert.

Anschließend wurden die Polizisten von Sophias Eltern zur Haustür begleitet. Sie standen noch eine Weile im Haus, leider hinter verschlossener Tür, so dass ich nicht hören konnte, was sie noch alles zu besprechen hatten, obschon ich außen vor der Haustür im Gebüsch auf der Lauer lag.

Als die Polizisten endlich das Haus verließen, folgte ich ihnen unauffällig wie ein Schatten von Busch zu Busch. Das ist eine meiner besonders gut ausgeprägten Kompetenzen. Dachte ich. Schon beugte sich einer der Polizisten zu mir, die ich mich doch sehr gut versteckt hinter einem Busch wähnte, herunter und säuselte: „Komm mal her, du Tiger." Er streichelte mir langsam über mein dichtes Rückenfell. Katzlich.

Tiger bin ich schon häufiger genannt worden. Das ist eine Art Kosenamen, den die Menschen, vor allem Katzenliebhaber, fremden Katzen geben. Nett, diese kleine Übertreibung und allemal besser als „dicke, fette Katze". Aber ich will nicht wieder meckern. Man beißt bekannterweise nicht in die Pfote, die einen füttert. Alte Katzenweisheit, die es zu beherzigen gilt!

„Irgendetwas an der ganzen Sache ist nicht koscher", bemerkte der Polizist, der mich streichelte. Er meinte jedoch nicht mich, wie ich zunächst dachte, sondern seinen Kollegen.

„Das Gefühl habe ich auch. Ich habe so eine Ahnung, als sei hier Stoff im Spiel", bestätigte der andere. „Bin mal gespannt, was uns der Freund zu sagen hat, wenn er kommt."

„Wenn er kommt. Die Betonung liegt auf dem Wenn. Wir haben jedoch für alle Fälle seine Adresse", kommentierte der Kollege. „Sollte er nicht in absehbarer Zeit erscheinen, werden wir den Herrn einmal persönlich aufsuchen."

Das klang in meinen Ohren auf keinen Fall nach einem Freundschaftsbesuch. Dabei hatte der arme Johann überhaupt keine Chance, in absehbarer Zeit auf der Polizeistation zu erscheinen. Das jedoch konnten die Polizisten nicht wissen. Das wusste nur ich. Dieses Wissen war für mich eine zentnerschwere Last.

„Das mit dem Rucksack könnte darauf hindeuten, dass der feine Freund Heroin oder etwas in der Art aus der Türkei nach Deutschland geschmuggelt hat", ergänzte er.

„Und die Diebe wussten dies?"

„Anscheinend."

„Aber wenn es im Rucksack war, was sollte denn der Einbruchsversuch?"

„Vielleicht hatte der Freund, dieser Johann, es vorher bereits in Sicherheit gebracht."

„Warten wir mal ab. Erst mal müssen wir mit ihm reden."
Mit diesen Worten stiegen beide in ihr Auto, so dass ich der weiteren Unterhaltung nicht mehr folgen konnte. Der Polizeiwagen verschwand hinter der nächsten Straßenabzweigung.

Während ich noch über die Worte der Polizisten nachdachte, lief ich zurück in den Garten, genauer: zur Terrasse, meinem Ess- und Kommunikatzionszimmer.

Insbesondere dachte ich über den Stoff und das Heroin nach. Der Stoff, von dem ich heute schon einmal gehört hatte, das war wohl Heroin. Was das aber wiederum war, fiel mir im Augenblick nicht ein. Auf jeden Fall nichts zum Essen. Sonst wäre mir Leckermaul das hundertprozentig eingefallen. Oder? Gehört hatte ich davon einmal by the way, wie die Menschen zu sagen pflegen. Aber wann war das gewesen? In welchem Zusammenhang? Mir fiel es beim besten Willen nicht ein.

Niemand war in meinem Kommunikatzionszentrum bzw. Esszimmer bzw. auf der Terrasse. Es war dort geradezu wie ausgestorben. Das Küchenfenster war allerdings geöffnet. Ich spitzte meine Ohren. Ich hörte deutlich die Stimmen von Sophia und ihrer Mutter. Ihr Vater war anscheinend nicht dabei.

Sophia sucht verzweifelt nach Johann

„Versuch noch mal, ihn anzurufen, bevor du dich auf den Weg machst", riet Sophias Mutter gerade ihrer Tochter.

„Nein, ich laufe einmal schnell zu ihm, anrufen hat keinen Zweck. Er geht im Moment nicht ran", drang Sophias traurige Stimme an mein Ohr.

„Dann ist er auch nicht zu Hause", war die durchaus logische Antwort der Mutter. „Bleib lieber hier. Mir gefällt es nicht, wenn du im Moment allein durch die Gegend läufst. Irgendetwas macht mir Angst. Ich weiß nicht genau, was es ist", bat sie ihre Tochter eindringlich.

„Nach allem, was in den letzten Tagen passiert ist", fügte sie zeitlich versetzt zur Unterstützung ihrer Bitte hinzu.

Kurze Zeit später hörte ich die Haustür zuschlagen. Sophia hatte den Wunsch der Mutter in den Wind geschlagen.

Ich wusste gar nicht, wo Johann wohnte. Es musste aber in der gleichen Stadt sein, da sich, wie ich zufällig einmal mitbekommen hatte, die beiden morgens regelmäßig am Bahnhof trafen, um gemeinsam zur Universität zu fahren.

Ob Johann noch bei seinen Eltern wohnte? Ich hatte keine Ahnung. Das war jetzt aber auch nicht so wichtig. Erst einmal musste ich wissen, wo er überhaupt wohnte. Es konnte ja sein, dass die Ganoven versuchen würden, dort einzubrechen. Sie konnten Johann auch zwingen, sie in die Wohnung zu lassen. Was auch immer alles möglich war, ich musste für alle Fälle wissen, wo er wohnte. So war ich für alle Fälle gewappnet. Katze kann ja nie wissen, wann katze welche

Informationen benötigt. Eine kluge Katze beugt vor, ist auf alles gefasst.

Ich beschloss kurzerpfote, Sophia heimlich zu folgen. Heimlich, weil sie mich sonst zurückgeschickt hätte. Ich sage nur ein Wort: Killermaschinen. Sie ist immer so besorgt um mich, manchmal nervt mich das total. Es behindert mich in meiner Liberté, die mir so wichtig ist. Ohne bin ich nur eine halbe Katze. Das grellrote Halsband würgte mich wieder ein wenig. Jetzt war aber keine Zeit, mich des Bandes zu entledigen. Dazu brauchte ich Ruhe. Außerdem wollte ich Sophia in der jetzigen Situation damit keinen zusätzlichen Kummer bereiten, wo sie doch so stolz auf das rote Band mit Sensor war.

Sophia hatte ihre Joggingmontur angelegt und joggte los. Sophia ist nämlich sehr sportlich. Sie läuft sogar Marathon, habe ich gehört. Johann auch. Das muss eine sehr lange Strecke sein, die katze dann am Stück laufen muss. Die Menschen mögen es, wenn in ihrer Stadt Marathon gelaufen wird. Sie stehen vor ihren Türen, jubeln den Läufern zu und geben ihnen Getränke und Essen. Letzteres besteht leider nur aus Bananen und Äpfeln, so dass ein Marathon für mich nicht in Frage kommt. Bei Fleischwurst oder Käse und Speckwürfeln wäre das eine andere Sache. Die Menschen brüllen den Läufern auch zu: „Weiter so, das schaffst du." Manchmal hört katze: „Wir sind stolz auf dich." Beim Marathon sind die Menschen einfach nett zueinander. Es müsste viel öfter Marathon sein.

Vorsichtig, immer noch knapp in Sichtweite, verfolgte ich Sophia. Plötzlich stoppte sie abrupt. Das war die Stelle, wo Johann den Leinensack verloren hatte. Der lag aber nicht mehr da. Nur der Schuh, der aus dem Sack rausgepurzelt war, lag völlig zerdrückt am Straßenrand. Wo mochte nur der Sack sein? Ob ihn jemand zum Fundbüro gebracht hatte? Hatte jemand die saubere Wäsche selbst gebrauchen können?

Sophia bückte sich. Sie nahm den Schuh in die Hand, schaute ihn von allen Seiten an und legte ihn dann auf das Trottoir, und zwar so, dass er keinen weiteren Schaden nehmen konnte. Mir war klar: Sie war sich nicht sicher, ob es wirklich Johanns Schuh war. Sie war sich allerdings auch nicht sicher, dass er nicht Johann gehörte. Daher hatte sie ihn zur Seite gelegt, damit er nicht noch mehr in Mitleidenschaft gezogen wurde. Fremde Schuhe lässt man liegen, wo sie sind. Logisch, oder? Logik ist meine Stärke. Na ja, vielleicht legt man auch fremde Schuhe zur Seite, um fremdes Eigentum zu schützen. Ich versuchte, diese nicht weiterführenden Gedanken aus meinem Katzenhirn zu verbannen, weil sie mich im Moment nur behinderten. Ich musste an Sophia dranbleiben. Nur das zählte im Augenblick. Zum Philosophieren würde ich später noch ausreichend Zeit haben.

Sie rannte noch ca. zehn Minuten und stoppte vor einem kleinen Haus mit einem riesigen Vorgarten. Um die Mülltonnen herum standen Sonnenblumen in heller Pracht. Daneben wuchsen Dahlien und Astern. Ein katzenhafter Garten, in dem katze zwischen den Blumen gut ausruhen konnte. Was zum größten Katzenglück fehlte, war ein kleiner Teich. Vielleicht gab es einen solchen hinter dem Haus. Die meisten Teiche befinden sich hinter den Häusern und nicht davor. Warum, das weiß ich nicht.

Deutlich hörte ich trotz der von mir eingehaltenen Sicherheitsentfernung Sophias Klingeln. Kein Johann steckte den Kopf zur Tür hinaus. Sie klopfte und rief nach ihm. Nichts. Für mich war das klar wie klare Brühe, wie Menschen so zu sagen pflegen, für Sophia war es unverständlich. Sie machte einen halb verzweifelten, halb wütenden Eindruck. Unwirsch trat sie von einem Bein auf das andere. Sie fragte sich sicher, wo er sich herumtrieb.

Für mich bedurfte es keines weiteren Beweises mehr, dass Johann noch bei seinen Eltern lebte. Ich leitete dies folgendermaßen ab: 1. In dem Haus war nur Platz für eine Familie. 2. Für Johann allein war das Haus viel zu groß. 3. Für mehrere Familien war das Haus wiederum zu klein. Wie bemerkte ich soeben treffend: Logik ist meine Stärke. Für Straßenkatzen unabdingbar. Schluss, ich will mich nicht wiederholen und mich auch nicht zu viel loben, zumal das zurzeit der eine oder andere Nachbar bereits machte.

Sophia gab auf. Johann war nicht da. Langsam trabte sie Richtung Heimat.

„Hallo Sophia, suchst du Johann?" Auf der gegenüberliegenden Straßenseite rief sie ein junger Mann.

„Ja, hallo, hast du ihn gesehen, Fritz?"

„Nein, seid ihr nicht mehr in der Türkei?"

Da konnte ich nur lauthals spotten: Menschen und Logik. Er sah doch, dass Sophia zurück war. Folglich war sie nicht mehr in der Türkei. Meine Großkatze!

„Wir sind seit vorgestern wieder da. Ich muss dringend mit Johann reden. Hast du eine Ahnung, wo er sein könnte?"

„Nee, habt ihr euch gestritten?", kam es höhnisch von Fritz, der dann hinzufügte, „sicher verkauft er den Stoff, den ihr aus der Türkei geschmuggelt habt."

Schon wieder der vermaledeite Stoff. Was sollte das nur?

Sophia blieb augenblicklich stehen und stemmte ihre Arme wütend in die Hüften. „Spinnst du? Johann schmuggelt kein Rauschgift und dealt erst recht nicht! Und ich auch nicht. Was soll der Scheiß? Willst du mir eine Unterhaltung aufdrängen?"

Wie Milben fiel es mir von den Augen: Stoff, Heroin, das ist Rauschgift und etwas, wo sich die Menschen von fernhalten sollten. Warum, das weiß ich nicht so genau, habe aber gehört, dass es abhängig macht. Für alle, die nicht wissen, was abhängig sein bedeutet: Das ist, wenn katze alles dafür tun würde, etwas Bestimmtes zu bekommen. Wenn man ohne nicht sein kann. Ich würde beispielsweise alles für frische Fleischwurst geben. Ich glaube, ich würde dafür sogar in den Gartenteich springen. Klaro? Na ja, ich glaube, abhängig ist noch viel mehr. Mann zittert sogar, wenn man das Bestimmte nicht bekommt. Ich kann es nicht richtig in Worte fassen, weil es bei Katzen eigentlich nicht vorkommt. Wenigstens habe ich noch nie davon gehört.

„Stimmt, der fährt ja lieber nach Holland und holt sich da sein Haschisch"; feixte Sophias Bekannter und schüttelte sich vor Lachen. Was so lustig daran war, verstand ich nicht.

Ich fragte mich, ob Haschisch auch Stoff war. Ja, das war auch Stoff, wie ich aus Sophias prompter Antwort erschließen konnte.

„Was willst du damit sagen? Johann ist seit Jahren clean. Was rede ich? Der war noch nie süchtig. Johann hat höchstens ein- oder zweimal probiert. "

Was das heißt, brauche ich an dieser Stelle wohl nicht zu erklären. Man schaut den Menschen nur ins Gesicht, aber nicht in den Kopf hinein, wie Sophias Mutter zu sagen pflegt.

„Wer's glaubt, wird selig", wurde Sophia von dem Schofel Fritz weiter geärgert. „Da kann ich mich aber an einen ganz anderen Johann erinnern."

„Du bist und bleibst ein blödes A...", konterte Sophia und ließ Fritz stehen. Ich gebe auch an dieser Stelle nicht vollständig wieder, mit welchem Wort sie die Unterhaltung abbrach. Wäre ich allerdings in der Lage gewesen zu reden, wäre ich sprachlos gewesen. Ihre Ausdrucksweise entsetzte mich. Wo war ihre gute Kinderstube geblieben?

„Frag doch seine Eltern. Die wissen sicher, wo der brave Sohnemann ist", lachte er ihr hinterher.

„Die kommen erst diese Woche aus dem Urlaub zurück", schnaubte sie wütend.

Ich hätte ihm diese Antwort nicht gegeben. Für mich wäre dieser Fritz nach seinen blöden Reden Luft gewesen. Dennoch war sein Rat interessant für mich. Johann wohnte, wie ich richtig gefolgert hatte, bei seinen Eltern. Die würden ihn vermissen und nach ihm suchen. Das hörte sich doch gut an. Aber auch nur im ersten Moment. Sie würden seine Abwesenheit nämlich erst bemerken, wenn sie aus dem Urlaub in den kommenden Tagen zurückkamen. So lange konnte katze nicht warten. Ich war sicher, dass Johann, falls er noch lebte, in großer Not war. Ich blieb Sophia auf den Fersen, um sie so gut wie es mir möglich war, bei der Suche zu unterstützen und sie auf jeden Fall zu beschützen. Die Frage war nur, wie ich dies bewerkstelligen konnte. Ich hatte noch keinen Plan, absolut keine Idee.

Sophia lief geradewegs nach Hause. Als sie an der Stelle ankam, wo sie den Schuh auf den Bürgersteig gelegt hatte, hielt sie an. Sie nahm den Schuh in beide Hände und … roch sogar daran. Igitt, das hätte ich nicht gemacht. Es hätte doch ein fremder Schuh sein können. Menschen sind wirklich sonderbare Wesen. Ich bin viel empfindlicher in Bezug auf Gerüche. Dann legte sie den Schuh wieder auf den Bürgersteig.

Zu Hause wurde sie vor der Haustür von ihrer Mutter empfangen. Ob sie dort die ganze Zeit gestanden und auf Sophias Heimkehr gewartet hatte?

„Hast du Johann gefunden? War er zu Hause?", fiel sie über ihre Tochter her.

„Nein, absolut keine Spur von ihm. Aber unten, kurz vor dem Kreisverkehr, lag ein Schuh am Straßenrand. Der sah genauso aus wie die Schuhe, die er sich in der Türkei gekauft hat, so ein Puma-Verschnitt." Bei ihren letzten Worten liefen ihr die Tränen die Wangen runter. Ich konnte gar nicht hinsehen.

Was hätte ich nicht dafür gegeben, ihr helfen zu können, ihr meine Beobachtung mitzuteilen. Sie hätte dann die Polizei informieren können und diese hätte die noch relativ frischen Spuren verfolgen können.

„Komm erst mal rein." Ihre Mutter nahm sie in den Arm und zog sie in das Haus.

„Versuch es noch mal mit dem Telefon. Du hattest dein Handy vergessen. Es liegt noch auf dem Küchentisch", hörte ich die Mutter reden, bevor sich die Haustür schloss. Beide hatten mich nicht bemerkt.

Sophia musste sehr durch den Wind sein, wie die Menschen zu sagen pflegen, wenn sie ihr Handy vergaß. Sie geht sonst keine fünf Meter ohne. Sogar zur Toilette nimmt sie es mit. Das weiß ich, weil letztens ihr Vater brüllte: „Kannst Du nicht einmal ohne das Handy zum Klo gehen?" Klo ist das gleiche wie Toilette. Ich kenne das Wort Klo, weil die Menschen für Katzen ein so genanntes Katzenklo haben – nicht Katzentoilette. Das ist eine Kiste, die mit, ich glaube, Sand angefüllt ist. In dieser Kiste müssen die Hauskatzen ihr kleines oder auch großes Geschäft verrichten. Ich finde so etwas ja unappetitlich. Erst pinkelt katze rein und sonst was noch und dann geht katze mit den Pfoten dadurch. So was können sich nur Menschen ausdenken. Einfach unhygienisch. Was so genannte echte Hauskatzen alles ertragen müssen! Ich könnte das nicht.

„Hat mein Handy denn geklingelt?", hörte ich durch die geschlossene Haustür.

„Leider nein."

Mein Katzenherz voller Trauer, stiefelte ich durch die Büsche in mein Esszimmer. Eigentlich erwartete ich eine kleine Speisung. Obschon das Küchenfenster geöffnet war und ich ganz wehleidig miaute, tat sich allerdings nichts. Keine Fleischwurst, keine Speckwürfel, kein Käse. Auch die Kellertür öffnete sich nicht und es erschien keine Sophia mit einem Aluschälchen. Dabei wäre es höchste Zeit für mein allabendliches Aluschälchen gewesen. Ich verstand natürlich, dass Sophia nun andere Sorgen hatte und stellte mein Miauen ein. Ich hatte an dem Tag auch bis zum Abwinken gegessen. Zur Not würde ich heute Abend in den Brennnesseln graben. Noch konnte der Lachs nicht verdorben sein.

In der Küche versuchte Sophia offensichtlich weiter, Johann telefonisch zu erreichen. Aber erfolglos, wie mir ihr Weinen verriet. Ach, ich litt mit ihr. Ich durfte mich natürlich meinem Leid nicht hingeben, vielmehr musste ich einen klaren Kopf behalten. Ich war schließlich die Einzige auf der Welt, die in etwa wusste, was da ablief. Natürlich außer Johann und seinen Peinigern.

„Wer weiß, wo er ist. Vielleicht hat er einen Kumpel getroffen und trinkt mit ihm irgendwo ein Glas Bier." Sophias Vater, der nun auch anwesend war, versuchte seine Tochter zu trösten.

„Dann würde er aber an sein Handy gehen", weinte Sophia. Ihre Stimme klang allmählich leicht hysterisch. Sie kam nicht auf den Gedanken, dass Johann rein theoretisch auch sein Handy hätte vergessen können, nämlich genau so, wie sie es eben auf dem Küchentisch hatte liegen lassen. Ganz logisch war sie in ihrem Kummer nicht. Dies war zum großen Teil natürlich auf ihre Angst um Johann zurückzuführen.

„Ach, du hörst auch nicht immer, wenn wir versuchen, dich am Handy zu erreichen", mischte sich die Mutter ein, um sie zu trösten.

„Ich denke ja auch mehr und mehr an den Schuh", gab Sophia zu bedenken. „Da stimmt doch was nicht. Wieso lag der Schuh am Straßenrand? Das frage ich mich die ganze Zeit. Das macht doch keinen Sinn. Die hatte er doch gerade erst gekauft."

„Schuh?"

Der Vater wusste noch nichts von dem Schuh und Sophia erzählte von ihrem Fund auf der Straße.

„Das ist doch Massenware. Die findest du tausendfach in Deutschland, das heißt gar nichts. Die Leute haben heute kein Gefühl mehr für Werte. Wir sind eine Wegwerfgesellschaft", tat Matthias ihre Worte ab. „Der Schuh kann jedem x-beliebigen Menschen gehören. Das heißt rein gar nichts."

Oh, Großkatze, die hatten ja keine blasse Ahnung, was den Schuh betraf. Letzteres, nämlich das mit der Wegwerfgesellschaft, verstand ich nicht so richtig, zumal Johann nichts weggeworfen hatte. Er hatte seine Tasche bei der Auseinandersetzung mit den Typen verloren, so dass katze in diesem Fall eher von einer Verlierergesellschaft sprechen sollte. Aber ich will nicht schon wieder philosophieren, obschon das Verfolgen dieses Gedanken nicht schlecht wäre. Das zu tun wäre ein guter Rat, so von Straßenkatze zu Mensch.

„Versuch es doch mal bei seinen Eltern. Ruf die einmal an", riet ihr die Mutter.

„Die sind noch im Urlaub. Die kommen irgendwann in dieser Woche zurück", schluchzte Sophia. „Ich weiß gar nicht, wann sie wieder zu Hause sind."

„Ja, im Moment ist Urlaubszeit", sinnierte die Mutter. „Das ist eine gute Zeit für Hauseinbrüche. Man hört es immer wieder. Im Fernsehen wird gerade jetzt vermehrt vor Einbrechern gewarnt."

Minutenlang erzählte sie von schweren oder weniger schweren Einbrüchen, von denen sie gehört hatte. Sogar auf der Straße, in der sie wohnten, hatte katze eingebrochen. Das musste um Weihnachten gewesen sein. Ich hatte davon nichts mitgekriegt, wie ich zu meiner Schande gestehen musste. Das heißt, es interessierte mich eigentlich auch nicht, ob irgendwo bei irgendjemandem eingebrochen wurde. Nun lag der Fall anders, weil ich durch Sophia und Johann involviert war.

Vierter Teil
oder Minou übernimmt

Minou macht eine Entdeckung

Traurig und unzufrieden mit der Situation legte ich mich unter die Bank neben die Gartenschuhe. Ich war voller Unruhe. Ich konnte einfach nicht still liegen. Es musste endlich was passieren. Ich würde Johann suchen und finden, tot oder lebendig. Da ging kein Weg dran vorbei. Zuerst musste ich mich jedoch stärken. Ich versuchte es noch mal mit Miauen unter dem Fenster. Leider wieder erfolglos.

Auf Ausgrabungen hatte ich dann doch keine rechte Lust. Fisch war heute nicht mehr angesagt. So hungrig war ich auch nicht. Ich musste also mit halbleerem Magen los, getreu dem Motto: Mit leichtem Gepäck läuft es sich schneller. Ich machte mich auf die Pfoten, um Johann zu suchen.

Mir war klar, dass ich zuerst die Typen finden musste, die den Rucksack gestohlen hatten. Das war der erste Schritt in die richtige Richtung, wie katze so sagt. Ich hatte sie zwei Tage zuvor, also direkt nach dem Diebstahl, bis zu mir nicht bekannten Hochhäusern am anderen Ende der Stadt verfolgt und dann aus den Augen verloren. Zu diesen Hochhäusern musste ich und von dort aus ihre Spur aufnehmen. Das war einfach logisch.

Tatsächlich fand ich nach langer Suche diese Hochhäuser wieder. Mir war es so vorgekommen, als hätte ich stundenlang gesucht. Aber der Stand der Sonne signalisierte mir, dass ich nicht so lange gebraucht hatte.

Es waren vier Häuser, die im Viereck um einen riesigen Innenhof gebaut waren. Der einzige Unterschied der Häuser bestand darin, dass ihre Eingangstüren verschiedene Farben hatten, nämlich die Farben Rot, Grün, Gelb und Blau. In der Mitte des Hofes war ein Spielplatz, auf dem noch Kinder herumtollten. Also hatte ich wirklich nicht so viel Zeit mit Suchen verbracht, ansonsten wären die Kinder lange im Bett gewesen. Auf die Sonne konnte ich mich verlassen. Außerdem war es noch heller Tag.

Der Spielplatz war umsäumt von einem undurchdringlichen Gebüsch. Es existierte nur eine schmale Lücke, die quasi den Eingang zu dem Platz darstellte.

Die meisten Kinder wurden von ihren Müttern oder Vätern beaufsichtigt, die auf Bänken am Rand des Spielplatzes saßen. Sie waren teilweise miteinander in ein Gespräch vertieft, was ihre Sprösslinge freute, weil sie so nicht der permanenten Kontrolle ausgesetzt waren. Teilweise beobachteten die Eltern deren Aktivitäten aber genau. Immer wieder hörte man Aufforderungen wie: „Pass auf!" „Hört auf mit dem Zanken!" Auch Erpressungen vernahm ich: „Wenn Du nicht aufhörst mit der Brüllerei, dann gehst du ohne Essen sofort ins Bett!" Oder: „Wenn Du das nicht sofort aufhebst, dann gibt es morgen kein Internet." Hart, aber wirksam, dieses Wenn-Dann.

Gut, dass es für Katzen keine Hierarchien gibt, die dieses Wenn-Dann ermöglichen. Unwissende könnten zwar vermuten, dass Menschen in der Hierarchie über uns stehen. Das ist aber nicht korrekt. Katzen sind unabhängig, haben ihre eigene Welt. Katzen nehmen sich, was sie brauchen, aber unterwerfen sich den Menschen nicht. Dies gilt insbesondere für Straßenkatzen. Hunde sind in dieser Beziehung anders gestrickt. Sie akzeptieren die Herrschaft der Menschen. Hunde haben sozusagen kein Rückgrat. Sie folgen den Menschen in der Regel sogar auf das Wort.

Hinter dem Spielplatz, versteckt durch die ungepflegten, wuchernden Sträucher, entdeckte ich Fahrradständer. Vielleicht kam ich hier der Sache näher. Beim ersten Mal hatte ich die Typen mit Fahrrädern gesehen. Ich würde zwar die Fahrräder aus dem Grund, den ich eingangs bereits dargelegt habe, nicht wiedererkennen. Es bestand aber die Chance, dass die Kerle vielleicht zu den Fahrradständern kamen, weil sie eventuell ihre Räder dort abgestellt hatten. Von den Entführern hatte ich das von mir erstellte Täterprofil im Kopf, unauslöschlich. Hinzu kam, dass einem der Typen nun ein halbes Ohr fehlte. So etwas fiel auf.

Vorsichtig pirschte ich mich durch die Büsche an die Fahrradständer heran. Und siehe da: Ich war auf dem richtigen Weg. Nicht, dass die Typen aufgetaucht wären, nein. Ich entdeckte jedoch in dem Gebüsch etwas ganz anderes, was ich weiß Großkatze nicht im Traum erwartet hatte: Johanns Rucksack. Inmitten von achtlos in die Sträucher geworfenen Dosen, Flaschen, Papierfetzen, leeren Zigarettenschachteln und sonstigem Unrat lag ein Rucksack. Das musste Johanns gestohlener Rucksack sein. Daran bestanden absolut keine Zweifel. 1. Er kam mir sehr bekannt vor. 2. Um ihn herum lagen, neben dem normalen Unrat in Sträuchern, zahllose Tonscherben und Steine. Das waren außer Frage Johanns Mitbringsel aus der Türkei. Großkatze sei Dank lag Johann nicht daneben. 3. Den Punkt gab es nicht. Aber 1. und 2. reichten. Ich spürte – es konnte auch Hoffen sein –, dass ich nicht weit von Johann entfernt war. Ich spürte es bis in die äußersten Spitzen meiner Krallen. Ich spürte es bis in meine Schwanzspitze.

Nun musste ich die Typen finden oder besser gesagt, auf sie warten. Es bestand durchaus die reelle Chance, dass sie mich zu Johann führten. Und dann hätte ich Klarheit, ob er überhaupt noch lebte. An das, was danach kommen würde, verschwendete ich im Moment keinen Gedanken. Immer einen Schritt nach dem anderen. Ich handelte noch nicht nach einem ausgeklügelten Plan, sondern reagierte einfach auf Beobachtungen und würde zu gegebener Zeit meine Strategie entwickeln.

Ich legte mich in dem Gebüsch auf die Lauer.

Ein weiteres Unheil ließ leider nicht lange auf sich warten. Es war gerade so, als würden Sophia, Johann und ich das Unglück magisch anziehen. Ich hatte nämlich fremdes Katzenrevier betreten. Das wurde mir schmerzhaft bewusst, als ich feindliches Fauchen hinter mir hörte und im selben Augenblick den Schlag einer Pfote auf meinem Hinterkopf abbekam. Dem zweiten Schlag wich ich geschickt aus und ging, tänzelnd wie eine Boxerin, zum Gegenangriff über. Das war in dem Dickicht eine echte Meisterleistung. Dabei sah ich meinen Gegner genauer: eine magere, ungepflegte Kreatur. Der Sieg gehörte mir. Da gab es kein Wenn und Aber. Mein Gegenüber hatte absolut keine Chance. Mit einem Satz sprang ich auf ihren Rücken und biss in die nächstbeste Stelle. Damit hatte meine magere Feindin nicht gerechnet. Sie drehte sich verzweifelt auf den Rücken. Wollte sie mich etwa unter sich begraben? Neue Kriegsführung? Geradezu lächerlich. Ich sprang wie eine Feder zur Seite und dann mit voller Wucht auf sie, d.h. auf ihren Rücken. Ich hörte ein Knacken. Nach kurzem Kampf gab sie Fersengeld. Damit sie in Zukunft vorsichtiger bei der Auswahl ihrer Gegner war, verfolgte ich sie fauchend ca. fünfzig Katzenlängen. Strafe musste sein. Ich hörte fast ihr Herz schlagen. Sollte sie einen Herzinfarkt bekommen! Angriff von hinten. So etwas Unfaires.

„Sieh dir die Katzenviecher an!", vernahm ich neben mir eine bekannte Stimme. „Schade, dass ich keine Knarre bei mir habe. Ich würde die Viecher abknallen."

Augenblicklich brach ich meine Verfolgungsjagd ab. Ich drehte mich um. Unmittelbar hinter mir, am Fahrradständer, lungerten die gesuchten Kerle. Yeah, ich hatte es gewusst. Meine Idee, bei den Hochhäusern mit der Suche zu beginnen, war goldrichtig gewesen. Logik ist alles. Dies hatte sich wieder einmal bestätigt. Einfach katzlich.

„Die dicke Katze sieht fast so aus, wie die Furie von gestern, die dir dein Ohr abgebissen hat." Das war eine andere Stimme, mir zwar nicht ganz so bekannt wie die erste, die mit Abknallen gedroht hatte, aber der Besitzer der Stimme erinnerte sich an eine Furie, nämlich an mich. Er zeigte bei dem Vergleich mit seinem rechten Zeigefinger auf mich. Das war ganz eindeutig der zweite Kerl, der, der in Matthias' Teich gebadet hatte. Logisch. Wer sollte es sonst sein?

Irgendwie entnahm ich seiner Stimme sowohl eine gewisse Hochachtung für die Furie als auch eine deutliche Schadenfreude dem anderen Kerl gegenüber. So sind viele Menschen. Sie erfreuen sich am Unglück der Mitmenschen, selbst, wenn sie vorgeben, Freunde zu sein. Einfach katzlich, wie einfach die Menschen gestrickt sind.

„Quatsch, die kommt doch nicht bis hier her", antwortete der mit der bekannten Stimme und dem Pflaster im Gesicht. „Katzen verlassen ihr Revier nicht."

Ich hatte es mit einem Katzenkenner zu tun, dass ich nicht miaue.

„Und überhaupt, die sollte sich wagen", fügte er noch hinzu, voll und ganz die Tatsache verkennend, dass ich mich bei unserem letzten Meeting als die Überlegene erwiesen hatte.

Haha, wie ich mich fürchtete! Diese Dumpfbacke!

„Ich sagte ja nur, dass sie fast so aussieht."

Klar, sein Kumpel hatte „fast" gesagt. Sinn dieses Fast-Vergleichs war aber, dass er damit seinen Kumpel noch einmal an die erlittene Schmach erinnern wollte. So sehe ich das als Kenner der menschlichen Psyche in Folge meines Lebens als Straßenkatze und aufgrund der mir angeborenen Kompetenz, logisch zu denken.

„Besserwisser! Halt einfach deine Klappe. Ist das klar?"

Bei diesen Worten befühlte er den Verband an der Stelle, wo einmal ein Teil seines Ohres einschließlich Ohrring gewesen war.

Hinterhältig trat er mit dem Fuß nach mir. Typisch, nach vermeintlich Schwächeren treten. Da fühlen sie sich stark, diese Typen. Ich hätte mich natürlich wehren können. Ein Sprung und das andere Ohr wäre weg gewesen, meine Tarnung allerdings auch. Katze muss sich beherrschen können. Das ist eine wichtige Charakterstärke, über die ich Großkatze sei Dank ebenfalls verfüge.

„Sippenhaftung?", fragte der andere, der es nicht lassen konnte, seinen Genossen zu provozieren, von oben herab. Dabei kam er sich seinem Kumpel gegenüber stark überlegen vor.

„Ich hasse die Viecher. Meine Alte hat auch so eine. Den ganzen Tag liegt die auf der Couch und wird gefüttert. Nachts liegt sie sogar im Bett. Trotz ihrer Flöhe. Einfach Scheiße, so was. Ich frag mich, wie lange ich das noch aushalte."

Wieder trat er nach mir. Ich war natürlich auf der Hut, weil ich genau wusste, dass mit frustrierten Menschen nicht zu scherzen ist. Wenn frustrierte Menschen darüber hinaus noch kriminell sind, werden sie zu einer tödlichen Bedrohung. Gewandt sprang ich daher in das Gebüsch hinter den Fahrradständern. Hierhin konnte er mir kaum folgen, wollte er sich nicht Arme und Beine zerkratzen. Das lädierte Gesicht musste selbst einem Typen wie ihm reichen. Außerdem befanden sich bereits Kratzer an seinen Waden. Die stammten bestimmt von dem Kampf mit dem Brombeergestrüpp an der

Seite von Sophias Haus. Mehr Schmerzen wollte er sich ganz sicher nicht aussetzen.

Trotz des unverschämten Angriffs des Typen jubelte alles in mir, weil ich mich jetzt ganz nahe am Ziel wähnte. Ich ließ die beiden nicht mehr aus meinen Katzenaugen. Ich hatte sie gefunden. Jetzt mussten sie mich nur noch zu Johann führen.

Sie marschierten zu einem der Häuser. Der mit dem Kopfverband schaute sich immer wieder zu dem Gebüsch um, in dem ich verschwunden war. Er war sich anscheinend nicht so sicher, dass Katzen ihr Revier nicht verlassen, wie er zuvor vollmundig seinen Kumpel aufgeklärt hatte.

Aha, ihr Ziel war das Haus mit der roten Tür. Ich musste auf der Hut sein. Das hatten mir die Fußtritte gezeigt, auch wenn sie mich nicht getroffen hatten. Natürlich auch die Entführung Johanns und das Blut auf der Straße. Mit diesen Kerlen war nicht zu spaßen. Auf die Gefahr hin, dass ich mich wiederhole: Die Kerle waren mordsgefährlich!

Ich sah noch, wie sie die Tür öffneten und dann waren sie aus meinem Blickfeld verschwunden. Ich drehte meinen Kopf vorsichtig nach rechts und links und zurück. Die Luft war rein: keine Menschen, keine mageren und ungepflegten Katzen.

Katze musste sehr vorsichtig sein. Ich durfte mir jetzt keinen Fehler erlauben. Mich immer wieder nach allen Seiten umschauend, schlich ich zu dem Haus mit der roten Tür. Sie war verschlossen. Ob Johann sich auch in dem Haus befand? Die Tatsache, dass die beiden Kerle in das Haus hineingegangen waren, konnte ein Hinweis sein. Ein richtiger Beweis war das natürlich nicht. Auf jeden Fall hatte ich jetzt einen ersten Anhaltspunkt, wo Johann eventuell sein könnte. Also würde ich meine Suche im Haus mit der roten Tür beginnen. Wie aber kam ich nur in das Haus rein? Warten bis die nächsten Hausbewohner die Haustür öffneten? Eine gute Möglichkeit. Ich versteckte mich hinter einer grünen, riesigen Mülltonne, direkt links neben der roten Haustür. Es dauerte und dauerte. Die Mülltonne stank. Unter anderem nach Fisch. Das hätte es nun nicht gebraucht. Ich würde auf keinen Fall in der nächsten Zeit den im Garten der alten Leute vergrabenen Fisch ausbuddeln.

Endlich kam aus Richtung Spielplatz eine Frau mit einem kleinen, nörgelnden Mädchen. Beide hatten blonde, lange Locken, die ihre Augen fast ganz bedeckten und ihnen die Sicht auf mich versperrten. Zielsicher strebte die Mutter, die eine Plastiktasche in der rechten Hand hielt, aus der ein grüner Kinderplastikspaten ragte, auf die rote Haustür zu. Das Mädchen tappte lustlos hinter seiner Mutter her und ließ seinen Kopf hängen. Mürrisch trat es eine leere Dose vor sich her. Es hatte sicher noch weiter auf dem Spielplatz mit seinen Spielkameraden rumtollen wollen und ließ jetzt seinen Ärger an der Dose aus.

Kurz vor der Haustür drehte sich die Mutter des Mädchens um und schimpfte: „Muss das sein? Pass auf die Schuhe auf. Die sind noch ganz neu. Das Leder geht vorne schon ab."

„Die sind sowieso doof. Ich will andere Schuhe, solche wie Lisa", presste das Kind unwirsch zwischen den Lippen hervor.

„Warte bis wir in der Wohnung sind, dann kannst du was erleben." Die Mutter wirkte allmählich ungehalten.

Aber wie heißt es so treffend bei den Menschen: Das Leid der einen Kreatur ist das Glück der anderen. Ich sah meine große Chance in Gestalt der beiden nahen. Als die Mutter ansetzte, die Tür zu öffnen, schlich ich mich nahe an sie heran. Sie und ihre Tochter hatten mich noch nicht entdeckt. Nun hatte das Mädchen aber, nachdem es die Dose gegen eine Mülltonne geschossen hatte, aufgeholt und wollte unbedingt vor seiner Mutter in das Haus. Im Türrahmen wurde es nun dermaßen eng, dass meine Gelegenheit, ins Haus zu gelangen, sich in Luft aufzulösen drohte. Kurzentschlossen versuchte ich, mich zwischen den beiden durchzuzwängen. Das war wohl etwas zu rasant von meiner Seite aus gewesen. Die Frau stolperte über mich, fluchte, wie ich selten einen Menschen oder gar eine Frau fluchen gehört habe, und lag augenblicklich in voller Länge im Flur. Ich sprang entsetzt zurück, zumal die Frau bei ihrem Stolpern die Plastiktasche hatte fallen lassen und der Plastikpaten mich genau dort an meiner rechten Seite erwischte, wo ich immer noch Schmerzen hatte. Das Mädchen heulte hysterisch auf: „Du dumme Katze!" Im gleichen Zug beugte es sich über seine Mutter und weinte: „Hast du dir wehgetan, Mami? Das war die Katze. Das war nicht meine Schuld."

Richtig stimmig war das nicht. Hätte das Mädchen sich nicht an seiner Mutter vorbeigedrängt, hätte ich nicht dermaßen spontan reagieren müssen und die Mutter stünde noch aufrecht.

Ich verfolgte weiterhin meinen Plan und versuchte, über die Frau hinweg in das Treppenhaus zu springen. Just in diesem Moment richtete sie sich unter lautem Stöhnen mühsam auf und ich sprang gegen sie, prallte ab und landete unsanft auf meinem Rücken. Das Mädchen dachte offensichtlich, ich wollte seine Mutter angreifen und schlug wie verrückt nach mir. Mir blieb nichts anderes übrig, als schnellstens die Flucht nach hinten in Richtung Spielplatz zu ergreifen.

Nachdem ich mich in dem mir bereits vertrauten Dickicht in Sicherheit gebracht hatte, hörte ich, wie die Tür zuknallte. Jetzt war guter Rat teuer. Sollte ich auf weitere Hausbewohner warten? Ich sah aber weit und breit niemanden, der sich der roten Haustür näherte. Es war offensichtlich nicht so einfach, durch die Haustür ins Haus zu gelangen. Also musste ich umdisponieren und nach einem anderen Eingang in das Haus suchen, denn meine Unruhe wuchs. Nicht nur der Fausthieb auf Johanns Kopf, auch die unbeherrschten Fußtritte in meine Richtung trieben mich zur Eile an. Die Burschen waren gewaltbereit, das war sonnenklar.

Ich schlich vorsichtig, wie es sich für eine Katze geziemt, um das Haus mit der roten Tür herum. Ebenerdig befanden sich in dem Haus Kellerfenster. Das konnte man daran erkennen, dass sie viel kleiner als die anderen Fenster waren und keine Gardinen hatten. Zwar haben nicht alle Fenster Gardinen und sind trotzdem keine Kellerfenster. Wenn aber ein Fenster Gardinen hat, ist es meistens kein Kellerfenster. An den Fenstern von Sophias Haus gibt es auch nicht an allen Fenstern Gardinen. Bei den Lailas schon. Aber richtige Fenster sind groß und Kellerfenster klein. Richtige Fenster sind in der Regel auch frei von Schmutz, Kellerfenster haben oft richtige Schmutzkrusten. Wenn man diese Beobachtungen zusammenfasst, ist es relativ einfach, ein Kellerfenster zu erkennen.

Nach einem offenen Kellerfenster Ausschau haltend, durch das ich in das Haus gelangen konnte, streifte ich also um das Haus. Es war für mich eine Riesenüberwindung, überhaupt an einen solchen Zugangsweg zum Keller zu denken. Keller verbinde ich bekannterweise mit Schlangen. Wie Sophia habe ich große Furcht vor diesen Tieren, denen ich noch nie in meinem Katzenleben begegnet bin. Ich wiederhole nur das eine Wort: Schlangenphobie!

Die erste Runde hatte ich schon hinter mich gebracht, ohne eine Einstiegsmöglichkeit zu entdecken. Dann versuchte ich es trotz des Gefühls, meine Zeit sinnlos zu verschwenden, noch einmal. Es schien alles umsonst zu sein. Ich wurde zunehmend deprimierter.

Nein, stopp, es schien nur so. Es war nicht ganz umsonst. Ich schaute gerade durch so ein Kellerfenster und sah auf einen langen Gang, der hell erleuchtet war. Auf diesem Gang kamen mir die zwei Typen entgegen. Ich wäre fast zur Salzsäure erstarrt. War ich aufgeflogen? Großkatze sei Dank waren ein Gang und ein Fenster zwischen uns. Ich wollte gerade meine Hinterpfoten in die Vorderpfoten nehmen und die Flucht ergreifen, als der Kerl mit dem Pflaster auf dem Ohr in seine Hosentasche griff, einen Schlüssel herauszog und eine Tür öffnete. Sie hatten mich also nicht gesehen. Beide verschwanden hinter der Tür.

Ich musste natürlich unbedingt wissen, was sie da hinter der Tür machten. Vielleicht gab es ein Fenster zu dem Raum, in den sie gegangen waren. Ich war schon immer stolz auf meinen Orientierungssinn gewesen, der mich bekannterweise ja heute auch nicht verlassen hatte, als ich mich auf den Weg gemacht hatte, die Hochhäuser zu suchen. Ich machte kehrt und schlich jetzt auf Fellnähe am Haus vorbei, und zwar von Kellerfenster zu Kellerfenster. In die ersten Fenster konnte ich reinsehen. Ich erblickte Kartons, Dosen, Fahrräder, Fernsehgeräte, Bierkästen und anderen Kram. Schlangen – Großkatze sei Dank – nicht. Die verbargen sich sicher in den finstersten Ecken, in die ich nicht ohne weiteres sehen konnte, weil sie von dem Müll verdeckt waren. Dann kamen zwei Fenster, in die ich nicht schauen konnte, weil sie mit Holz verbarrikadiert waren. Die Mieter hatten sicher Angst vor Diebstahl. Nicht umsonst, wenn man an die beiden Typen denkt, die in das Haus gegangen waren und sich jetzt irgendwo im Keller befanden. Wenn Kriminelle unter uns wohnen, muss katze sehr vorsichtig sein. Kriminelle machen auch nicht vor dem Nachbarn halt, alte Katzenweisheit.

Das nächste Fenster war mit Pappe abgedichtet. Das musste meiner Orientierung nach exakt der Raum sein, den die beiden Typen betreten hatten. Hier brannte Licht, was katze trotz der Pappe sehen konnte. Die Pappe schimmerte nämlich rötlich. Ich robbte so nah wie möglich an das Fenster heran. Ich durfte auf keinen Fall die Kerle auf mich aufmerksam machen. Ich war die Vorsicht in Katzenperson.

Da! Durch einen winzig kleinen Spalt oder Riss in der Pappe konnte ich in den Raum hineinschauen. Oh Großkatze! Mir stockte der Atem, mein Herz hörte auf zu schlagen. Auf dem Boden, genau neben der Kellertür, lag tatsächlich Johann. Das Gesicht oder das, was katze davon sehen konnte, war voller Blut und Schmutz. Vor dem Mund war ein graues Klebeband befestigt. Seine Augen waren geschlossen. Bewegungslos, gekrümmt und die Beine angezogen, so lag er da. Ob er noch lebte?

Der Typ mit nur noch einem ganzen Ohr beugte sich über ihn. Mit einer kurzen Handbewegung riss er Johann das Band vom Mund. Ich hörte draußen, wie Johann vor Schmerzen aufschrie. Obwohl mir der Schrei durch Herz und Nieren ging, erfüllte mich eine große Dankbarkeit. Johann lebte. Großkatze sei Dank!

„Wo ist der Stoff?", wurde Johann von seinem Peiniger angeschrien. „Sag endlich, wo er ist, sonst gibt es eine weitere Abreibung."

Das war eine abgewandelte Form des „Wenn-Dann", das mir von meinem Warten im Gebüsch um den Spielplatz vertraut war. Ich wunderte mich im Geheimen darüber, dass der Typ so laut brüllte. Hatte er denn nicht die Befürchtung, andere Mieter würden ihn hören? Und wieso konnte ich so gut hören, was sich im Keller ereignete? Ich schaute mir das Fenster genauer an. Jetzt wurde mir alles klar. Das Fenster war ein wenig gekippt. Das hatten die Typen sicher nicht bemerkt. Und ich würde es mir für alle Fälle merken. Katze konnte nie wissen.

„Ich weiß nicht, was ihr wollt", stöhnte Johann.

Ich hatte große Mühe, diese Worte Johanns überhaupt zu verstehen, weil er ganz leise und abgehackt sprach.

Der Typ mit dem abgerissenen Ohr schlug ihm nach dieser Antwort mit der Faust ins Gesicht. Der andere trat ihm in den Bauch. Wie ich befürchtet hatte: Fausthiebe und Tritte waren ihre bevorzugte Art der Kommunikatzion. Typisches Verhalten, wenn das Hirn fehlt.

Ich wurde sehr wütend und konnte mich kaum beherrschen. Diese Feiglinge! Diese dummen, hirnlosen Kreaturen! Ich schwor Ihnen in diesem Augenblick bittere Rache. Ich hoffte von ganzem Katzenherzen, dass die Stunde der Rache sehr bald käme. Ich würde ihnen die Augen aus dem Gesicht kratzen. Sie sollten es noch bitter bereuen, mich je getroffen zu haben. Sie sollten es noch bitter bereuen, Johann misshandelt zu haben.

Von Johann kam nur noch ein leises Stöhnen.

„Wenn Du uns nicht augenblicklich sagst, wo der Stoff ist, widmen wir uns deiner Freundin. Verstehst du diese Sprache besser?"

Von Johann kam keine Antwort mehr.

„Der hat vorerst genug. Der hört und sieht nichts mehr. Wir holen uns seine Braut", sagte einer der Typen. Diese Stimme kannte ich wiederum sehr gut. Ich sage nur: „Katzenvieh".

Ich hatte vorerst genug gesehen und gehört. Sophia war in höchster Gefahr. Ich musste dringend zu ihr und sie vor den Typen beschützen. So schnell mich meine Pfoten trugen, rannte ich zu dem Haus, in dem Sophia mit ihren Eltern lebte. Mittlerweile war es schon dunkel. Es war Vollmond. Allerdings war der Mond hinter einer Wolke versteckt. Das war gut so. Auf diese Weise konnte katze mich nicht so schnell entdecken. Katze wusste ja nicht, ob die Typen schon unterwegs waren, um Sophia etwas anzutun.

Es wunderte mich, wie kurz mir der Rückweg nun vorgekommen war. Am Nachmittag hatte ich noch das Gefühl gehabt, ich hätte Stunden gebraucht, um an die Hochhäuser zu kommen.

Vor dem Haus sah ich nichts von den Verbrechern. Um ganz sicher zu sein, dass keine unmittelbare Gefahr drohte, inspizierte ich die Straße und die Gärten in der mir eigenen sorgsamen Art. Hier und dort saßen die Nachbarn auf den Terrassen und unterhielten sich bei einem Bier oder einem Glas Wein.

Minou entdeckt den Stoff

Es war bereits Nacht, als ich, erschöpft auch von meiner langen Inspektion, auf der Terrasse ankam. Hier saß keiner mehr, zumal es schon sehr spät war. Ich ließ meinen Blick entlang der Hinterfront schweifen. Das Haus lag im Dunkeln. Nirgendwo war ein Licht zu sehen. Alle schliefen wohl. Zum Kurzschlaf legte ich mich unter die Bank neben die Gartenschuhe von Sophias Mutter.

Diese Gartenschuhe würde ich aus Tausenden von Schuhen immer herausfinden. Sie waren nämlich eigenhändig von Sophia mit Gänseblümchen bemalt. Weiße Gänseblümchen auf gelbem Grund. Das war einmal ein Geschenk zum Muttertag gewesen. Sophia war schon als Kind sehr kreativ und bastelte immer tolle Geschenke für ihre Eltern, aber auch für mich. Einmal hatte sie mir im Winter sogar einen roten Schal gehäkelt und um meinen Hals gebunden. Den Schal konnte ich Großkatze sei Dank schnell entsorgen, da sie ihn nicht geknotet hatte. Mir fiel das rote Halsband mit Sensor ein. Roter Schal, rotes Halsband. Wie sich die Dinge wiederholen! Ich wurde wehmütig. In einem solchen Falle half nur eins: Schlaf.

Ich musste mich dringend ausruhen. Es störte mich jedoch etwas. Mein Hinterteil war an etwas Spitzes gestoßen, das mich unangenehm zwickte. Gereizt drehte ich mich um. Ich musste die Ursache finden, da ich so keine Ruhe finden würde. Trotz der Dunkelheit erkannte ich dieses weiße Päckchen, von dem Sophia annahm, es sei eventuell ein Geschenk von Johann für sie. Die Einschnürung des Päckchens bestand aus dünnem Draht, dessen Enden herausragten und mich voll an meinem Hinterteil erwischt hatten.

In diesem Moment überkam mich ganz plötzlich so eine Ahnung. Es war das Gefühl, das katze hat, wenn man mit einem mal genau weiß, wo man etwas lang Gesuchtes mit Sicherheit finden wird. Ich hatte den Stoff gefunden, von dem so viel geredet wurde. Das war so klar wie klare Kloßbrühe. Wenn ich etwas beherrsche, dann ist es die hohe Kunst des Kombinierens.

Ich drehte mich unter der Bank um und versuchte, das Päckchen unter der Bank hervorzuzerren. Dabei stieß ich mit meinem Hintern ungeschickt gegen eine Vase, die mit lautem Knall umfiel. Großkatze sei Dank war sie noch heil. Es handelte sich nämlich um eine bauchige Glasvase, die Sophias Mutter besonders mochte, weil diese noch von ihrer Mutter stammte. Sie stellte sie gerne mit frischen Schnittblumen aus dem Garten zum Kaffeetrinken auf den Terrassentisch, aber nie ohne zu betonen, wie lieb ihr diese Vase war.

Im gleichen Moment ging hinter der Terrassentür das Licht an, die Rollladen wurden hochgezogen und Matthias stand in einem rot-grün-karierten Schlafanzug in der Tür. Mit einer Taschenlampe leuchtet er mir ins Gesicht.

„Ach du bist es nur, Minou. Ich dachte, die Einbrecher wären zurückgekommen." Gleichzeitig hielt er die Hand vor die Birne, um mich nicht zu blenden. Das fand ich sehr nett und rücksichtsvoll von ihm.

Mit eindringlichem Miauen versuchte ich, ihn auf das Päckchen aufmerksam zu machen. Dabei steckte ich immer wieder meinen Kopf unter die Bank und kratzte mit meiner rechten Vorderpfote auf dem Boden unter der Bank.

„Na, bist du hinter einer Maus her?" Das war sein Kommentar zu meinen Anstrengungen. Er lachte leise, ging zurück in das Haus, verschloss die Tür und ließ die Rollladen wieder hinunter. Dann verlosch das Licht.

„War da jemand?" Sophias Mutter war wohl aufgewacht.

„Minou, sie ist auf Mäusejagd. Sicher hat sie etwas umgestoßen", antwortete Matthias. Danach hörte ich nichts mehr im Haus.

Ich hatte es leider nicht geschafft, Sophias Vater auf das Päckchen aufmerksam zu machen. Also musste ich es unter der Bank hervorziehen, so dass ich ihn mit seiner Nase drauf stoßen konnte. Das war leichter gesagt als getan. Das Päckchen hatte sich unglücklicherweise hinter den Gartenschuhen von Sophias Mutter mit einer Gartenschere verhakt.

Mit Geduld und Spucke gelang es mir schließlich nach einer gefühlten Ewigkeit, das Päckchen herauszuholen. Ich trug es mit meinem Maul in die Mitte der Terrasse. Nun galt es, die Familie, vor allem den Vater, am kommenden Morgen darauf aufmerksam zu machen. Der erfasste in solchen Dingen am schnellsten die Fakten, auch wenn er eben jämmerlich versagt hatte.

Ich legte mich wie ein Wächter neben den Fund, wobei ich tunlichst darauf achtete, dass sich die Drahtenden nicht in mein Fell bohrten, und wartete auf den Sonnenaufgang. Ich wagte es nicht, meine Augen zu schließen. Denn wenn ich nachgab und sie nur für eine Sekunde schloss, konnte ich nicht dafür garantieren, sie wieder zu öffnen. Ich war zum Umfallen müde, durfte mich aber auf keinen Fall dem

Schlaf hingeben. Es war nämlich durchaus möglich, dass die Ganoven wieder erschienen, um im Haus nach dem Stoff zu suchen. Von denen wollte ich auf keinen Fall im Schlaf überrascht werden. Es war ebenfalls möglich, dass sie kamen, um sich Sophia zu schnappen. Sie hatten Johann damit nachdrücklich gedroht. Wenn dies der Fall war, musste ich ebenfalls hellwach sein, um mit viel Radau auf der Terrasse die Familie aufzuwecken.

Endlich war es soweit. Es war Morgen. Im Haus hörte ich die Geräusche, die entstehen, wenn eine Familie aufsteht. Rollladen wurden hochgezogen, Fenster zum Lüften geöffnet, die Toilettenspülung bedient. Ich setzte mich unter das jetzt offene Küchenfenster und miaute, um Aufmerksamkeit einzufordern, bis der Vater endlich ans Fenster kam.

„Hallo, was ist denn? Schon so früh Hunger? Kein Erfolg mit der Mäusejagd gehabt?", rief er runter. Sein Ton mir gegenüber hatte sich in den letzten Tagen geändert, und zwar eindeutig im Sinne von verbessert. Da war nicht mehr von Flohtaxi die Rede. Das machte mich ein wenig stolz. Ich fühlte mich als eigenständiges Wesen akzeptiert.

Ich tänzelte um das Päckchen wie eine Balletttänzerin, um Matthias auf meinen Fund aufmerksam zu machen. Und tatsächlich, es gelang sofort.

„Was hast du denn da, Minou? Was willst du mir denn zeigen?"

Minou nannte er mich selten bis nie. Erst in den letzten Tagen hatte er mich wiederholt bei diesem Namen genannt. Ich biss in das Päckchen, vorsichtig darauf bedacht, mich nicht an dem Draht zu verletzen, und zog es mehr in Richtung Küchenfenster. Fast hätte ich mich dabei doch noch in letzter Sekunde mit dem verflixten Draht an meiner Zunge verletzt.

„Sophia, schau mal. Was hat die Katze da im Maul?", rief er in die Küche. Er war sichtlich aufgeregt. Ich erkannte es an seiner veränderten Stimme.

Sophia war also auch schon aus den Federn. Sie, die, wenn sie nicht zur Universität musste, gerne lange und ausgiebig schlief, hatte wohl die Aufregung der letzten Tage früh aus dem Bett getrieben.

„Ach, du je, sie hat sicher Hunger. Ich hab sie gestern Abend ganz vergessen. Die arme Minou. Ich zieh mir schnell etwas über und füttere sie."

Ich fragte mich allen Ernstes, warum alle immer denken, ich käme nur um des Essens Willen. Miauen kann doch auch andere Inhalte transportieren, nämlich: Wut oder lass mich in Ruhe oder ich fühle mich wohl oder aber ich will etwas Wichtiges zeigen oder, oder, oder. Die unterschiedlichen Nuancen im Miauen, die das ausdrücken, verstehen leider die wenigsten Menschen. Von Sophia hatte ich mehr erwartet. Aber vielleicht hatte sie mich nicht richtig gehört und war nur durch Matthias auf mich aufmerksam geworden. Das zu ihrer Entschuldigung.

Ich hörte, dass sich eine Tür öffnete und wieder schloss. Klarer Fall, das war die Küchentür.

„Hunger hat sie immer, das meine ich nicht. Sie hat ein Päckchen im Maul", rief er ihr hinterher. Dann schaute er wieder aus dem Fenster. Ob Sophia das gehört hatte, konnte ich nicht erkennen. Sie antwortete auf jeden Fall nicht darauf.

„Dein Fressen naht", teilte er mir mit, wobei er auf das Päckchen starrte.

Sekunden später öffnete sich die Kellertür und Sophia kam mit einem Aluschälchen die Treppe hoch. Heute also keinen Käse, keine Fleischwurst oder Speckwürfel als Appetizer, sondern direkt Hauptgang am frühen Morgen. Das war das schlechte Gewissen oder auch ein nachträgliches Danke-schön für meinen Einsatz bei den Einbrechern. Großkatze weiß warum.

„Schau mal, was liegt da vor ihren Pfoten? Sie will uns anscheinend etwas zeigen." Der Vater deutete vom Küchenfenster aus auf mich und das vor mir drapierte weiße Päckchen. Ich war ein wenig enttäuscht, dass er noch nicht unten bei mir war, um selbst zu sehen, was ich präsentierte.

„Ach, das kleine Päckchen. Ich weiß nicht, was drin ist. Ich hatte es ganz aus den Augen verloren."

„Wie, aus den Augen verloren? Das verstehe ich nicht." Sophias Vater war erstaunt.

„Das war in meinem Rucksack. Das muss Johann gehören."

„Was ist denn drin?" Das war Sophias Mutter, wie immer ein wenig neugierig. Sie nennt es aber nicht Neugierde, sondern Interesse an den Mitmenschen. Sie war also auch schon auf den Beinen und schaute ihrem Mann nun über den Rücken. Dabei hatte sie wie ihr Mann noch Urlaub, was normalerweise gleichbedeutend ist mit spätem Frühstück für alle – auch für mich.

„Weiß ich nicht. Ich dachte, es sei ein Geschenk für mich. Johann war aber nicht da, als ich das Päckchen aus meinem Rucksack holte und so konnte ich es ihm nicht geben und ihn nicht fragen. Nachher habe ich es vergessen. Ich hatte es auf den Tisch gelegt. Vielleicht auch auf die Bank. Ich weiß nicht mehr so genau. Es muss wohl runtergefallen sein."

„Dann hätten wir es doch auf dem Boden liegen gesehen", antwortete ihr Vater skeptisch.

„Vielleicht war es ja hinter die Bank gerutscht." Sophia hob fragend die Schultern. „Keine Ahnung."

Sie kniete sich neben mich auf den Boden, um das Päckchen sofort zu öffnen. Doch ihr Vater, nun endlich alarmiert, gab ihr eine klare Anweisung: „Fass nichts an, wir kommen runter."

Gesagt, getan. Jetzt standen vier Personen, pardon, drei Menschen und eine Katze, um das kleine Päckchen und rätselten, was wohl drin sein könnte.

„Vielleicht eine kleine Handtasche? Ich hatte in der Türkei in einem Bazar mit einer Tasche aus gelbem Lackleder geliebäugelt. Dann aber habe ich gedacht, ich würde sie nicht oft benutzen können, weil die Farbe zu speziell ist. Vielleicht hat Johann das gesehen und sie heimlich für mich gekauft."

„Vielleicht sind es Gewürze für seine Mutter", beteiligte sich Sophias Mutter an der beginnenden Raterei.

Der Vater nahm das Päckchen schließlich in die Hand und wog es mit seinem Gefühl.

„Ist nicht besonders schwer, aber auch nicht leicht", merkte er fachmännisch an. „Wann hat Johann das Päckchen denn gekauft?", fragte er seine Tochter.

„Das weiß ich nicht", antwortete Sophia. „Ich habe nichts von einem Kauf mitbekommen."

„Und wieso war es in deinem Rucksack?", hakte Matthias nach.

„Es lag in Johanns Gepäck, als wir am Istanbuler Flughafen umpacken mussten. Johanns Gepäck war doch so schwer, weil er die ganzen Steine eingepackt hatte. Ich hatte es vorher, als wir im Hotel packten, auch nicht bei Johann gesehen. Aber ich hatte auch nicht so darauf geachtet, was Johann einpackt. Ich war bedient wegen der Steine, die er geklaut hatte. Ich hatte ihm direkt gesagt, dass sein Rucksack zu schwer würde und wollte einen Teil seiner Wäsche bei mir einpacken. Er meinte aber, das sei für mich zu schwer. Dabei hatte ich gar nicht so viel in meinem Rucksack. Na ja, die

Probleme tauchten dann am Flughafen auf, als wir vor dem Einchecken seinen Rucksack vorsichtshalber noch einmal gewogen haben."

„Und, was waren die Probleme?", forschte Matthias nach.

„Fünf Kilo zu viel", kam Sophias lapidare Antwort.

Wie neugierig ich war! Wann wollten sie endlich das Päckchen öffnen? Aufgeregt tänzelte ich von einer Pfote auf die andere. Ich musste wissen, ob das drin war, was ich vermutete: Stoff. Dabei hatte ich absolut keine Ahnung, wie Stoff aussieht. Ich würde aber den Reaktionen der Menschen, und natürlich ihren Worten, entnehmen können, ob es sich um den besagten Stoff handelte oder nicht. Sie sollten nicht weiter rätseln und reden, sondern endlich das Geheimnis lüften.

„Ich mache es jetzt auf", sagte ihr Vater resolut, als hätte er meine Gedanken gehört. Die Betonung lag auf dem Ich.

Das war typisch für seinen Beschützerinstinkt: Seine Tochter sollte nicht öffnen, er würde ein eventuelles Risiko eingehen. Vorsichtig legte er das kleine Paket, das sich als eine zusammengebundene weiße Plastiktasche entpuppte, auf den Tisch, schnürte es sorgsam auf, wobei er sein Tun kommentierte: „Hier ist Vorsicht angesagt. Man weiß nicht, ob Sprengstoff drin ist."

Bei solchen Bedenken hätte er meiner Meinung nach erst gar nicht öffnen sollen. Logisch war das nicht. Hätte er wenigstens seine Familie wegen einer möglichen Explosion in die hinterste Ecke des Gartens geschickt, hätte ich seine Worte nachvollziehen können. Aber so? Na ja, seine Furcht war unbegründet, wie sich schließlich herausstellte.

In der Plastiktasche befand sich eine kleinere durchsichtige Plastiktüte mit einem weißen, mehlartigem Inhalt. Das war zwar tatsächlich Sprengstoff, aber Sprengstoff ganz anderer Art, wie ich zu recht vermutete.

Die drei sahen sich entsetzt an, als hätten sie dem Teufel ins Antlitz geschaut. Es herrschte Totenstille. Dann der fast erlösende Ausbruch des Vaters: „Das ist ja Stoff! Sophia, wie kommst du an den Stoff? Oder besser: wie kommt dein sauberer Herr Johann an den Stoff?"

Meine nächtliche Vermutung hatte sich bestätigt. Seit vorgestern hatte ich mich immer wieder vor dem Päckchen ausgeruht und in der Nacht hatte es mit einem Mal klick, klick, klick gemacht. Manchmal muss man erst gepiekst werden, um quasi aufzuwachen.

Sophia war zunächst fast stumm vor Schreck. Sie bekam die folgenden Sätze nur unter größten Mühen heraus: „Den hat uns jemand untergejubelt. Bestimmt hat jemand den Stoff in Johanns Rucksack versteckt und hier in Deutschland hat derjenige oder dessen Helfer ihn wieder an sich nehmen wollen und folglich den Rucksack gestohlen."

Nun dämmerte es allmählich allen.

„Und weil das Päckchen nicht mehr im Rucksack war, weil ihr ja am Flughafen umgepackt hattet, vermuteten sie es im Haus. Daher der Versuch einzubrechen. Nur gut, dass ihr nicht daheim wart." Sophias Vater kam zum gleichen Schluss wie ich. Genau das war mir durch meinen Kopf gegangen. Die einzig richtige Schlussfolgerung. Logisch. Vollkommen logisch.

„Und in der Nacht zuvor hatten sie Johann oder mich zur Rede stellen wollen und sind vor der Polizei, die Herr Schmitz glücklicherweise angerufen hat, geflohen", ergänzte Sophia.

Obschon die ganze Situation todernst war, schmunzelte ich in mich hinein, weil die Typen, als sie von der Terrasse aus einbrechen wollten, so nahe an ihrem Stoff gewesen waren. So nah und doch so fern. Einfach katzlich. Schade, dass sie dies sicher nie erfahren würden, oder?

„Ich darf mir gar nicht vorstellen, was passiert wäre, wenn die Zöllner dich in der Türkei mit dem Zeug erwischt hätten, Sophia. Du wärst dort ewig im Gefängnis gewesen und Johann gleich mit! Wer weiß, ob wir dich je wiedergesehen hätten." Sophias Mutter sagte dies mit zitternder Stimme und Tränen in den Augen.

Den dreien wurde zunehmend bewusster, welcher Gefahr Johann und Sophia in der Türkei, insbesondere dort am Flughafen, ausgesetzt gewesen waren. Und nicht nur wegen der geklauten Steine: Steine und Stoff! Aus dieser Situation wären sie nur schlecht, wenn überhaupt, wieder rausgekommen. Dass die Gefahr immer noch akut war, wurde immer klarer. Der Einbruchsversuch belegte dies deutlich. Man sah ihnen das Rattern der Gedanken förmlich an. Sophias Mutter musste sich sogar auf die Bank setzen, denn nun zitterten auch ihre Beine.

„Ich rufe augenblicklich die Polizei an", übernahm Sophias Vater das Kommando.

Großkatze sei Dank! Nun würde die Polizei endlich richtig einbezogen. Endlich hatte katze Fakten. Es ging um Rauschgift. Hoffentlich erkannten die Polizisten rasch, dass es darüber hinaus um Leben oder Tod ging.

„Dann denken die, es sei alles auf Johanns Mist gewachsen und wer weiß, was dann kommt", wandte Sophia zögerlich ein.

„Die Geschichte wird mir zu heikel, zu kriminell. Die Typen werden bestimmt nicht aufgeben. Ich rufe sofort die Polizei an. Sophia, versuch du noch mal, Johann telefonisch zu erreichen. Vielleicht ist er jetzt zu Hause. Wenn er sich nichts zu Schulden hat kommen lassen, wird er die Polizei überzeugen können."

Sophias Vaters Ansagen waren klar und deutlich. Ich fragte mich allerdings, ob er wirklich hundertprozentig von Johanns Unschuld überzeugt war. Sein letzter Satz war etwas missverständlich. Sophia hatte die Aussage anscheinend nicht so wie ich interpretiert. Sie kam überhaupt nicht auf die Idee, an ihm zu zweifeln. Und ich wusste es ganz genau. Johann war unschuldig. Er hatte ja überhaupt keine Ahnung, welchen Stoff die Ganoven wollten. Ich hatte es mit eigenen Ohren gehört. Punktum.

„Das habe ich eben noch versucht. Er geht nicht an sein Handy. Da ist bestimmt etwas passiert." Sophias Unruhe wuchs sichtbar.

„Und das könnte mit dem Päckchen zusammenhängen. Wenn die Typen ihn mal nicht erwischt haben", schaltete sich die Mutter ein, die sich wieder etwas beruhigt hatte. Sie zweifelte auch nicht an Johann und hatte den Nagel auf den Kopf getroffen. Aber das wusste sie nicht. Auf jeden Fall war sie sehr gut im Kombinieren.

„Mama, sag doch so was nicht." Sophia begann zu weinen.

Der Vater verschwand im Haus, um umgehend mit der Polizei zu telefonieren.

„Sie kommen sofort", rief er aus dem Wohnzimmer. „Wir sollen nichts weiter anfassen, wegen der Spuren."

Ich hoffte inbrünstig, dass ich eventuelle Spuren auf dem Päckchen durch mein Gesabber beim Herausziehen nicht vernichtet hatte.

„Wisst ihr was? Ich laufe noch mal schnell zu Johann. Vielleicht ist er ja jetzt doch zu Hause", wollte sich Sophia verabschieden. Sie wirkte sehr unglücklich. „Ich muss ihm unbedingt von dem Fund erzählen. Er muss Bescheid wissen. Ich muss ihm sagen, warum die Typen seinen Rucksack gestohlen haben."

„Bleib bitte hier, bis die Polizei da war", warf ihre Mutter ein. „Ruf lieber einfach noch mal an. Vielleicht meldet er sich jetzt. Und wenn er nicht antwortet, ist er auch nicht zu Hause."

Sophias Vater, der mitbekommen hatte, dass seine Tochter zu Johann wollte, unterstützte seine Frau: „Bleib besser hier. Du allein kannst den Polizisten erklären, was auf dem Heimflug bzw. am Flughafen passiert ist. Wir waren schließlich nicht in der Türkei, sondern du und Johann."

Nur ungern gab sich Sophia geschlagen. Während sie alle auf die Polizei warteten, wählte Sophia ununterbrochen Johanns Nummer an. Jedoch erfolglos. Wie hätte es auch anders sein können? Aber Genaues wusste nur ich. Die anderen hatten lediglich ein vages Gefühl, das noch Gestalt annehmen musste. Wie heißt es doch bei den Menschen so bezeichnend: Die Hoffnung stirbt zuletzt. Das traf für Sophia voll und ganz zu. Trotz der Bemerkung ihrer Mutter, sie hoffe, dass die Typen Johann nicht erwischt hätten, hegte sie immer noch die Hoffnung, Johann würde sich melden.

Die Polizei ist ein weiteres Mal im Haus

Es dauerte nur wenige Minuten bis zum Eintreffen der Polizei. Mir kam jedoch der Zeitraum unendlich lang vor, wusste ich aus eigener Erfahrung, wie gefährlich Johanns Situation war. Dringendes Handeln war angesagt.

Sophias Vater hatte die Polizei bereits vor der Haustüre erwartet. „Sie kennen sich ja leider hier schon aus. Entschuldigen Sie, dass ich leider sage. Das ist nicht gegen Sie persönlich gerichtet. Aber die Polizei im Hause zu haben, ist kein gutes

Zeichen. Gehen Sie bitte geradeaus durch die Tür auf die Terrasse. Da liegt unser Fund."

Es waren die gleichen Polizisten, die bereits zuvor den versuchten Einbruch aufgenommen hatten. Sie begrüßten Sophia und ihre Mutter mit Handschlag, so wie es unter alten Bekannten üblich ist. Der Katzenfreund beugte sich sogar zu mir hinunter und streichelte mich.

„Du bist wohl immer in der Nähe, wenn etwas geschieht", begrüßte er mich leise. „Wenn du nur reden könntest." Er lachte mich bei seinen letzten Worten an.

Wenn der wüsste, wie recht er hatte. Ob er vielleicht etwas ahnte?

„Was haben Sie denn gefunden?", begann mein besonderer Freund das Gespräch.

Sophias Vater wies mit dem rechten Zeigefinger auf das Päckchen, das, nachdem er es auf dem Tisch geöffnet hatte, jetzt wieder auf dem Terrassenboden lag. Von wegen nicht anfassen, um keine Spuren zu beseitigen. Menschliches Handeln ist nicht immer nachvollziehbar für Katzen wie mich.

„Das hat unsere Katze uns eben offeriert." Manchmal drückte er sich gequält vornehm aus. Zudem entsprach die Bezeichnung „unsere Katze" nicht ganz den Tatsachen, wie ich eingangs ausführlich dargelegt habe. Aber sei's drum. Ich war zu glücklich, dass jetzt endlich Schwung in die Geschehnisse kam. Außerdem hatte ich mich in der letzten Zeit auch des Öfteren hinreißen lassen, in meinen Gedanken ein Possessivpronomen zu benutzen, wenn ich an Sophia und Johann dachte. Ich menschelte ein wenig, was sicher damit zusammenhing, dass ich mich im Moment so sehr mit den Menschen beschäftigen musste.

Der andere Polizist entnahm seiner Jackentasche ein Paar Plastikhandschuhe. Sie waren noch eingepackt, also ungebraucht. Sie sahen beinahe so aus wie die, die Sophias Mutter beim Haarefärben überzieht. Ich habe sie schon mehr als einmal dabei beobachtet, weil sie im Sommer meistens auf der Terrasse die Farbe auf ihr Haar aufträgt. Sie behauptet, dass es im Badezimmer ansonsten zu sehr stinkt. Fragt sich, wo sie das im Winter macht. Oder stinkt Haare färben nur im Sommer?

Der Polizist streifte die Handschuhe über seine Hände, bevor er das Päckchen vom Boden aufhob, und schaute es von allen Seiten prüfend an.

„Wie wir gestern schon vermutet haben. Das ist sicher Rauschgift. Wir müssen den Stoff zwar noch analysieren lassen, aber ich bin mir ziemlich sicher. Was meinst du?" Er schaute seinen Kollegen erwartungsvoll an.

„Ich denke, du hast recht."

„Von Ihrer Vermutung habe ich gestern aber nichts vernommen", wandte Sophias Vater ein, wobei er sich wieder einer sehr gewählten Ausdrucksweise bediente.

„Wir haben diese Vermutung auf dem Weg zum Revier angestellt. Es war so ein Gefühl."

„Ich hätte mit Vielem gerechnet, aber nicht mit irgendwelchen Drogen hier in meinem Haus", merkte Sophias Vater an. Ob es an die Polizisten gerichtet war oder ob er ein Selbstgespräch führte, war nicht klar.

„Woher hat die Katze denn das Päckchen?" Die Polizisten wandten sich mit dieser Frage an alle Anwesenden.

Sophias Vater wies mit dem Kopf auf seine Tochter: „Sophia, erzähl mal."

Die so zum Reden ermunterte Tochter atmete tief durch. Alle Augen waren auf sie gerichtet. Dann sprudelte es nur so aus ihr heraus: „Ich hatte das Päckchen in meinem Rucksack. Zum ersten Mal habe ich es, wenn ich mich richtig erinnere, auf dem Istanbuler Flughafen gesehen, als Johann und ich unsere Rucksäcke umpackten. Vorher hatte sich so ein Typ an Johanns Rucksack zu schaffen gemacht. Das wird mir jetzt aber erst wieder richtig bewusst. Ich hatte Johann noch extra zur Seite gezogen, weil ich das Gefühl hatte, dass der Typ ihn bestehlen wollte. Beim Auspacken hier zu Hause auf der Terrasse, habe ich das Päckchen auf den Tisch oder die Bank gelegt. Wo genau, weiß ich im Moment nicht mehr. Ich wollte Johann noch fragen, was er in dem Päckchen hat. Ich vermutete, es sei ein Geschenk für mich. Johann war aber in dem Moment nicht da. Es muss dann später vom Tisch oder der Bank gefallen sein. Wo es war, bevor Minou es heute früh präsentierte, weiß ich nicht. Es muss aber irgendwo hier versteckt gewesen sein, denn sonst wäre es mir aufgefallen und ich hätte Johann nach seinem Inhalt gefragt."

Endlich war es vollbracht. Die Basis für dringend notwendiges polizeiliches Handeln war gelegt. Innerlich atmete ich auf. Gleichzeitig wurde es mir beim Gedanken an Johann schwer um mein Katzenherz. Außerdem schwebte Sophia in höchster Gefahr, wie mir wieder bewusst wurde.

„Können Sie den Typen vom Flughafen in der Türkei beschreiben?" Beide Polizisten sahen Sophia fragend an.

„Nein, überhaupt nicht. Vielleicht könnte Johann das, was ich bezweifle, da er sich hinter seinem Rücken aufgehalten hat. Aber den kann ich nicht erreichen. Er ist wie vom Erdboden verschluckt."

„Hat sich Ihr Freund immer noch nicht gemeldet?" Dies war eher eine Feststellung der Polizisten als eine Frage. Eine gewisse Besorgtheit klang am Rande mit.

„Nein, hat er leider nicht. Ich war sogar gestern bei ihm zu Hause. Aber ohne Erfolg."

Sophia nannte Johanns Adresse, die sich einer der Polizisten gleich notierte. Dabei hatte Sophia bereits beim letzten Besuch der Polizei Adresse und Handynummer genannt und einer der Polizisten hatte sie sich auch notiert, wenn ich mich richtig erinnere. Das hatten sie jetzt wohl beide vergessen, durchaus nachvollziehbar bei der Entdeckung des Stoffs und der sich damit zuspitzenden Lage.

„Vor seiner Haustür habe ich einen Bekannten getroffen, Fritz. Der hatte Johann auch nicht gesehen", verdeutlichte Sophia die Brisanz.

„Kann es sein, dass Ihr Freund das Päckchen hier auf der Terrasse versteckt hat?" Die Frage meines Polizistenfreundes war nachvollziehbar.

„Nein, ausgeschlossen. Erstens hätte er, falls er das Rauschgift hätte schmuggeln wollen, das auf keinen Fall in meinem Rucksack gemacht. Dazu ist er viel zu anständig. Zweitens hätte er es sicher, falls es sein Stoff war, nicht bei uns auf der Terrasse versteckt. Das wäre doch blöd gewesen, weil die Kerle es hier hätten finden können. Sie wussten ja, wo wir hingegangen sind bzw. wo wir wohnen. Und drittens, falls er es doch hier versteckt hätte, hätte er es nach dem Einbruchsversuch ganz sicher weggeschafft." Sophia hatte sich richtig ereifert. Ihre Argumentation fand ich logisch. Das musste die Polizisten überzeugen.

Ohne auf die lange Rede Sophias einzugehen, hakte einer der Polizisten sofort nach: „Wohnt Ihr Freund bei seinen Eltern?"

„Ja, aber die kommen erst in den nächsten Tagen aus dem Urlaub zurück", antwortete der Vater an Sophias Stelle.

„Ich habe in der Nacht immer wieder versucht, ihn telefonisch zu erreichen, aber erfolglos. Auch eben noch, bevor sie kamen. Ich mache mir große Sorgen." Katze sah Sophia ihre

Verzweiflung an. Schließlich berichtete sie von dem Schuh, den sie an der Straße gefunden und auf die Seite gelegt hatte.

„Wir gucken gleich mal nach, ob der Schuh noch da liegt", meinte der Katzenfreund nachdenklich. „Vielleicht fällt uns sonst noch etwas auf. Irgendwo muss dieser Johann sein. Er kann sich doch nicht in Luft aufgelöst haben."

„Das sieht ganz und gar nicht gut aus", stellte der andere Polizist fest. Dabei kratzte er sich am Hinterkopf. Diese Bemerkung brachte Sophia zum Weinen. Ihr Vater nahm sie tröstend in den Arm und ich legte mich auf ihren rechten Fuß.

„Wir geben eine Fahndung nach ihrem Freund raus. Dazu brauchen wir einige Informationen von Ihnen." Der Polizist, der sich Johanns Adresse zum zweiten Mal notiert hatte, stellte nun genaue Fragen zu Johanns Aussehen und notierte sich alles, dem Tempo nach, in dem er schrieb, wortgetreu.

„Haben Sie Fotos jüngeren Datums von Ihrem Freund? Am besten Fotos, auf denen er allein zu sehen ist und bitte nicht nur im Seitenprofil."

Natürlich hatte sie welche. Sie lief in ihr Zimmer und erschien nach kürzester Zeit mit einem Foto in der Hand.

„Das ist neu. Es wurde erst eine Woche vor dem Türkeiurlaub aufgenommen. Er hat das gleiche Foto seinen Eltern geschenkt. Dabei hat er einen Witz gemacht. Er hat zu seiner Mutter gesagt: Hier hab ich was, damit du mich nicht vergisst. Hoffentlich war das kein schlechtes Omen." Sie schluchzte wieder auf. „Brauchen Sie noch weitere Fotos?"

„Danke, das eine reicht vorerst." Der Polizist bedankte sich und steckte das Foto in die Innentasche seiner Uniformjacke. Dann verabschiedeten sich die beiden, jedoch nicht ohne Sophia eindringlich davor zu warnen, das Haus allein zu verlassen.

„Gehen Sie möglichst nicht allein vor die Tür. Sie könnten auch in Gefahr sein." So drückten sich die Polizisten aus. Sie sprachen mir aus meiner Katzenseele.

„Wir haben noch Urlaub, wir sind den ganzen Tag zu Hause", sagte ihr Vater; „wir lassen sie nicht aus den Augen."

„Schon gut, ich bleibe hier im Haus", gab Sophia klein bei.

„Versprochen?", versicherte sich mein spezieller Streichelfreund.

„Versprochen", bestätigte sie und nickte zur Unterstützung mit ihrem Kopf.

„Sollte sich Johann melden, rufen Sie uns gleich an. Besser noch, Sie schicken ihn sofort vorbei", riefen sie ins Haus zurück. Dann schloss sich die Haustür.

Mein Katzenherz schlug wie wild, wie ich nun feststellte, nachdem die Polizisten verschwunden waren und alles etwas ruhiger um mich herum wurde. Hoffentlich lebte Johann noch. Ich musste mich unbedingt vergewissern, wie es ihm ging. Zuvor musste ich mich allerdings ein wenig stärken. Sophia war zwar mit dem Aluschälchen aus dem Keller gekommen. Dann hatte sie aber vergessen, mir mein Essen zu geben, weil sich alles nur noch um das Päckchen gedreht hatte. Der Besuch der Polizei hatte dann zum völligen Ignorieren meiner Bewirtung geführt. Ich selbst hatte meinen Hunger ebenfalls in meiner Aufregung vergessen. Das passiert mir nur ganz selten. Da muss sich schon etwas sehr Schwerwiegendes ereignen.

Sophia und ihre Mutter saßen nebeneinander auf der Bank. Sophias Mutter hatte den Arm tröstend um ihre Tochter gelegt. Der Vater, der die Polizisten zur Tür begleitet hatte, machte sich noch im Haus zu schaffen. Ich ging demonstrativ zu meinem Napf und miaute.

„Ach, dich haben wir ganz vergessen. Tut mir leid, Minou", seufzte Sophias Mutter. Sie stand auf, bückte sich nach dem Aluschälchen, das auf der obersten Kellertreppenstufe stand und füllte den Inhalt in meinen Fressnapf. Sophia erhob sich ebenfalls, kam zu mir hinüber und streichelte mich, während ich mein Essen heißhungrig verschlang. Dabei spürte ich, dass ein paar Tränen auf meinen Rücken fielen. Sophia war offensichtlich sehr verzweifelt. Das machte mich noch trauriger als ich schon war. Mir wäre fast der Appetit vergangen. Ich musste aber etwas zu mir nehmen, damit ich bei Kräften blieb. Es hing zu viel von meinem körperlichen Wohlbefinden ab.

Während des Essens fragte ich mich unaufhörlich, wie ich Sophia und ihre Familie sowie die Polizisten nur auf Johanns Gefängnis aufmerksam machen könnte. Ich hatte so gar keine Ahnung. Mir fehlte einfach bei solchen Anlässen die Sprache der Menschen. Ich musste es folglich ohne Sprache schaffen, die Menschen zu Johann zu führen. Aber wie, wie und nochmals wie?

Sophia fällt in die Hände der Rucksackdiebe

Ich nahm mir vor, nach dem Essen zu den Hochhäusern zu laufen, um zu sehen, wie es Johann ging. Dabei wollte ich intensiver über das Wie nachdenken, d.h. die Frage, wie ich die Menschen zu Johanns Versteck lotsen könnte. Vorher stattete ich einen Besuch bei der Familie ab, die mich Katze nennt.

Tatsächlich öffnete die Tochter, nachdem sie mein Miauen und vorsichtiges Kratzen an der Tür gehört hatte. Sie warf mir, was unüblich ist, eine Scheibe Käse vor die Füße.

So ändern sich die Zeiten. Sie machte sogar Anstalten, mich zu streicheln. Das war mir jedoch zu viel des Guten auf einmal und ich rannte mit dem Käse zwischen den Zähnen aus ihrer Reichweite.

Ohne viel Hunger machte ich mich nach zwei bis drei Metern, noch in Sichtweite der Tochter, langsam über den Käse her. Ich durfte meine Futterquellen nicht vernachlässigen bzw. vor den Kopf stoßen. Selbst jetzt, wo große Gefahr über Sophia und Johann schwebte, behielt ich einen klaren Kopf und vernachlässigte meine Routinen nicht. Es gibt bekannterweise immer ein Leben danach.

„Sophia, du sollst doch zu Hause bleiben. Bitte, komm augenblicklich zurück", drang es an mein Ohr. „Das ist sehr gefährlich, was du machst."

Das war Sophias Vater. Katze hörte seiner Stimme an, dass er sehr wütend war. Entsprechend laut war seine Stimme. Großkatze sei Dank. Ansonsten hätte ich nicht mitbekommen, dass Sophia so unvernünftig war, das sichere Zuhause zu verlassen. Ihr ging es jedoch offensichtlich wie mir. Die Unruhe machte uns umtriebig. Alles war besser, als zu Hause zu sitzen und abzuwarten, was kommen würde. Allerdings gab es zwischen uns einen himmelweiten Unterschied. Ich kannte die Gefahr und konnte mich ihr daher stellen. Sophia aber hatte absolut keine Ahnung, wie sehr sie in Gefahr schwebte. Sie wusste ja noch nicht einmal, dass sich Johann in den Händen der Verbrecher befand. Sie wusste auch nicht, wie die gemeingefährlichen Kerle aussahen, so dass sie sicher gar nicht fortlaufen würde, sollten die Typen sie ansprechen. Die Kerle hätten somit ein ganz leichtes Spiel mit Sophia, während sie mich eher fürchteten. Und das zu recht: Ich hatte bereits unter Beweis gestellt, dass mit mir jederzeit zu rechnen war.

„Bin gleich wieder da, ich laufe nur schnell einmal zu Johann nach Hause. Was soll da schon passieren? Vielleicht ist er ja jetzt doch da", rief sie zurück. So viel zum Thema: versprochen. Sie erinnerte sich anscheinend nicht daran, dass sie früher oft zu Max schulmeisterhaft gesagt hatte: „Max, merke dir, versprochen ist versprochen und wird auch nicht gebrochen!"

„Dann lauf nur bis zum Ende der Straße und warte da auf mich. Hast du gehört? Ich komme mit dem Wagen nach und lese dich dann auf. Muss nur noch den Wagenschlüssel aus dem Arbeitszimmer holen."

Er machte wenigstens trotz seiner Wut sein Versprechen wahr, seine Tochter nicht aus den Augen zu lassen. Ich an seiner Stelle hätte sie allerdings mit allen mir zur Verfügung stehenden Mitteln aufgehalten. Hätte, hätte! Dabei wusste ich genau, dass Sophia ein schlimmer Sturkopf sein konnte. Manchmal wollte sie partout mit dem Kopf durch die Wand. So wie jetzt.

Schon joggte Sophia an mir vorbei, allerdings ohne mich zu bemerken. Ich ließ Käse Käse sein und nahm augenblicklich die Verfolgung auf. Dabei war es mir egal, ob sie mich sah und mich eventuell zurückschickte. Wenn sie nicht auf ihren Vater hörte, musste ich auf keinen Fall auf sie hören. Ich konnte ebenfalls stur sein. Wie bereits gesagt, ich menschelte momentan. Außerdem: wer sein Versprechen brach, musste nicht damit rechnen, dass andere ihren Worten folgten. Außerdem hatte mir überhaupt niemand etwas zu sagen, um das noch einmal klarzustellen.

Sie lief und nahm dabei eine Abkürzung durch einen kleinen Park am unteren Ende der Straße. Von „auf ihren Vater warten" war keine Rede mehr. Ich fand dieses Verhalten alles andere als gut. Im Eiltempo lief ich hinter Sophia her. Was ich nicht ahnen konnte war, dass hier der Hund der Nachbarin, den ich bevorzugt ärgere, sein morgendliches Geschäft verrichtete. Er war – mir stockte der Atem – nicht angeleint.

Mir stockte der Atem nicht vor Angst. Das muss ich an dieser Stelle richtigstellen. Er stockte mir, weil ich meine Verfolgung unterbrechen und mich in Sicherheit bringen musste. Kaum hatte der Hund mich nämlich gesehen, sprang er kläffend auf mich zu. Er glaubte, seine Gelegenheit sei gekommen, sich endgültig an mir zu rächen. Es heißt zwar, dass der Glaube Berge versetzen kann. Ich halte das aber für ein Gerücht. Er hätte wissen müssen, dass er chancenlos war. Ich machte einen katzlichen Satz auf den nächstbesten Baum und war in Sicherheit. Wie ein Irrer bellte er zu mir hinauf. Er sprang sogar am Baumstamm hoch. Dachte er etwa, er sei ein Eichhörnchen? Natürlich konnte er nicht hochklettern. Er versuchte es jedoch allen Ernstes wieder und immer wieder. Normalerweise hätte ich das katzlich gefunden und ihn von oben noch ein wenig gereizt. Heute jedoch nicht. Ich musste hinter Sophia her und sie beschützen. Wer weiß, ob die Kerle nicht schon auf der Suche nach ihr waren. Sie hatten ja gedroht, sich Sophia vorzunehmen.

Ich hatte absolut keine Möglichkeit, von dem Baum runterzuspringen. Der Hund war außer Rand und Band. Wo war nur seine Besitzerin? Da sah ich sie. Sie stand doch tatsächlich bei der Frau, die mich Laila nennt, zeigte auf den Baum und lachte wie irre. Hundebesitzer sind einfach ohne Moral. Sie nehmen auch, wie ich im Laufe meines Katzenlebens festgestellt habe, immer mehr die Züge ihrer Hunde an. Ihr irres Lachen hatte sehr große Ähnlichkeit mit dem irren Bellen ihres Hundes.

Aus den Augenwinkeln beobachte ich, dass der Laila-Frau das Lachen überhaupt nicht gefiel. Sie ließ die Hundefrau stehen und näherte sich dem Baum in einem Tempo, dass ich bei der älteren Dame nicht vermutet hatte. Dabei schimpfte sie wie ein Rohrspatz. „Lass Laila in Ruhe, du böser Hund. Willst du wohl." Dabei machte sie eine Handbewegung, als wollte sie den Hund wegscheuchen. „Weg, du dummer Hund! Weg mit dir!" Mir wären ja ganz andere Ausdrücke eingefallen als dummer Hund. „Blöde Töle" hätte viel besser gepasst. Auch wäre „hirnloser Köter" ein angemessener Titel gewesen.

Endlich kam seine Besitzerin und verteidigte den Hund. „Die Katze hat selbst Schuld. Sie zankt ihn sonst immer und bringt ihn geradezu zur Weißglut. Geschieht ihr heute mal recht, dass sie auf den Baum flüchten muss." Sie kettete ihren wie wahnsinnig bellenden Hund an die Leine und stapfte beleidigt mit ihm davon. Dabei zog sie an ihrem Hund wie an einem alten, störrischen Esel.

Im Nu sprang ich in einem Satz runter von dem Baum. Ohne mich noch bei der lieben alten Dame zu bedanken, sprich, ihr um die Beine zu streifen, verfolgte ich Sophia, die nichts von meiner Not mitbekommen hatte. Sie würde im nächsten Moment auch andere Sorgen haben, und zwar größere als sie und ich uns augenblicklich vorstellen konnten.

„Ja, bring dich in Sicherheit, Laila", rief mir die alte Dame nach. Sie dachte wohl, ich sei auf der Flucht vor dem verrückten Bello. Dieser Ausdruck gefiel mir ebenfalls. Er hatte so etwas katzlich Degradierendes.

Sophia war bereits am Ende des Parks angekommen. Ich sah sie gerade noch und nahm die Verfolgung so schnell mich meine Pfoten trugen wieder auf. Als sie den Park verließ, stoppte neben ihr eine Killermaschine. Was sage ich, es war die Killermaschine. Eine Wagentür ging auf und Sophia wurde in den Wagen gezogen. Noch ehe ich aufgeholt hatte, war der Wagen verschwunden. Ich stockte kurz. Meine ganze Wut galt dem Nachbarshund, der mich an der Bewachung Sophias gehindert hatte. Ich hätte ihn zerfetzen können. Da kam ein mir bekannter Wagen die Straße hochgefahren. Das war Sophias Vater. Mein Herz machte einen Freudentanz. Er würde die Entführer verfolgen und wenigstens Sophia retten.

Vielleicht dann auch Johann, wenn er die beiden Entführer dingfest gemacht hatte.

Warum aber fuhr er so langsam? Verfolgungsjagden sehen anders aus. Das machte mich skeptisch. Ich sah, dass der Fahrer, also Sophias Vater, sich nach allen Seiten umschaute. Er suchte anscheinend seine Tochter. Hatte er denn nicht gesehen, dass sie in den Wagen gezogen worden war? Mich nahm er gar nicht wahr. Am Ende der Straße bog er ein. Das war die Straße, in der Sophias Freund wohnte. Also hatte er es verpatzt. Ich sage nur: nicht aus den Augen lassen.

Ich glaubte zu wissen, wo die Entführer Sophia hinbringen würden. So schnell mich meine Pfoten trugen, lief ich zu den Hochhäusern. Ich hatte mir genau gemerkt, hinter welchem Kellerfenster Johann gefangen gehalten wurde. Unverzüglich strebte ich auf dieses Fenster zu, um einen Blick durch die Kartonritze ins Innere des Raumes zu werfen. Ich konnte jedoch weder etwas sehen noch etwas hören. Anscheinend waren sie noch nicht angekommen. Oder war Johann schon in einem anderen Versteck? Und damit auch Sophia? Mir wurde angst und bange. War ich zu spät gekommen? Hatten sie vielleicht in der Nacht Johann in ein anderes Gefängnis gebracht? Fragen über Fragen.

Ich presste mein Gesicht ganz dicht auf das Fenster, um besser hineinsehen zu können. Da, endlich! In der hinteren Ecke, rechts von der Tür, erblickte ich nun tatsächlich etwas. Den Konturen nach konnte es Johann sein. Es war eine gekrümmte Gestalt, die sich nicht rührte. Oh Großkatze, ob er nicht mehr lebte? Sollten meine Befürchtungen wahr geworden sein? Katzen haben bekanntlich mehrere Leben, Menschen nicht. Ich war verzweifelt. Zum einen, weil Johann hier lag, sich nicht mehr regte und ich nicht einschätzen konnte, wie es ihm ging und ich ihm nicht helfen konnte. Zum anderen, weil sich Sophia in den Händen dieser Kerle befand, die kriminell und geradezu mörderisch bösartig waren, und ich niemandem sagen konnte, was ich wusste. Das ständige Bangen und Hoffen machte mich fertig. Ich musste jedoch einen klaren Kopf behalten.

Ich resümierte: Johann war noch da. Sophia war jedoch nicht in diesem Kellerloch. Sie würde aber sicherlich hierhin gebracht werden, um Johann damit unter Druck zu setzen. Wenn sie noch nicht hier war, lag es nahe, dass sie sich noch in der Killermaschine befand. Folglich musste ich nach dieser suchen.

Hinter dem Hochhaus mit der gelben Tür war ein Parkplatz. Das war mir bei meinem letzten Besuch aufgefallen. Vorsichtig schlich ich in die Richtung, immer auf der Hut vor den Katzen, die hier lebten. Ich hatte keine Lust auf Revierkampf, obschon es nicht schlecht gewesen wäre, meiner Wut auf den vermaledeiten Hund, die immer noch in mir brannte und an mir nagte, ein wenig Luft zu machen. Ich hatte allerdings jetzt für so etwas absolut keine Zeit.

Am Rand des Spielplatzes, an dem ich vorbeilaufen musste, hätte mich fast ein kleines Mädchen mit blonden Zöpfen erwischt. Großkatze sei Dank war es nicht das mürrische Kind vom Vorabend. Mich sehen und auf mich mit wackeligen krummen Beinen zulaufen war eins. Sie wollte mich unbedingt streicheln. Sie hielt ihre linke Patschhand schon nach mir ausgestreckt und lachte lauthals: „Pussi, da, da." Obschon ich es liebe, gestreichelt zu werden, machte ich einen riesigen Bogen um das Mädchen.

„Lass die Finger von der Katze. Die hat sicher Flöhe", rief ihre Mutter laut und beinahe hysterisch.

Immer diese Vorurteile. Normalerweise reagiere ich sehr allergisch auf solche Redensarten. Jetzt machte mich die Frau damit glücklich. Dies hatte zwei Gründe: Erstens stand ich unter Zeitdruck und zweitens sah das kleine Mädchen bei näherer Betrachtung so aus, als hätte es nicht für fünf Cent Gefühl in den Fingern. Die Puppe, die es mit der rechten Hand hinter sich her zog, sah entsprechend lädiert aus. Wenn es stimmte, was ich zu sehen glaubte, fehlte der Puppe sogar ein Bein. Sofort zog das Mädchen die Hand zurück, so als hätte ich eine schlimme, ansteckende Krankheit. Gut so, du kleines Ungeheuer.

Ich war gespannt wie eine Feder. Meine Nerven lagen frei oder blank, wie Menschen zu sagen pflegen. Mir war regelrecht übel. Ohne weitere Vorkommnisse erreichte ich den Parkplatz. Er war schlecht besetzt, so dass ich die Killermaschine, wäre sie hier gewesen, sofort entdeckt hätte. Das war wohl ein Satz mit X, wie Sophia zu sagen pflegt, wenn ihr etwas nicht gelingt.

Was nun tun?

Die kleinen Hirnzellen einsetzen, nicht panisch werden! Dies hämmerte ich mir verzweifelt ein. Ich wurde ruhiger, wurde wieder Katze der Lage. Klar, ich musste die umliegenden Straßen absuchen. Wäre ja auch zu einfach gewesen, wenn ich das gesuchte Objekt sofort gefunden hätte. Gedacht, getan.

Ich lief die umliegenden Straßen auf und ab. Es war keine angenehme Gegend: keine Vorgärten, überall Abfall wie leere Cola- und Bierdosen, benutzte Taschentücher, leere Zigarettenschachteln und Zigarettenstummel auf dem Trottoir, Schokoladenpapier, halbleere Chipstüten. Katze hätte ewig weiter aufzählen können. Einfach schmuddelig und ungemütlich. Die Häuser sahen zudem grau und ungepflegt aus. Nichts für eine Straßenkatze wie mich, die auf sich hielt. Da musste katze trübsinnig werden.

Von dem Wagen und meiner Sophia aber war weit und breit keine Spur. So sehr ich mich auch anstrengte und meine Augen in alle Richtungen lenkte, es war nicht die kleinste Spur zu entdecken.

Schließlich machte ich mich wieder auf den Weg zu besagtem Kellerfenster. Vielleicht waren die Kerle auf einem anderen Weg gekommen und hatten Sophia inzwischen zu Johann in dessen Kellergefängnis gebracht. Auf der Hut vor der mageren Katze schlich ich zu der Stelle, wo sich besagter Kellerraum befand. Hinter dem Kellerfenster tat sich auch jetzt nichts. Die gekrümmte Gestalt hatte ihre Lage nicht verändert. Vielleicht war das doch nicht Johann, sondern irgendein Gegenstand, den die Kerle in den Keller verbannt hatten. Es war in dem Raum zu dunkel, um Gewissheit darüber zu erlangen, was wirklich dort lag. Wieder diese Zweifel, die an mir nagten.

Schweren Herzens machte ich mich auf den Weg zu Sophias Eltern. Dabei machte ich einen Umweg über das Haus der Leute, die mich Laila nennen. Die Frau hatte anscheinend schon auf mich gewartet. Sie kam sofort aus dem Haus, als sie mich sah. Ihr liefen die Tränen die Wangen hinunter. Hatte sie solche Angst um mich gehabt? Der Hund hatte doch gar keine Chance gehabt. Ich war geradezu gerührt. So etwas passiert Katzen nicht oft. Wir sind nicht sonderlich rührselig, wir sind pragmatisch. Das bringt das Leben auf der Straße so mit sich.

„Arme Laila, hier hast du ein besonders großes Stück Lachs. Es ist ja alles so furchtbar traurig."

Das war es wirklich. Sie hatte mit allem recht. Auch mit dem Hinweis auf den Lachs. Mein Essen sah heute darüber hinaus partout nicht nach Resteessen aus, so wie ich es gewohnt war. Heute konnte ich Lachs wieder genießen. Vor allem, wenn er so appetitlich aussah und nicht mit allen möglichen Überbleibseln vermischt war wie eine Soljanka. Das ist im Übrigen eine osteuropäische Suppe, in die die Reste der ganzen Woche hineinkommen. Hab' ich wenigstens gehört. Ich weiß aber leider nicht mehr wo oder von wem, so dass ich nicht für die Richtigkeit meiner Beschreibung garantieren kann.

„Die arme Sophia ist verschwunden. Anscheinend ist sie entführt worden. Oh Gott, oh Gott. Ich kann es gar nicht glauben. Ein Kind aus der Nachbarschaft. Und so ein liebes und freundliches dazu. Immer so hilfsbereit. Grüßt stets freundlich." Bei diesen Worten schluchzte sie auf und machte was ganz Seltenes. Sie beugte sich zu mir runter und streichelte mich. Viele dicke Tränen kullerten dabei auf mein Fell.

Also keine Sorge um mich, sondern es hatte sich in der Nachbarschaft herumgesprochen, dass Sophia auf dem Weg zu Johann verschwunden war. Es wurde sogar richtig vermutet, dass sie entführt worden war. So ist es manchmal: Des einen Leid ist des anderen Freud. Das hatte ich in den letzten Stunden schon einmal feststellen müssen. Ich hätte aber gerne auf das Essen und die Streicheleinheiten verzichtet, wenn ich dadurch Sophia und natürlich auch Johann wieder zurückbekommen hätte.

Nun tauchte ihr Mann auf. „Gib Laila ordentlich was zu essen. Ich glaube, ihr geht es nicht gut. Sie trauert sicher um das Mädchen."

Manche Menschen denken, dass mit Essen alle Probleme gelöst werden können.

„Sophia heißt das Mädchen. Merk es dir doch endlich einmal", schimpfte die Frau mit ihrem Mann.

„Du weißt doch, dass ich mir Namen nicht so gut merken kann", verteidigte dieser sich.

„Ja, ja, wir werden alt. Guck mal, ich habe ihr eine riesige Portion gegeben. Laila hat heute wirklich viel mitgemacht. Du hast recht. Erst der dumme Hund und dann ist Sophia verschwunden."

„Was war das denn für eine Sache mit einem Hund?", erkundigte sich der Mann neugierig.

Während die alte Frau ihrem Mann ausführlich von meiner Episode mit dem Hund der Nachbarin im Park berichtete, schlang ich den Lachs in Windeseile hinunter. Sodann lief ich rüber in mein Esszimmer, sprich zur Terrasse, meinem momentanen Lebensmittelpunkt und meiner so genannten Kommunikatzionszentrale.

Vor dem Haus hatte ich einen Polizeiwagen entdeckt. Sicher waren die Polizisten bei Sophias Eltern. Ich war gespannt, was die Eltern und die Polizisten wussten oder vielleicht auch nur erahnten.

Die Eltern saßen mit den zwei Polizisten, die ich mittlerweile überall wiedererkannt hätte, im Wohnzimmer. Die Terrassentür war weit geöffnet. Ich nahm meinen Lauscherposten ein und bekam einige wichtige Satzfetzen mit.

„Wie ich heute Morgen schon zu Ihnen sagte, bin ich meiner Tochter mit dem Auto hinterhergefahren. Ich habe sie eigentlich direkt aus den Augen verloren, weil ich den Wagen noch aus der Garage hinausfahren musste. Ich hatte ihr hinterhergerufen, am unteren Ende der Straße auf mich zu warten. Da sie dort aber nicht stand, bin ich weitergefahren. Auf dem Weg zu Johann habe ich während des Fahrens gleichzeitig beide Straßenseiten abgesucht. Es hätte ja sein können, dass Sophia jemanden getroffen hatte. Ich habe sie aber nirgendwo entdecken können. An Johanns Elternhaus war sie ebenfalls nicht. Drinnen das gleiche. Ich habe geklingelt und gerufen. Niemand hat sich gemeldet. Ich bin sogar durch die Büsche hinter das Haus gekrochen. Es war niemand weit und breit zu sehen. Schließlich habe ich alle Wege rundum abgelaufen. Erfolglos." Die Stimme von Sophias Vater war ganz anders als sonst, irgendwie klanglos, gebrochen.

„Wir und unsere Kollegen haben ebenfalls Ausschau nach Ihrer Tochter und ihrem Freund gehalten", versicherte einer der Polizisten. „Bisher leider ohne positives Ergebnis."

„Wir sind hauptsächlich aber gekommen, weil wir vergessen haben, ein Foto Ihrer Tochter mitzunehmen. Die Beschreibung von ihr und Johann liegt bereits allen Kollegen vor. Wie gesagt, wir halten überall Ausschau nach den beiden. Das Foto brauchen wir dringend, weil den Kollegen damit die Arbeit erleichtert wird. Außerdem wollen wir natürlich wissen, ob sich jemand bei Ihnen gemeldet hat."

„Nein, niemand hat sich bisher gemeldet", antwortete der Vater mit seiner brüchigen Stimme. So hatte ich ihn noch nie in meinem Katzenleben gehört.

Die Mutter weinte und lief in ihr Schlafzimmer. Sie kam mit einem Foto zurück, das sie einem der Polizisten kommentarlos übergab. Ich hörte, dass sich die Polizisten durch den Flur entfernten.

Kaum hatten die Polizisten das Haus verlassen, klingelte der Nachbar, Herr Egon Schmitz, der nachts die Polizei gerufen hatte, an der Haustür.

„Geben Sie mir doch bitte die Adresse der Eltern des Freundes Ihrer Tochter. Herr Meier trommelt gerade die Nachbarn zusammen. Wir wollen die Umgebung absuchen. Das Verschwinden Sophias lässt uns einfach keine Ruhe." Er sprach so laut, dass ich seine Worte sogar in meinem Kommunikationszentrum verstand.

Es war offensichtlich wie ein Lauffeuer rundgegangen, dass Sophia verschwunden war.

„Ich komme mit Ihnen mit", erklärte Sophias Vater ohne lange nachzudenken. Gleichzeitig nannte er dem Nachbarn Johanns Adresse.

„Ich auch, ich komme auch mit", erklärte die Mutter. „Ich ziehe mir nur schnell die Schuhe an."

„Bleib du bitte hier. Stell dir vor, Sophia ruft an und keiner geht ans Telefon."

„Sie hat doch wieder ihr Handy vergessen. Das liegt auf dem Küchentisch."

„Aber wenn sie nach Hause kommt, sollte jemand da sein. Wir dürfen die Hoffnung nicht aufgeben, dass sie sich einfach bei irgendeiner Freundin verquatscht hat und über kurz oder lang vor der Haustür steht."

„Das ist nicht ihre Art. Sie hätte dann bestimmt angerufen", entgegnete die Mutter, ihre Tochter in Schutz nehmend.

„Sie hat doch ihr Handy vergessen", erinnerte Matthias.

„Es gibt doch wohl noch normale Telefone. Außerdem haben andere Leute ebenfalls Handys, die sie benutzen könnte." Sophias Mutter wurde sogar ein wenig wütend. „Außerdem habe ich bei allen Freundinnen angerufen, die ich kenne. Die Mädchen wollten weitere Freundinnen und Bekannte anrufen und mir sofort Bescheid geben, wenn sie sie finden würden. Bisher habe ich nur negative Bescheide bekommen. Ich werde hier in der Wohnung wahnsinnig."

Das war für mich nachvollziehbar. Mir ging es nicht anders.

„Wenn Sie wollen, kommt meine Frau sicher gerne zu Ihnen rüber", meinte der Nachbar.

„Ach, lassen Sie mal. Das ist lieb gemeint. Aber ich rufe meine Schwester an. Sie wird sicher gleich zu mir kommen, wenn sie erfährt, dass Sophia verschwunden ist", erwiderte Sophias Mutter. „Falls sie verschwunden ist und nicht irgendwo mit jemandem quatscht", ergänzte sie leise. Es war ihrer Stimme zu entnehmen, dass sie dies nicht wirklich dachte, sondern Matthias ungehalten imitierte.

„Wie Sie wollen. Ansonsten rufen Sie bei meiner Frau an. Sie ist daheim. Wir treffen uns alle in zehn Minuten vor meiner Haustüre." Die letzten Worte waren an Sophias Vater gerichtet. Herr Schmitz hatte das Kommando übernommen.

Kurze Zeit darauf verließ Matthias das Haus. Ich ruhte mich ein wenig unter der Bank aus. Aber richtiges Ausruhen war das nicht. Mir gingen Sophia und Johann nicht aus dem Kopf. Wo hatten die Typen Sophia hingebracht? Im Keller war sie eben noch nicht gewesen. Ich musste überlegen, wie ich weiter vorgehen wollte.

Im Wohnzimmer telefonierte Sophias Mutter. Dabei schluchzte sie immer wieder auf. Ich vernahm nur Fetzen, wie „wenn Sophia was passiert ist, bringe ich mich um", „sie ist immer so eigen, sie hört ja auf keinen", „dieser Johann hat Schuld an allem". Jetzt wurde sie etwas ungerecht. Aber konnte katze es ihr verdenken? Sie befand sich in einer Ausnahmesituation. Da durfte katze nicht jedes Wort auf die Goldwaage legen.

Ich hielt es hier einfach nicht mehr aus. Vielleicht kam mir eine Idee, wenn ich bei den Hochhäusern war. Vielleicht war Sophia nun auch in dem Keller. Vielleicht, vielleicht, vielleicht ... Ich reckte und streckte mich und schon war ich wieder unterwegs zu den Hochhäusern. Eben Straßenkatze. Immer auf den Pfoten.

Fünfter Teil
oder Minou in voller Aktion

Minou entdeckt Sophia

So schnell mich meine Pfoten trugen, bewegte ich mich in Richtung Hochhäuser. Dort ein wenig atemlos angekommen, schaute ich zunächst in den mittlerweile vertrauten und bekannten Kellerraum. Es hatte sich noch nichts verändert. Das Bündel, das meiner Meinung nach Johann sein konnte, lag noch genauso da, wie am Vormittag. Ansonsten war niemand im Keller.

Ich legte mich in dem Gebüsch vor den Fahrradständern auf die Lauer. Auf dem Weg hatte ich mir nämlich überlegt, dass die Typen in dem Haus mit der roten Tür wohnen mussten, weil sie ansonsten dort keinen Keller zur Verfügung gehabt hätten. Das war wenigstens naheliegend, einfach logisch.

Ich musste folglich einfach warten, bis die Verbrecher nach Hause kamen oder das Haus verließen. Von meinem Beobachtungsposten in dem Gebüsch hatte ich einen rundum guten Überblick über das Gelände. Ich würde die Typen über kurz oder lang auftauchen sehen. Dann durfte ich sie nicht mehr aus den Augen verlieren. Mit etwas Glück würden sie mich direkt zu Sophia führen.

Es wurde ein langer Nachmittag, Spätnachmittag, Abend. Zu gerne hätte ich mir zwischendurch die Pfoten vertreten, da ich dazu neige, einzunicken, wenn ich zu lange unbeweglich auf der Lauer liege. Die Monotonie schläfert mich gerne ein, zumal dann, wenn mir die Sonne zusätzlich auf den Pelz brennt. Das Risiko war jedoch groß, dass ich die beiden bei einer kleinen Bewegungsrunde verpasste.

Auf unterschiedliche Weise hielt ich mich wach. Ich zählte zunächst die Leute, die in das Haus hineingingen, dann zählte ich nur noch die Kinder und schließlich die Ameisen, die vor mir in meinem Versteck eilig hin und her liefen. Auf ihren kleinen Rücken trugen sie etwas, das wie Reiskörner aussah. Vielleicht hatten sie irgendwo einen Reisbeutel gefunden und brachten die einzelnen Körner in Sicherheit. Wegen mir brauchten sie das nicht. Reis mag ich nur mit viel Sauce. Sonst ist er mir zu trocken. Es waren sehr viele Ameisen, so dass ich vermutete, mich in der Nähe eines Ameisenhaufens zu befinden. Daran durfte ich gar nicht denken. Ameisen kriegt katze genauso schlecht aus dem Fell wie Flöhe oder sonstige Parasiten. Ihr Gekrabbele auf der Haut ist zudem unerträglich. Wie dem auch sei, die Zählerei hielt mich wach und die Zeit verging rascher.

Es dämmerte bereits, als sich die beiden Typen plötzlich der roten Eingangstür näherten. Sie kamen den schmalen Weg aus Richtung der schmutzigen Straße, die ich schon früher abgegangen war, in der Hoffnung, eine Spur von Sophia zu entdecken. Als ich die Verbrecher sah, war ich kurz davor gewesen, aufzugeben. Ich hatte einfach nicht mehr mit ihnen gerechnet.

Die beiden waren allein. Oh Großkatze! Hatte ich mich verkalkuliert? Keine Sophia weit und breit! Mein Herz schlug wieder wie wild. Hoffentlich wurde das nicht chronisch. Ich schlich mich an die Verbrecher so nah wie möglich heran, um zu hören, ob sie etwas Wichtiges über den Verbleib von Sophia sagten. Dabei musste ich auf der Hut sein. Sie durften mich auf keinen Fall als die „Furie" identifizieren. Sonst wüssten sie, dass ich ihnen auf die Schliche gekommen war.

Bevor ich sie erreicht hatte, schloss sich jedoch die Tür hinter ihnen, mir praktisch vor der Nase. Das hätte ich mir denken können. Ich ahnte jedoch, wo sie hin wollten. Unverzüglich rannte ich zu dem bewussten Kellerfenster. In dem Moment, als ich ankam, wurde der Kellerraum hell erleuchtet. Beide Typen betraten das Zimmer. Nun konnte ich im Licht durch den kleinen Spalt klar erkennen, dass das Häufchen Elend, das seitlich der Tür lag, tatsächlich Johann war und kein abgestellter Gegenstand.

„Wir haben deine Braut im Auto", brüllten sie Johann unisono an. Gleichzeitig riss mein spezieller Freund ihm das Klebeband wieder vom Mund.

Hatte Johann beim letzten Mal, als ich das gesehen hatte, noch gestöhnt, kam nun nichts mehr: kein Wort, kein Stöhnen. Das war weiß Großkatze kein gutes Zeichen. Im Gegenteil.

„Wenn du uns nicht sofort sagst, wo der Stoff versteckt ist, bekommst du Gesellschaft von deiner Braut. Was wir dann mit deinem Täubchen machen, kannst und willst du dir in deinen schlimmsten Träumen nicht vorstellen", drohte der Kumpel Johann und trat ihm zur Bestätigung seiner Drohung in den Rücken.

Ich folgerte blitzschnell drei Dinge aus den Aussagen der beiden: 1. Sophia war in der Nähe. Ansonsten hätten sie nicht damit gedroht, Johann bekäme Gesellschaft von ihr, wenn er nicht sagte, wo der Stoff war. 2. Sophia befand sich noch in der Killermaschine. Wo sollte sie ansonsten sein, wenn sie nicht im Keller war? 3. Sophia hatte ihnen nichts von meinem Fund im Morgengrauen erzählt. Vielleicht hatten die Kerle auch nicht gedacht, dass Sophia etwas wissen könnte und sie gar nicht nach dem Stoff gefragt. Ich bin mir sicher, dass solche Typen Frauen einfach unterschätzen. Und mich sowieso. Die würden sich noch wundern. Ich würde ihnen zeigen, wozu eine Katze fähig ist. Eine erste Kostprobe hatten sie ja bereits erhalten. Die würden sie nie vergessen. Wenigstens der Einohrige nicht. Ich fasste für mich knapp zusammen: Die Ganoven wussten bis dato auf keinen Fall, wo sich der Stoff befand. Das war gut so. So lange sie keine Information über den Stoff hatten, wurden Sophia und Johann noch gebraucht.

„Lasst sie in Ruhe, ich weiß doch wirklich nicht, wovon ihr redet. Und sie weiß auch nichts", flüsterte Johann kaum hörbar. „Was wollt ihr nur von uns?"

Er lebte zwar noch, aber ich gab ihm keine großen Chancen mehr. Seine Stimme war matt, ohne jeden Klang, ganz dünn. Als hätten sie ihn bisher nicht genug gequält, traten sie nun beide auf ihn ein, diese Feiglinge, diese hirnlosen Verbrecher. Ich war total voller Rachegefühle, ich hätte platzen können vor Wut, wusste aber, dass ich mich vorerst beherrschen musste. Die Betonung lag auf vorerst. Meine große Stunde würde noch kommen.

Die Kerle würden sicher schon bald ihre Drohung wahrmachen und Sophia in den Keller bringen, da Johann ihnen die gewünschte Auskunft nicht gab. Sie wussten ja anscheinend nicht, dass er ihnen wirklich nichts sagen konnte. Ich wollte mir gar nicht erst ausmalen, was dann mit ihr und Johann geschehen würde, wenn beide im Keller in den Händen der Verbrecher waren. Hoffentlich war Sophia klug genug, weiterhin nichts von meinem Fund auf der Terrasse und der Weitergabe des Stoffs an die Polizisten zu sagen. Ich war mir sicher, dass die beiden ansonsten keine Chance mehr hatten, lebend aus ihrem Gefängnis herauszukommen.

Wenn die Ganoven erst Bescheid wussten, konnten sie keine Zeugen mehr gebrauchen. Man würde ihnen Diebstahl, versuchten Einbruch, Drogendealerei und Entführung nachweisen und sie würden viele Jahre im Gefängnis verschwinden. Sophia musste unbedingt schweigen. Es ging um das Leben der beiden. Wo aber mochte Sophia nur sein? Möglicherweise in ihrem Auto? Wo hatten die beiden die Killermaschine nur geparkt?

Da ich in der Nähe des Fahrradständers auf der Lauer gelegen hatte und sie nicht mit Rädern hatte heranfahren sehen, mussten sie logischerweise mit dem Wagen gekommen sein. Und dieser musste, wiederum logischerweise, in der Nähe sein. Die Kerle sahen nicht so aus, als würden sie lange Fußmärsche lieben. Es galt also, ihren Wagen ausfindig zu machen. Wenn meine Schlussfolgerungen aus dem soeben Gehörten korrekt waren, woran ich nicht im Mindesten zweifelte, würde ich Sophia dort entdecken. Ich musste jeder noch so kleinen Möglichkeit nachgehen. Für mich war es eine große Möglichkeit und, nebenbei gesagt, die einzige, wenn katze es so ausdrücken kann.

Ich schlich mich weg vom Kellerfenster und suchte die umliegenden Straßen systematisch ab. Es gab einige Killermaschinen des Typs vier. Ich schlich um sie herum und suchte nach Sophia. Zu diesem Zweck sprang ich auf die Kühlerhaube des jeweiligen Gefährts und schaute in die Autos rein. Bei der zunehmenden Dunkelheit wurde es immer schwieriger etwas zu erkennen, obschon Katzen phantastische Augen nachgesagt werden. Großkatze sei Dank war immer noch Vollmond, was mir die Suche erleichterte. Ich fand leider trotzdem in keinem der Autos Sophia oder irgendein Zeichen, das mir sagte, dass dies der Wagen war, in den man sie gezogen hatte.

Blieb noch der Parkplatz. Bei meinem letzten Besuch hatte ich dort vergeblich gesucht. Jetzt war der Parkplatz voll besetzt. Bei den meisten Autos handelte es sich um Killermaschinen des Typs eins und zwei. Aber es waren auch einige da, die dem gesuchten Typus entsprachen. Um diese schlich ich herum und sprang, mich nach allen Seiten absichernd, auf deren Kühlerhauben. Das Absichern war besonders wichtig.

Menschen mögen nämlich nicht, wenn Katzen auf ihre Autos springen. Wir könnten Kratzer mit unseren Krallen hinterlassen. Da haben die Menschen sogar recht. Aber was machen so ein paar Kratzer denn schon aus? Das soll verstehen, wer will. Sie scheuchen uns dann von den Autos, was natürlich noch mehr Kratzer verursacht. Normalerweise stört mich das Fortscheuchen nicht, da mich die Menschen sowieso nicht erwischen. Außerdem macht es mir keinen Spaß, auf den glatten Kühlerhauben zu laufen, da katze sich nicht sehr stabil darauf bewegen kann. Katze rutscht leicht aus. Heute musste ich jedoch aus bekannten Gründen auf die Hauben springen.

Ich entdeckte zunächst nichts, rein gar nichts. Also musste ich warten, bis die Kerle das Haus wieder verließen. Dann musste ich sie vorsichtig verfolgen in der Hoffnung, dass sie mich zu ihrem Wagen und folglich zu Sophia führten. Das bedeutete für mich, dass ich mich auf den Weg zu dem Gebüsch machen musste, aus dem heraus ich den ganzen Nachmittag bis in den Abend die Haustür bewacht hatte.

Wie gesagt, ich hatte nichts auf dem Parkplatz bzw. in den dort abgestellten Killermaschinen entdeckt. Irgendetwas hielt mich jedoch von dem Rückzug ab. Da war etwas gewesen. Ich blieb stehen. Ich war starr vor Konzentration. Was hatte ich gesehen? „Erinnere dich, erinnere dich", hämmerte es in meinem Gehirn. Ich ging wie in Trance zur letzten Killermaschine zurück, sprang auf die Kühlerhaube und schaute in das Wageninnere. Nichts. Ich schlich zur vorletzten Killermaschine, die unterhalb einer Laterne stand und gut beleuchtet war. Alles wiederholen, so etwas hilft. Noch einmal sprang ich auf die Kühlerhaube, um reinzuschauen.

HEUREKA!! Da war es. Auf dem Rücksitz glitzerte etwas ganz schwach im Laternenlicht. Das war Sophias neues Armband. Das war das Geschenk, das ihre Eltern ihr aus dem Urlaub mitgebracht hatten, ein Armband mit vielen kleinen, bunten und leuchtenden Steinen. Sie hatte es ganz bestimmt verloren, als sie am Morgen in den Wagen gezerrt worden war. Vielleicht hatte sie es sogar absichtlich in dem Wagen gelassen, um damit eine Spur zu hinterlassen. Sophia würde ich das durchaus zutrauen. Sie war ganz schön clever. Für mich stand fest, dass dies die gesuchte Killermaschine war. Es bestand absolut kein Zweifel. Aber wo war nur Sophia? Sie lag nicht im Inneren des Wagens. Ich schlich um den Wagen rum, suchte nach Zeichen.

Dann kam mir eine Idee. Vielleicht bekam ich ein Zeichen, wenn ich wiederum ein Zeichen gab, dass ich hier war. Aber wie, aber was? Es dauerte ein wenig und mir kam der zündende Gedanke. Mir fiel nämlich ein, dass ich morgens beim Aufsuchen aller meiner Futterquellen stets durch Miauen auf mich aufmerksam machte. Sophia hatte in diesem Zusammenhang einmal zu ihrer Mutter gesagt, sie würde mein Miauen aus Hunderten von Miauen heraushören. Sie würde mich immer erkennen. Das war es. Ich hatte die Lösung. Ich musste mit lautem Miauen signalisieren, dass ich da war. Es war auf jeden Fall einen Versuch wert.

„Miau, miauuu." Ich schlich um den Wagen. Und immer wieder „Miau, miauuu."

War da was? Ich hatte das Gefühl, dass aus dem Kofferraum ein Klopfen zu hören war, aber ganz leise. „Miau, miauuu", wiederholte ich. Wirklich, es war eindeutig, dass auf mein Miauen ein Klopfen aus dem Kofferraum folgte. Es durchlief mich ein kalter Schauer. Ich konnte es nicht fassen.

Mit einem Satz sprang ich auf den Kofferraum. Ich kratzte wie wild auf dem Lack herum, immer in der Hoffnung, dadurch Einblick in den Kofferraum zu erhalten und Sophia letztlich zu befreien. Leider umsonst. Allerdings waren nun drei Männer auf mich aufmerksam geworden. Sie näherten sich neugierig der von mir mit meinen Krallen bearbeiteten

Killermaschine, so dass ich die Flucht unter die nächstbeste Killermaschine ergriff.

„Da wird sich der Dealer aber freuen", lachte einer der Männer lauthals, als er mit der Hand über die Kratzer auf dem Kofferraumdeckel strich. „Saubere Arbeit, Katze." Der letzte lobende Satz galt mir, denn er schaute dabei in meine Richtung und grinste. Er ahnte also, wo ich mich versteckt hatte. Vielleicht verrieten mich auch meine Katzenaugen. Katzenaugen leuchten nämlich in der Dunkelheit. Klarer Fall, hier hatte katze es mit einem Katzenfreund zu tun. Ich befand mich nicht in Gefahr. Meinen Platz wollte ich allerdings vorsichtshalber nicht aufgeben. Katze konnte es nie genau wissen. Manche Menschen sind unberechenbar. Wie sagen die Menschen so treffend: Vorsicht ist die Mutter der Porzellankiste.

„Wenn er das sieht, sollten sich alle Katzen in der Umgebung in Acht nehmen"; kommentierte ein anderer der Männer, ebenfalls laut lachend.

„Dann müsste er erst feststellen, dass es sich bei den Kratzern um solche von Katzen handelt. Dazu ist der doch viel zu blöd", stellte der dritte fest. „Der geht viel eher davon aus, dass es jemand aus der Nachbarschaft war. Feinde genug hat er ja. So, wie der immer drauf ist."

„Da hast du was gesagt", bestätigte sein Kumpel.

„Ich denke, wir müssen in der nächsten Zeit alle auf unsere Wagen aufpassen, damit der Dealer sie uns nicht in einer Nacht- und Nebelaktion mit Kratzern verziert. Quasi als Rache für seine Kratzer. Der ist so etwas von pervers. Glaubt mir. Der ist nicht ganz normal."

„Da sollten wir in den kommenden Nächten Wache schieben. Katze, du hast uns etwas eingebrockt." Der Katzenfreund stöhnte bei diesen Worten und schielte in meine Richtung.

„Wir könnten ihn aber, wenn wir ihn auf frischer Tat erwischen, der Polizei melden. Vielleicht geht er dann für einige Zeit in den Knast. Das wäre für unser Quartier nur gut. Wir haben hier schon genug Probleme. Da brauchen wir nicht auch noch solche hinterhältigen Drogendealer."

Ohne auch nur einen weiteren Blick an mich zu verschwenden oder gar mich zu verscheuchen, gingen sie auf eines der kleineren Autos zu, öffneten die Türen, setzten sich rein und fuhren los. Der Parkplatz gehörte wieder mir.

Ich begab mich sofort zu dem bewussten Wagen und miaute. Wieder vernahm ich das leise Klopfen als Antwort. Jetzt war ich mir hundertprozentig sicher, dass sich Sophia im Kofferraum genau dieser Killermaschine befand. Das Glitzerarmband und das Klopfen waren eindeutig ein Zeichen ihrer Anwesenheit. Nun hieß es warten, bis die Typen sie aus dem Wagen holten. Vielleicht konnte ich dann Sophia retten. Ich versteckte mich unter dem Nachbarauto und ließ die Killermaschine der Typen nicht aus den Augen. Ab und zu miaute ich, damit Sophia wusste, dass sie nicht allein ist. Stets erhielt ich umgehend das Klopfzeichen.

Minou wird von den Entführern entdeckt

Ich hörte leise Schritte, die sich aus Richtung des Hauses mit der roten Tür dem Parkplatz näherten. Ich hatte jegliches Zeitgefühl verloren. Es musste allerdings sehr spät sein, weil ich kaum noch Menschen sah. In den umliegenden Häusern waren die meisten Lampen gelöscht. Es war Schlafenszeit. Flugs spitzte ich meine Ohren. Die Schritte kamen näher und näher. Ich linste unter dem Wagen hervor. Da bewegten sich

Schatten auf das Auto zu. Oh Großkatze, es waren die beiden Typen.

Sie schauten sich nach allen Seiten um. Dann warfen sie einen Blick in besagten Wagen.

„Mensch, guck mal, was glitzert da so?", fragte der mit nur einem Ohr seinen Kollegen.

„Keine Ahnung, ich sehe nichts", antwortete eine verschlafene Stimme.

„Bist du denn blind? Da liegt doch was auf dem Rücksitz!"

„Ach, auf dem Rücksitz. Sag' das doch gleich, ja da glitzert was. Mach den Wagen mal auf."

Die Hintertür wurde geöffnet. Ich sah ein kurzes Aufblitzen und schon flog im hohen Bogen Sophias Armband in das Gebüsch hinter dem Parkplatz.

„Das war sicher von der Braut. Jetzt haben wir alle Spuren beseitigt. Gut, dass ich das Armband entdeckt habe." So lobte sich einer der Typen.

„Hoffentlich gehörte es nicht Jasmin", gab der andere zu bedenken. „Dann hast du schlechte Karten."

„Quatsch, so was hab' ich noch nie bei ihr gesehen. Und wenn es doch so wäre, hat sie ja nicht gesehen, dass ich es weggeworfen habe. Und du hältst die Klappe. Ist das klar?"

Der Angesprochene nickte unterwürfig. „Klar, ich würde dich doch nie reinreißen."

„Das würdest du auch nicht überleben! Versuch es erst gar nicht. "

Ich merkte mir für alle Fälle die Stelle, wo das Armband in das Gebüsch gefallen war. Die beiden schauten sich wieder nach allen Seiten um, warfen die Autotür zu und gingen zum Kofferraum.

„Wir müssen die Braut rausholen und in den Keller bringen", hörte ich einen der beiden.

„Ja, ich denke, allmählich ist die Luft rein und wir können es wagen."

In dem Moment fuhr ein Wagen auf den Parkplatz. Es war der mit den drei Männern, die gesehen hatten, dass ich auf dem Kofferraum gekratzt hatte. Sie hielten hinter dem Wagen der Entführer ihren Wagen an, ohne jedoch den Motor auszumachen.

„Bewundert ihr die Kratzer auf dem Kofferraumdeckel?", rief der Fahrer, nachdem er die Fensterscheibe runtergekurbelt hatte. Dabei gab er ein gehässiges Lachen von sich.

„Welche Kratzer?", wunderte sich der Kerl mit nur einem Ohr. Dabei schaute er genauer auf den Kofferraum. Der andere nahm sein Handy und leuchtete damit auf den Kofferraumdeckel.

„Verdammte Scheiße!", rief er in dem Moment aus, als er mein Werk sah.

„Wer war das?", fragte der andere laut in Richtung des haltenden Wagens, der immer noch seine Motorengeräusche in die Nacht schickte.

„Wir nicht, wenn du das meinst. Da ist eine Katze wie wild rumgesprungen und hat immer wieder gekratzt, als wollte sie ihr Geschäft verscharren", schrie der Fahrer geradezu. Er musste schließlich den laufenden Motor übertönen.

Er spielte mit seiner Vermutung offensichtlich auf den Umstand an, dass Katzen ihr Geschäft im Sand verscharren, wenn welcher da ist. Aber so blöd, dass Katzen Metall mit Sand verwechseln, sind sie nicht. Sicher wollte er den Autobesitzer damit noch mehr verärgern, indem er ihn glauben ließ, eine Katze hätte auf dem Kofferraum ihre Notdurft verrichtet. Außerdem wollten sie anscheinend doch keine Wache schieben und den beiden Ganoven petzen, dass eine Katze und kein Mensch hier sein Betätigungsfeld gefunden hatte. Verdammte Feiglinge. Erst große Klappe, aber dann einknicken und sich den Dealern anbiedern. Wahre Helden der Hochhäuser waren das. So bekamen sie ihre Probleme nicht in den Griff.

„Was? Das darf doch wohl nicht wahr sein", brüllte einer der beiden hysterisch durch die Nacht. „Wie sah die Katze aus?"

„Schaltet endlich das Auto ab und seid ruhig", kam es aus dem Haus mit der roten Tür. „Sonst rufen wir die Polizei."

Wenn er das doch machte und nicht nur drohte, ging es durch meinen Kopf. Für Sophia könnte das die Rettung sein.

„Halt die Klappe, Alter", antworteten alle wie aus einem Mund.

Soweit zum Thema: Klima im Quartier. Viel besser als die Dealer waren die drei Kerle weiß Großkatze nicht, wenn katze ihre Ausdrucksweise und den Umgang mit ihren Mitbewohnern analysierte.

Die Gefahr der Polizei im Rücken führte immerhin dazu, dass der Fahrer des kleinen Wagens in eine Parklücke fuhr, den Motor endlich ausschaltete und alle drei ausstiegen. Sie kamen zu den beiden rüber, um sich mit ihnen gemeinsam die Kratzer auf dem Kofferraumdeckel anzusehen. Die einen schauten sich mein Werk genussvoll-schadenfroh an, die anderen hingegen mit fast vor Wut platzenden Gesichtern.

„Wie die Katze aussah?", nahm einer der drei den hingeworfenen Faden auf. „Wie alle Katzen, dunkel und etwas fetter, würde ich sagen, eine Allerweltkatze eben."

„Da müsst ihr den ganzen Kofferraum neu lackieren lassen", war der fachmännische Kommentar eines anderen der Hinzugekommenen aus der kleinen Killermaschine.

„Stimmt, sonst ist euer Wagen nichts mehr wert", bestätigte ein anderer der drei Männer hämisch.

„Ich kenne eine Werkstatt, die das preiswert macht, natürlich ohne Rechnung", vernahm ich eine dritte Stimme. Das war die Stimme des Mannes, der mich als fette Allerweltkatze bezeichnet hatte.

„Was habt ihr denn nur in dem Kofferraum, dass die Katze sich so angestellt hat", wollte der Fahrer der kleinen Killermaschine wissen. „Habt ihr geangelt und eure Fische noch im Wagen liegen? Katzen riechen so etwas. Katzen sind geradezu wild auf Fisch."

„Blödsinn, wir gehen schon lange nicht mehr zum Angeln, da ist nichts drin im Kofferraum. Sicher so eine neurotische Katze wie die meiner Mutter. Die kratzt auch alles kaputt."

„Vielleicht war es auch eine Polizeikatze, die auf Hasch abgerichtet ist", meinte ein anderer der drei Männer mutig und schaute die Ganoven hinterhältig grinsend an.

Jetzt hörte ich wieder das leise Klopfen. Die beiden Autobesitzer hatten es wohl auch gehört und versuchten, die drei von dem Wagen wegzubekommen. Meiner Meinung nach mussten die drei es auch gehört haben, ließen sich aber nichts anmerken. Sophia hatte anscheinend in ihrem Kofferraumgefängnis mitbekommen, dass sich hier zwei Gruppen unterhielten, die sich nicht wohlgesonnen waren, und die Gunst der Stunde genutzt, um auf sich aufmerksam zu machen.

„Rede keinen Scheiß. Das schauen wir uns morgen im Hellen an. Habe auch einen Bekannten, der das in Ordnung bringen kann", erwiderte einer der Entführer laut, um das Klopfen zu übertönen. „Und das mit dem Haschisch will ich nicht gehört haben. Ist das verstanden?"

„War da was?", fragte der Fahrer des kleinen Autos und schaute in Richtung des großen Kofferraums. Auf die Angelegenheit mit dem Haschisch ging er genauso wenig wie seine Kumpel weiter ein. „Da hat etwas geklopft."

Großkatze sei Dank, die beiden waren aufgeflogen, schoss es mir durch den Kopf. Aber ich irrte.

„Ja, ich habe geklopft. Ich habe mit den Fingern auf den Kofferraumdeckel geklopft", meinte der Einohrige geistesgegenwärtig. „Lasst uns reingehen, sonst holt der Idiot von drüben noch den Sheriff und wir sind alle wegen nächtlicher Ruhestörung dran."

Gesagt, getan. Die fünf marschierten im Gänsemarsch los in Richtung des Hauses mit der roten Tür. Großkatze sei Dank hatte der Katzenfreund die Verbrecher nicht auf mein Versteck aufmerksam gemacht, wohl ab und zu unauffällig in meine Richtung geschaut. Ich konnte ihn nicht einschätzen. War er mir wohlgesonnen oder nicht?

Als die Luft rein war, kroch ich unter dem Auto hervor und miaute, um Sophia zu zeigen, dass ich noch in der Nähe war. Als Antwort kam wieder das leise Klopfen. Es war nun aber kaum noch vernehmbar. Sie hatte wohl keine richtige Kraft mehr.

Hoffentlich hatte sie genug Luft zum Atmen in dem vermaledeiten Kofferraum. Ich fragte mich, wann die beiden Sophia endlich aus dem Gefängnis herausholen wollten. Dann würde ich meine Rettungsaktion starten.

Ich legte mich wieder unter die Nachbarkillermaschine und setzte meine Beobachtungen, besser Bewachung, fort. Da ich sehr müde war, musste ich mich mit allen möglichen Gedankenspielen wachhalten. So stellte ich mir vor, dass ich dem Einohrigen das zweite Ohr auch noch abreißen würde, wenn er wieder auftauchte. Ich überlegte, dass ich damit warten müsste, bis sie Sophia aus dem Kofferraum geholt hatten, weil sie ansonsten dort für immer verschwunden bleiben und jämmerlich ersticken würde. Durch seinen Schmerz abgelenkt, würde er zu spät merken, dass Sophia das Weite suchte und Sophia könnte sich retten. Dann stellte ich mir vor, dass ich den beiden, wenn sie Sophia aus dem Wagen holten, vor die Beine springen würde, so dass sie über mich stolpern würden und Sophia dies als Gelegenheit zur Flucht nutzte. Schließlich ging mir durch den Kopf, die drei anderen würden zurückkommen, weil sie selbst nachschauen wollten, ob nicht doch etwas im Wageninneren geklopft hatte. Sie würden den Kofferraum öffnen, Sophia entdecken und augenblicklich die Polizei holen. Dann hätten sie nebenher ihr Ziel erreicht. Die beiden würden für viele Jahre ins Gefängnis gehen. Alles katzliche Gedanken, die tatsächlich verhinderten, dass ich einschlief.

Ich hatte den letzten Gedanken noch nicht zu Ende gedacht, als ich hörte, dass die rote Tür ins Schloss fiel. Dieses Geräusch war mir mittlerweile vertraut. Mehrere Personen näherten sich dem Parkplatz. Ich war gespannt wie eine Feder. Jetzt musste ich ad hoc handeln, entweder den Einohrigen anspringen oder vor den Füßen der Verbrecher herlaufen, so dass sie über mich stolperten. Diese beiden Alternativen hatte ich mir ausgedacht. Ich rührte mich nicht mehr. Alles in mir konzentrierte sich nur noch auf die anstehende Konfrontation.

Die Schritte kamen näher und näher. Meine Anspannung wuchs. Ich wagte nicht mehr zu atmen. Dann sah ich die Personen. Es waren aber nicht nur zwei Menschen, sondern drei. Dieser Anblick hatte etwas Erlösendes. Meine Atmung setzte wieder normal ein. Hatten die drei Männer doch nicht wirklich geglaubt, dass das Klopfen das Ergebnis des Trommelns mit den Fingern auf dem Kofferraum gewesen war? Ich harrte in meinem Versteck der Dinge, die da kommen würden.

Tatsächlich. Die drei aus dem kleinen Wagen waren es. Sie näherten sich der Killermaschine, in der sich Sophia befand. Ich hörte sie leise, aber deutlich miteinander reden.

„Da ist doch was in dem Wagen gewesen. Die glauben, wir sind dämlich und fallen darauf rein, dass der Idiot versucht hat, das Klopfen im Kofferraum mit seinem eigenen zu übertönen."

„Ja, die schließen von sich auf uns."

„Gucken wir uns die Sache mal genauer an. Die haben etwas zu verbergen. Bestimmt ist etwas im Kofferraum, was da nicht hingehört."

„Wir müssen aber sehr vorsichtig sein. Mit den beiden ist nicht zu spaßen. Erinnert euch, was sie im letzten Jahr mit dem alten Mann gemacht haben."

„Was war denn da? Hab' ich was verpasst? Und von welchem alten Mann sprichst du? Hier ist doch die Hälfte der Männer alt bis uralt."

„Erinnerst du dich nicht? Der Alte aus dem ersten Stock aus unserem Haus hatte sich doch beschwert, weil die zwei abends vor dem Haus so laut gegrölt haben. Sie waren sturzbesoffen, die beiden. Er hat zum Schluss die Polizei gerufen und die hat kurzen Prozess gemacht und sie für die Nacht in die Ausnüchterungszelle gesteckt. Zwei Tage später haben sie ihn zusammengeschlagen. Er ist lange auf Krücken gelaufen. Die haben ihn so eingeschüchtert, dass er das nicht der Polizei gemeldet hat. Mittlerweile ist er mit seiner Frau ausgezogen."

Die drei redeten weiter. Ich konnte die Stimmen den einzelnen Personen nicht zuordnen. Das war auch nicht nötig. Was ich hörte, war schlimm genug. Meine Katzenhaare standen steil aufwärts. Hoffentlich öffneten sie endlich den Kofferraum, bevor die beiden Typen wiederkamen, und retteten so Sophia vor der Brutalität der beiden.

Die drei gingen um den Wagen herum und lauschten angestrengt. Es war jedoch weit und breit kein Klopfen mehr zu hören. Einer der dreien klopfte sogar auf den Kofferraum, was meiner Meinung nach als Aufforderung zum Klopfen aufzufassen war. Nichts. Es kam keine Antwort mehr aus dem Kofferraum.

Ich wusste, dass ich nun zur Tat schreiten musste. Ich kroch unter dem Auto hervor und miaute laut und vernehmlich in der Hoffnung, dass Sophia wenigstens mir mit ihrem Klopfen antwortete.

„Da ist die Katze ja wieder", flüsterte einer der Männer irgendwie ehrfurchtsvoll und zeigt mit ausgestrecktem Arm auf mich.

„Die war gar nicht weg. Die hat die ganze Zeit, als wir uns mit den Dealern unterhalten haben, vorne unter dem Wagen gelegen und uns nicht aus den Augen gelassen", grinste der Katzenfreund. „Hattet ihr das nicht mitbekommen?"

„Nein, ganz und gar nicht", antwortete einer der beiden anderen und schüttelte seinen Kopf zur Unterstützung.

„Was will die nur?", fragte ein anderer. „Die ist meiner Meinung nach nicht grundlos auf den Kofferraum gesprungen. Katzen sind kluge Tiere."

Das war die korrekte Einschätzung meiner Spezies sowie meiner Aktion. Ich musste sie jetzt in ihrer Meinung unterstützen. Mit einem Satz sprang ich miauend auf den Kofferraum. Und tatsächlich, da war ein ganz leises Klopfen zu vernehmen.

„Hört ihr, was ich höre?", vernahm ich einen der Männer. „Wenn die Katze miaut, kommt aus dem Kofferraum ein Klopfen. Ich habe das Gefühl, dass da jemand drin ist und auf die Katze reagiert. Das muss ein Mensch sein. Was führen die Typen nur wieder im Schild?" Die letzten beiden Sätze flüsterte er ehrfurchtsvoll.

„Ich höre nichts", bekam er zur Antwort.

„Da ist doch ein Klopfen. Das kommt aus dem Kofferraum. Hört Ihr das nicht?"

„Miau, miauuu", gab ich mir alle Mühe, Sophia noch einmal dazu zu bewegen, mit einem Klopfen zu antworten. Aber es war zu spät.

„Was macht ihr denn an dem Wagen?", vernahm ich anstatt des erhofften Klopfens die aggressive Stimme des Entführers mit dem einen Ohr.

„Macht, dass ihr Land gewinnt, bevor wir richtig unangenehm werden!" Das war er andere. Er sprach noch aggressiver als der erste. „Wir mögen es überhaupt nicht, wenn andere sich an unserem Eigentum zu schaffen machen."

Es war den Ganoven gelungen, sich unbemerkt an die Dreier-gruppe heranzuschleichen. Ich hatte auch nichts mitbekom-men, weil ich mich vollständig darauf konzentriert hatte, die drei Männer auf Sophias Versteck hinzuweisen.

„Habt euch nicht so. Wir wollten noch mal mit dem Wagen in die Stadt. Da haben wir die Katze gesehen und wollten verhindern, dass sie den Wagen weiter zerkratzt."

„Wenn das der Dank ist? Ihr könnt uns mal." Was sie könnten, blieb unklar.

„Verschwindet, ihr Dumpfbacken, sonst …", warnte einer der beiden Entführer. „… machen wir kurzen Prozess. Denkt daran, ihr habt Familien", beendete der andere den angefan-genen Satz. Diese Drohung war eindeutig.

Ohne einen weiteren Wortwechsel gingen die drei wie ge-prügelte Hunde zu ihrem Wagen und starteten los. Ich hörte sie auch nicht miteinander reden. Klarer Fall, sie hatten Angst vor den beiden und um ihre Verwandten. Von denen war keine Hilfe mehr zu erwarten. Es war auch fraglich, ob sie die Polizei informierten. Ich ging auf jeden Fall nicht davon aus und sollte recht behalten.

Fast wäre Sophia gerettet gewesen, aber auch nur fast. Es war doch glatt zum Verzweifeln. Die Drohung hatte ihre gewünschte Wirkung nicht verfehlt. Mit quietschenden Reifen und ohne Licht verließen die drei den Parkplatz. Erst als sie auf der Straße waren, gingen die Scheinwerferlichter an.

Ich stand immer noch starr vor Enttäuschung auf dem Kofferraum und konnte einfach nur noch traurig miauen. Ich war so nah am Ziel der Rettung Sophias gewesen.

„Jetzt machen wir mit dir kurzen Prozess, du verdammtes Katzenvieh!", brüllte der Einohrige und sprang auf mich zu. Damit erwachte ich aus meiner Starre. Es gelang mir im letzten Moment, dem Angriff auszuweichen. Das Leben auf der Straße mit der daraus resultierenden Notwendigkeit, immer auf alles gefasst zu sein, machte sich bezahlt. Im Nu hatte ich mich in Sicherheit gebracht.

„Das war doch die Katze, die dir dein Ohr abgebissen hat. Ich habe die ganze Zeit recht gehabt. Die lungert hier auf dem Gelände rum."

„Du spinnst. Wie sollte die denn hierhin gekommen sein?"

„Die sah aber genauso aus", verteidigte sich der Typ, der noch beide Ohren hatte. „Die hatte die grauen Streifen an den Pfoten, so wie die Furie, die über dich hergefallen ist. Es war zweifellos die Katze."

„Quatsch, nachts sind alle Katzen grau. Und selbst, wenn das die Katze wäre, was könnte die wohl erreichen?"

„Immerhin hat sie dich daran gehindert, in das Haus einzubrechen. Stattdessen läufst du nun mit einem riesigen Verband rum", maulte der andere Typ.

„Du wärst auch nicht ins Haus reingekommen, du Großmaul. Warum muss ich eigentlich immer aktiv werden, wenn es schwierig wird? Sich hinter einem Teich verstecken, das kann jeder. Und dann aus lauter Trotteligkeit noch hineinfallen. Hättest dich mal sehen müssen. Voller Grünzeug auf deiner Glatze. Sah schmuck aus."

Ich vernahm das Gespräch der beiden aus sicherer Entfernung. Ich lag mittlerweile unter einer Killermaschine zwei Wagen weiter. Sollten sie sich ruhig streiten und so die Nachbarschaft wecken. Etwas Besseres könnte gar nicht passieren.

„Quak nicht blöd rum, wir müssen zusehen, dass wir die Braut in den Keller bekommen. Die drei von eben machen sich anscheinend ihre Gedanken." Er deutet mit dem Kopf in Richtung des Hauses mit der roten Eingangstür. „Außerdem scheint die Braut wieder wach geworden zu sein und will sich bemerkbar machen."

„Wie kriegen wir die jetzt in den Keller?"

„Ganz einfach, wie den Mann. Sack drüber und in den Keller."

„Hast du einen Sack mitgebracht?"

„Nein, als ich die Kerle um den Wagen schleichen sah, hab' ich nicht dran gedacht. Hol' du schnell einen Sack und ich halte so lange die Stellung bis du wieder da bist. Mach' es aber nicht so auffällig. Die Alten im Haus haben alle einen schlechten Schlaf und schauen durch die Rollladenritzen. Die würden uns nur zu gerne was anhängen, weil sie uns nicht ausstehen können."

„Die sollen nur auf sich aufpassen. Sie müssten doch allmählich wissen, dass mit uns nicht zu spaßen ist. Aber ich beeile mich. Hier sind wirklich überall Augen. Wo, hast du gesagt, ist der Sack?"

„Nichts habe ich gesagt. Du müsstest es eigentlich wissen. Er ist im Keller, du weißt schon wo. Hinter dem Typen. Da, wo du ihn hingelegt hast."

„Ach ja, ist schon klar." Der Einohrige verschwand.

Nun war ich allein mit dem Kerl, der in den Teich gefallen war. Wenn es mir gelang, den zum Brüllen zu bringen, würde eventuell einer der Alten tatsächlich die Polizei rufen. Da hatten mich die Verbrecher tatsächlich, ohne es zu wollen, auf eine katzliche Idee gebracht.

Ich kroch unter dem Wagen hervor und näherte mich dem Wachenden von hinten. Er stand mit seinem Rücken zur Motorhaube und ließ seinen Blick von rechts nach links schweifen. Ich war mir bewusst, dass das hinterlistig war. Aber der Zweck heiligt in der Regel die Mittel. Wenigstens in diesem Fall. Außerdem war es mehr als dumm von dem Typen, nur nach rechts und links und nicht auch nach hinten zu schauen, selbst wenn da das Auto stand. Mit einem Satz sprang ich auf die Motorhaube und dann, ohne zu zögern, auf seine Glatze. Ich hatte mittlerweile Erfahrung. Meine Krallen hatte ich ausgefahren, um Halt zu finden.

Wie erwartet brüllte er wie am Spieß, als ich meine Krallen in seinen Kopf schlug. Er versuchte, mich mit beiden Händen von seinem Kopf wegzuziehen. Und wie geplant, verbiss ich mich in seinem Ohr. Beim zweiten Mal ist alles viel einfacher. Es war diesmal das linke Ohr. Ein Ohr ohne Ohrring.

Schon öffnete sich ein Fenster und jemand rief laut vernehmlich: „Wenn nicht sofort Ruhe ist, rufe ich wirklich die Polizei. Es reicht nun."

Ich biss fester zu, damit der Kerl noch lauter brüllte und der Hausbewohner seine Drohung endlich wahrmachte. Aber genau in diesem Moment erhielt ich einen Schlag auf den Rücken. Ich fiel auf meinen Kopf und sah nur noch Sterne.

Meine Schädelknochen knirschten. Gleichzeitig hatte ich ein Gefühl, als würde mein Kopf platzen und mein Rücken auseinanderbrechen.

Der andere war, von mir unbemerkt, zurückgekommen. Bestimmt war er durch die Schreierei aufgeschreckt worden. Daran hätte ich denken und mit meiner Attacke warten müssen, bis er im Haus verschwunden war. Mit allerletzter Kraft schleppte ich mich unter eine der Killermaschinen, in der Hoffnung, dass ich nicht verfolgt würde. In meinem Maul hatte ich etwas Knorpeliges, das halbe Ohr des zweiten Typs. Ich ließ es angewidert meinem Mund entgleiten. Zum Spucken fehlte mir die Kraft. Ich war also nicht ganz erfolglos gewesen.

„Meine Güte, du blutest am Kopf wie ein Schwein. Das war das Scheißkatzenvieh, das auch mir das Ohr abgebissen hat", vernahm ich ganz nah die mir wohlbekannte Stimme. „Die müssen wir jetzt kriegen. Dann ist ein für alle Mal Schluss mit dem Vieh. Hast du gesehen, wo sich das Biest verkrochen hat?"

„Spinnst du? Ich halte es vor Schmerzen nicht aus und du fragst, wohin sich das Vieh verkrochen hat", jaulte der von mir Angegriffene. „Mir fehlt das linke Ohr!"

„Stell dich nicht an! Hast du gesehen, wo die Katze hingerannt ist oder nicht?"

„Unter einem der Wagen links von mir hat sie sich verkrochen."

„Die nehme ich mir vor. Die ist uns das letzte Mal in die Quere gekommen, diese verdammte Katze."

Das war also mein Ende. Mein letztes Stündchen hatte geschlagen. Ich hatte nicht mehr die Kraft zu fliehen. Was sollte nur aus Johann und Sophia werden, ging es mir durch den Kopf. Ich wusste als Einzige, wo die beiden waren.

„Lass das, ich verblute, ich muss ins Krankenhaus", brüllte der nun ebenfalls Einohrige.

„Erst, wenn ich die Katze erledigt habe."

„Ich muss sofort …" Die Stimme versagte und ich vernahm in weiter Entfernung das Aufschlagen eines Körpers. Dann hörte ich nichts mehr.

Ich wurde im Morgengrauen wach. Mein Rücken schmerzte, mein Kopf schmerzte, alles schmerzte. Als ich mühsam die Augen öffnete, lag vor mir ein halbes Ohr. Neben mir wurde ein Auto gestartet. Nach und nach fiel mir wieder wie Milben von den Augen, was in der Nacht geschehen war. Eigentlich hätte ich tot sein müssen. Die Typen hatten doch nach mir gesucht und ich war zu schwach gewesen, zu entkommen. Halt, es war nur einer gewesen, der nach mir gesucht hatte. Der, dem ich das Ohr frisch abgebissen hatte, wollte unbedingt ins Krankenhaus. Ich erinnerte mich mit einem Mal daran, dass ich den Aufprall eines Körpers gehört hatte. Was danach geschehen war, wusste ich nicht mehr. Ich war sicher für eine lange Zeit in das Land der Katzenträume eingetaucht gewesen.

Aus welchem Grund auch immer der Typ bzw. beide Typen nicht weiter nach mir gesucht hatten, war mir im Moment egal. Ich lebte. Nur das zählte. Wie war das noch mit den sieben Katzenleben? Oder waren es neun? Ich konnte mich einfach nicht konzentrieren. Die Schlacht mit dem einen Ganoven hatte mich mehr mitgenommen als es in der Situation gut war. Außerdem war viel Zeit vergangen, in der ich Sophia hätte helfen können. Wo war Sophia überhaupt? Ob sie sich noch im Kofferraum des Killerwagens Typ 4 befand oder hatten die Typen sie schon in den Keller zu Johann gebracht? Ich hatte nichts mitbekommen.

Auf dem Parkplatz begann das Leben. Ein weiterer Motor wurde gestartet, direkt hinter mir. Ich musste dringend von meinem Platz unter dem Auto weg. Das sagte mir mein Instinkt. Auf den kann ich mich immer verlassen. Der ist nämlich bei Straßenkatzen besonders ausgeprägt.

Ich kroch mühsam unter dem Wagen hervor. Dann versuchte ich, unbeholfen und leicht wankend, auf meine Pfoten zu kommen. Es gelang tatsächlich, aber nur unter Mobilisierung aller Restkräfte, die noch in mir steckten. Meine Pfoten zitterten. Der Versuch, mich ein wenig zu strecken, scheiterte, als ich hierbei einen Schmerz spürte, der bis in die Schwanzspitze hinein zog. Dabei sah ich, dass meine wunderbar gestreiften Vorderpfoten voller Blut waren.

Wie mochte wohl mein Kontrahent aussehen? Obwohl mich dieser Gedanke ein wenig aus meinem Schmerz herausriss und mich kurz eine Art Glücksgefühl überkam, konnte ich mich kaum auf meinen Pfoten halten. Bei meinen ersten Schritten torkelte ich sogar ein wenig.

Die Killermaschine, in der ich das Klopfen Sophias vernommen hatte, stand nicht mehr auf ihrem Platz. Ich schaute mich um, immer darauf bedacht, mich wegen der Schmerzen nicht zu abrupt zu bewegen.

Dann sah ich sie, die Killermaschine vom Typ vier. Sie war ganz nahe an dem Haus mit der roten Eingangstür geparkt. Einfach auf dem Gehweg hatten die Typen den Wagen abgesetzt. Ich musste überprüfen, ob sich Sophia noch darin befand. Trotz meiner Schmerzen im Rücken und im Kopf schlich ich zu dem Wagen und miaute so laut es mir in meinem lädierten Zustand möglich war. Ich bekam kein Klopfen als Antwort.

Allmählich spürte ich, wie meine Kräften zurückkamen und mit ihnen eine gewisse Hoffnung: Vielleicht war Sophia nun auch in dem Keller und musste in dem Kofferraum nicht jämmerlich ersticken.

Mit aller angesagten Vorsicht bewegte ich mich in Richtung Kellerfenster. Dort angekommen versuchte ich, einen Blick in das Innere zu erhaschen. Tatsächlich, da lagen zwei Bündel. Sophia war folglich ebenfalls im Keller gefangen. Ich sah zudem eine Wasserflasche und Tüten eines Ladens, der Brötchen mit Frikadellen verkauft. Das war ein gutes Zeichen in der ansonsten furchtbaren Situation. Anscheinend wollten die Kerle im Moment noch nicht, dass die beiden verhungerten und verdursteten.

Sophia und Johann sahen allerdings nicht gut aus. Beide hatten total verschmutzte Gesichter. Sie waren an Händen und Füßen gefesselt und hatten ein Klebeband vor dem Mund, damit sie nicht um Hilfe rufen konnten. Ich musste dringend eingreifen. Wie dringend das war, wurde mir im nächsten Moment mehr als deutlich.

Die Kellertür öffnete sich. Herein kamen die zwei Typen, nun beide mit einem riesigen Pflaster im Gesicht. Der eine trug sein Pflaster rechts, der andere links. Das nenn' ich ausgewogene Arbeit. Trotz meiner Schmerzen grinste ich voller Schadenfreude, ja geradezu bösartig. Die Strafe folgte auf der Pfote. Ein heftiger Schmerz durchzog meinen Körper.

„Nun sag' endlich, wo der Stoff ist", bellte einer der beiden Einohrigen, und zwar der mit der Schlange auf dem Arm. Wieder riss er, wie ich vorher schon zweimal gesehen hatte, das Band mit einem Ruck von Johanns Mund.

„Ich weiß doch nichts", hörte ich Johann stöhnen. „Lasst meine Freundin in Ruhe, die weiß ebenfalls nichts. Was wollt Ihr eigentlich von uns?" Essen und Trinken hatten ihm wohl ein wenig Kraft zurückgegeben. Wenigstens sprach er wieder, wenn auch kaum hörbar.

„Und was weiß die Braut tatsächlich?" Mit diesen Worten riss der andere Sophia das Band von dem Mund.

Diese stöhnte nicht, sondern brüllte laut los, so dass es mir durch Mark und Beine ging: „Hiiilfe, Hiiiilfe!" Sophia war sooo cool. Ich war stolz auf sie. Sie ließ sich von den Typen nicht einschüchtern.

„Halt sofort dein Maul", drohte der Typ mit dem Schlangenarm. Die Schlange war nun das Hauptunterscheidungsmerkmal, dafür hatte ich gesorgt. Einfach katzlich. Mit rechts und links habe ich nämlich schon immer meine Probleme.

Er beugte sich zu ihr runter. Anscheinend wollte er das Band wieder über ihren Mund kleben. Sophia spie ihm ins Gesicht. Der Ganove zuckte angewidert zurück.

„Das wirst du noch bedauern."

Im ersten Moment dachte ich, er würde zuschlagen. Großkatze sei Dank geschah das nicht.

„Lass uns sofort hier raus oder ihr werdet es noch bitter bereuen!", schrie Sophia ihm ins Gesicht. Sie zeigte keinerlei Angst, sondern legte wieder lauthals los: „Hiiilfe, Hiilfe!"

„Du kannst lange brüllen. Hier hört dich niemand. Aber wir können sehr ungemütlich werden", drohte er Sophia. Der mit der Schlange auf dem Arm klebte ihr das Band wieder auf den Mund und trat dann auf Johann ein.

Bisher hatten die Kerle noch nicht festgestellt, dass das Fenster nicht vollständig geschlossen war. So konnte ich sie wenigstens belauschen und wusste in etwa, was sie planten.

„Diesen Tritt verdankst du allein deiner Braut!", brüllte der andere in Johanns Richtung. „Bedank' dich bei ihr, so lange du das noch kannst." Und zu Sophia gewandt schrie er mit finsterem Blick: „Pass auf, was du machst. Die Rechnung zahlt dein Freund! Wie lange er noch durchhält, ist fraglich. Schau ihn an. Seine Stunden sind gezählt."

„In vier Stunden sind wir wieder da. Dann wollen wir wissen, wo der Stoff ist. Überlegt euch gut, was ihr uns gleich zu sagen habt." Das Ultimatum kam von dem mit der Schlange auf dem Arm, bevor die beiden Verbrecher den Keller verließen.

Ich harrte noch ein paar Minuten auf meinem Beobachtungsposten aus. Von Johann und Sophia hörte ich keinen Mucks. Dann, als ich sicher war, dass die Luft rein war, miaute ich, um die beiden auf mich aufmerksam und ihnen Mut zu machen. Dabei schaute ich mich nach allen Seiten um. Mit den beiden Kerlen war nicht gut Kirschen essen. Das waren richtige Verbrecher. Die konnten sogar zu Mördern werden. Da war ich mir vollkommen sicher.

Johann zeigte keine Reaktion. Sophia jedoch bewegte den Kopf in meine Richtung. Sie hatte mich gehört. Sie wusste also, dass ich in der Nähe war. Ich war mir sicher, dass ihr meine Nähe Kraft gab. Jetzt musste ich mir dringend etwas einfallen lassen. Meine Schmerzen blendete ich aus und machte mich auf den Weg zu Sophias Eltern. Es musste mir gelingen, sie zu den Hochhäusern zu locken. Ich fragte mich nur, wie ich das schaffen konnte. Ich verließ mich nun ganz auf meine Intelligenz. Mir musste und würde etwas einfallen. Zunächst war es aber wichtig, von hier wegzukommen. An den Hochhäusern war ich nicht sicher, zumal mein Gesundheitszustand nicht der beste war. Er würde sich eventuell auf meine Reaktionen in Punkto möglicherweise notwendig werdender Flucht negativ auswirken.

Allmählich verspürte ich darüber hinaus ein Hungergefühl. Mit leerem Magen kann katze zwar gut laufen, aber auf keinen Fall gut denken. Das ist eine alte Katzenweisheit. Es gab mithin zwei gewichtige Gründe, mein Revier aufzusuchen.

Minou lernt Johanns Eltern kennen

Der Weg zurück nach Hause dauerte länger als der Weg zu den Hochhäusern hin mich an Zeit gekostet hatte. Ich lief aber auch nicht die Abkürzung durch den kleinen Park. Wenn heute die Nachbarstöle nicht angeleint war und Jagd auf mich machte, war ich nicht sicher, wer der Gewinner sein würde. Sein Frauchen würde mir hundertprozentig nicht helfen und auf die alte Dame, die mich Laila nennt, konnte ich nicht hoffen. Ich war sehr schwach auf meinen Pfoten und fühlte mich einfach krank.

Als ich endlich vor dem Haus von Sophias Eltern angekommen war, stellte ich fest, dass ein fremder Wagen genau vor deren Eingangstür stand. Da steht sonst nie ein Auto, es sei denn, die Polizei ist im Haus. Das ist nämlich verboten, habe ich mal gehört. Die Parkplätze sind allein den Anwohnern vorbehalten und die haben fast alle eine Garage. Ob Besuch da war? Die Polizei war es auf jeden Fall nicht. Deren Auto kannte ich mittlerweile.

Ich pirschte mich an die Terrasse heran. Dort saß niemand. Es war allerdings auch noch früh und ein wenig kühl. Hatte in den letzten Tagen schon bereits morgens die Sonne geschienen, ließ sie heute auf sich warten. Es sah nicht nur nach Regen aus, es lag auch der typische Regengeruch in der Luft. Ich setzte mich unter das Küchenfenster auf meiner Kommunikatzionszentrale bzw. in mein Esszimmer, schaute nach oben und miaute.

Sonderbar, niemand öffnete das Fenster, obschon ich nicht zu überhören war. Ich vernahm jedoch deutlich Stimmen. Im

Haus war jemand, ganz klar. Ich spitzte meine Ohren. Wo kam das Geräusch her oder besser: Wo kamen die Stimmen her?

Ich näherte mich der Terrassentür, die noch verschlossen war, und spähte hinein. Aha, neben Sophias Mutter und Vater saßen eine Frau und ein Mann, die ich bisher noch nie gesehen hatte. Beide Frauen weinten. Ich zählte eins und eins zusammen. Klarer Fall: Das waren Johanns Eltern, die aus dem Urlaub zurückgekommen und von der bösen Nachricht quasi überrollt worden waren. Ich versuchte nochmals, mich mit lautem Miauen bemerkbar zu machen. Die Eltern waren so vertieft in ihr Leid und ihr Gespräch, dass mich niemand hörte. Um sie nicht zu stören, ging ich rüber zu der Futterquelle, wo katze mich Katze nennt.

Großkatze sei Dank waren auch diese Menschen endlich aus dem Urlaub zurück. Auf mein Miauen hin öffnete sich die Tür und der Mann kam mit einem Aluschälchen heraus.

„Da bist du ja, Katze", freute er sich. Er zog den Deckel von der Aluschale, stellte mein Essen vor mich auf den Boden und kraulte mich, während ich hungrig den Inhalt verschlang. „Hast du schon gehört, Sophia ist verschwunden. Schlimm, einfach schlimm." Er schüttelte in großer Traurigkeit seinen Kopf. Manchmal reden die Menschen mit mir, als wäre ich auch ein Mensch. „Hoffentlich finden wir sie lebend wieder. Es gibt für Eltern nichts Schlimmeres, als ein Kind zu verlieren. Ich darf gar nicht drüber nachdenken."

Bei den letzten Worten verging mir der Appetit. Der Mann schaute mich nachdenklich an. „Du siehst lädiert aus, Katze. Geht es dir nicht gut? Und überhaupt, warum hast du Blut an deinen Pfoten?"

Hätte ich doch nur wie die Menschen reden gekonnt. Was hätte ich im Moment dafür nicht alles gegeben. Er untersuchte gewissenhaft meine beiden Vorderpfoten.

„Das Blut ist aber nicht von dir", stellte er dann befriedigt fest. „Hast du wieder jemandem ein Ohr abgebissen, du Raubtier?" Er sah mich fragend und nachdenklich zugleich an.

Wenn der wüsste, wie recht er hatte. Aber mein Mund blieb leider verschlossen. Immerhin hatte sich meine erste Tat auch schon bis zu diesem Nachbarn herumgesprochen. Das war nicht unbedingt zu meinem Vorteil. Im Extremfall könnte das dazu führen, dass sich die Menschen vor mir fürchteten, was wiederum Auswirkungen auf meine Nahrungspotentiale haben könnte.

Gesättigt lief ich hinüber zu Sophias Heim. Nun war die Terrassentür geöffnet. Bevor mich Sophias Vater endlich erblickte, hörte ich Teile ihres Gesprächs mit Johanns Eltern.

„Wir haben gestern bis in die Nacht mit den Nachbarn die ganze Gegend um Ihr Haus herum durchsucht, aber weder von Sophia noch von Johann eine Spur entdecken können."

„Wir haben heute Nacht den Suchtrupp von weitem gesehen, als wir nach Hause kamen. Wir hätten aber nicht im Traum daran gedacht, dass sie nach Sophia und Johann suchen. Wir wollten nicht nachfragen. Das kam uns so sensationshungrig vor, wenn Sie verstehen, was ich meine. Heute in aller Frühe klingelte es dann an unserer Haustür. Es war noch dunkel", bemerkte eine fremde männliche Stimme. „Vor uns stand die Polizei", ergänzte der Mann. „Die Polizisten wollten wissen, ob wir etwas von Johann gehört hätten, ob wir wüssten, wo er sich befindet. "

„Und ob er Rauschgift nehme. So was aber auch. Wo mögen die beiden nur sein? Die Nachbarn kamen auch und wollten wissen, was los sei. Die hatten nämlich ebenfalls den Suchtrupp beobachtet und schließlich die Polizei vor unserem Haus", teilte Johanns Mutter etwas zusammenhanglos mit, wobei sie immer wieder Tränen von ihren Wangen wegputzte. Alle sahen übernächtigt aus. Sie hatten hundertprozentig nicht viel geschlafen.

„Ach, da ist ja Minou." Sophias Vater hatte mich auf der Terrasse bemerkt. „Das ist die Katze, die einem der Einbrecher ein Ohr abgebissen hat", stellte er mich mit gewissem Stolz den Eltern Johanns vor „Du bist sicher hungrig?", wandte er sich an mich. Dabei schaute er auf meine gestreiften Vorderpfoten. „Minou, was ist denn passiert?"

Wie der Mann, der mich Katze nennt, beugte er sich zu mir hinunter und untersuchte meine Pfoten genauer. „Das kann nicht dein Blut sein", stellte er, wie der Mann, der mich Katze nennt, sichtlich erleichtert fest. „Du hast Gott sei Dank keine Wunden."

Es tat mir gut, dass katze sich Gedanken um mich machte. Jetzt musste ich die Menschen nur so weit bekommen, dass sie mir zu dem Gefängnis der beiden folgten.

„Ich hole dir etwas zum Essen."

Er verschwand im Haus und kam nach wenigen Minuten mit einer dicken Scheibe Käse zurück. Er legte sie vor mich hin und wünschte mir einen guten Appetit. Das hatte er noch nie gemacht. Auch hatte er mir den Käse nicht einfach aus dem Küchenfenster hinuntergeworfen, wie es sonst hier morgens üblich ist. Na ja, es war schließlich Besuch da. Das konnte durchaus eine Erklärung für das veränderte Verhalten sein.

Johanns Mutter kam auf die Terrasse und streichelte mich. „Das mit dem Ohr hast du gut gemacht", lobte sie mich und schluchzte auf: „Die armen Kinder, hoffentlich leben sie noch." Wie hätte sie mich erst gelobt, hätte sie gewusst, dass ich mich um 100 Prozent gesteigert hatte?

„Das dürfen Sie nicht sagen", weinte Sophias Mutter, die auf die Terrasse neben Johanns Mutter getreten war. „Wir werden die beiden ganz sicher gesund wiederfinden. Wir dürfen die Hoffnung nicht aufgeben."

Die beiden Männer unterhielten sich weiter im Wohnzimmer. Ich ließ Käse Käse sein, um den Männern besser zuhören zu können.

„Die Arme, sie hat keinen Hunger. Tiere fühlen manchmal wie Menschen." Das war Johanns Mutter, offenbar besser mit der Psyche von Katzen oder allgemeiner: mit der Psyche von Tieren vertraut als Sophias Eltern. Sie hatte recht und unrecht zugleich. Ich war mehr als besorgt um Sophia und Johann. Aber ich konnte nicht essen, weil ich beim Kauen Probleme hatte, dem Gespräch der Männer zu folgen. Irgendwie knackte mein Gebiss beim Essen. Dieses Knacken übertönte in meinem Kopf jedes andere Geräusch. Das war sicherlich ein Ergebnis des Schlags, den ich in der Nacht erhalten hatte, und in dessen Folge ich hart auf meinem Kopf gelandet war. Ich hörte in Gedanken das Knirschen meines Schädels. Mir wurde schlecht und schwarz vor Augen. Im Nu hatte ich mich aber wieder in der Gewalt und hörte, was die beiden Männer sagten.

„Gleich gehen die Männer von der Straße wieder los. Wir wollen in einem größeren Radius um Ihr Haus herum nach den beiden suchen. Wir sind mittlerweile elf Mann und gehen in vier Gruppen. Es könnten aber auch schon mehr Männer sein. Immer wieder stoßen weitere Nachbarn, sowohl Männer als auch Frauen, auf einen der Suchtrupps um zu helfen. Einige haben sich sogar extra Urlaub genommen, wie ich gehört habe. Und mein Schwager und meine Schwägerin, die dort hinten wohnen," er deutete auf den Garten, „haben ihren Urlaub abgebrochen und werden mit ihrem Sohn Max bald zu Hause sein und sich an der Suche beteiligen."

„Ich bin natürlich dabei", stellte Johanns Vater klar.

„Ich auch", rief Johanns Mutter den Männern zu.

Der Wunsch Johanns Mutter, sich an der Suche zu beteiligen, wurde, wie gestern bei Sophias Mutter, damit abgetan, sie solle zu Hause auf eventuelle Nachrichten von Johann warten. Es wurde beschlossen, dass Johanns Mutter mit dem Wagen in ihre Wohnung fahren sollte, während sich ihr Mann einer der Suchmannschaften anschloss.

„Wir sind unterwegs", hörte ich die beiden Männer, als sie sich von ihren Frauen verabschiedeten. „Wir werden sie finden."

Kaum hatten die Männer die Haustür hinter sich geschlossen, hörte ich, wie Johanns Mutter sagte: „Natürlich werde ich auch suchen. Ich werde nicht daheim auf einen Anruf warten, der nicht kommt. Könnte Johann anrufen, hätte er sich schon lange bei Sophia oder Ihnen gemeldet. Punktum!"

So resolut hatte ich Johanns Mutter gar nicht eingeschätzt. Sie war mir auf Anhieb sympathisch. Dennoch war es sehr gefährlich, sich auf die Suche nach den beiden zu machen. Vor allem allein. Sie ahnte ja nicht, mit welchen Kerlen sie es zu tun hatte. Sie sollte sich besser einem Suchtrupp anschließen. Den Rat hätte ich ihr gegeben, wenn ich der menschlichen Sprache mächtig gewesen wäre.

„Sie haben recht. Ich werde mit Ihnen suchen. Ich habe sowieso keine ruhige Minute, wenn ich in der Wohnung sitze. Gestern habe ich schon den ganzen Tag umsonst gewartet."

Logisch war das auf keinen Fall. Es war meiner Meinung nach immer noch möglich, dass Sophia redete und die Kerle anriefen, um an den Stoff zu kommen. Besser war es meiner Meinung nach, sie blieben beide zu Hause. Aber nicht wegen des eventuellen Anrufs der Dealer oder des Anrufs einer der Kinder, sondern weil mir klar war, dass die Entführer mordsgefährlich waren.

Als hätte ich meine Gedanken laut von mir gegeben, meinte Sophias Mutter in einem plötzlichen Umschwung der Gefühle: „Aber wenn doch ein Anruf käme, würde ich mir ewig Vorwürfe machen". Wieder weinte sie. „Ich glaube, Sie sollten lieber auch zu Hause bleiben. Vielleicht melden die sich ja auch bei Ihnen."

Johanns Mutter wurde nachdenklich. Großkatze sei Dank beschloss sie, sich so zu verhalten, wie katze ihr geraten hatte. Nach wenigen Minuten wurde der Wagen vor der Haustüre gestartet und Johanns Mutter fuhr nach Hause, während Sophias Mutter allein zurückblieb.

„Lassen Sie uns telefonisch Kontakt halten", hatte Johanns Mutter noch vor ihrer Abfahrt zu Sophias Mutter gesagt.

Ich konnte Sophias Mutter leider nicht länger Gesellschaft leisten. Meine Aufgabe war es jetzt, so hatte ich gerade ad hoc beschlossen, einen der Suchtrupps zu dem Gefängnis der beiden zu führen. Gut gesättigt machte ich mich auf den Weg zu Johanns Heim. Ich hatte nämlich verstanden, dass die Suche von hier aus in Gruppen gestartet würde.

Ich ließ mich im Vorgarten von Johanns Eltern nieder und wartete darauf, mein Vorhaben umzusetzen. Die Zeit verging. Kein Suchtrupp erschien. Nach einiger Zeit kam eine fremde Frau und klingelte an der Haustür. Johanns Mutter öffnete die Haustür.

„Gut, dass du da bist." Sie umarmte die andere Frau und weinte. „Komm rein. Die Männer sind alle unterwegs. Sie haben die Stadt unter sich aufgeteilt und suchen nun nach den Kindern."

„Und was macht die Polizei?", fragte die Frau und trat in das Haus.

Die Antwort hörte ich nicht. Für mich stand in diesem Moment fest, dass ich mich verhört hatte. Die Männer wollten sich nicht hier bei Johanns Eltern treffen. Sie waren in Gruppen in der ganzen Stadt unterwegs. Jetzt musste ich sehen, ob sich ein Suchtrupp in der Nähe des Gefängnisses der beiden befand.

Ich lief, so schnell mich meine Pfoten trugen, zu den Hochhäusern. Mittlerweile ging es auf Mittag zu. Was hatten die Typen noch gesagt? In wie viel Stunden wollten sie zurückkommen und sich erneut nach dem Ort des Stoffs erkundigen? Waren es drei Stunden, waren es vier Stunden? Ich konnte mich nicht erinnern.

Heute Morgen hatte noch mein ganzer Körper geschmerzt. Ich hatte mich auf nichts richtig konzentrieren können. Jetzt war ich aber voll da. Ich hatte Sophia und Johann Dank meines Scharfsinns gefunden. Ich würde sie auch retten. Dazu musste ich versuchen, die Suchmannschaften, oder wenigstens eine, zu finden und zum Gefängnis der beiden zu lotsen. Wie ich das machen wollte, war mir noch nicht ganz klar. Ich verließ mich einfach auf meinen Instinkt und mein logisches Denkvermögen. Wenn es so weit war, würde mir etwas einfallen. Bisher war ich mit meinen spontanen Reaktionen auf die Aktionen der Ganoven nicht schlecht gefahren. Im Gegenteil. Stets hatte ich meine Überlegenheit unter Beweis stellen können. Diese Tatsache beflügelte mich geradezu.

Minou sucht nach Hilfe

Von Johanns Wohnung aus rannte ich nicht geradewegs zu dem Gefängnis der beiden Entführten. Ich machte bewusste Umwege, um zu sehen, ob die Suchtrupps sich in die richtige Richtung bewegten. Leider waren alle vier Gruppen meilenweit von den Hochhäusern entfernt. Sie bewegten sich zwischen dem Haus von Sophias und dem von Johanns Eltern. Die Hochhäuser lagen exakt in der anderen Richtung. Was also tun?

Als erstes fand ich genau die Gruppe, in der sich Sophias Vater befand. Das hatte eine Weile gedauert und ich wurde allmählich ungeduldig, zumal mir die Zeit Probleme machte. Die Ganoven würden bald wieder im Kellerraum sein. Wer weiß, was sie mit den beiden anstellen würden.

Matthias durchkämmte mit drei weiteren Männern den kleinen Park, den Sophia als Abkürzung genommen hatte und wo mich der Hund auf den Baum gejagt hatte.

Ich rannte auf ihn zu und miaute.

„Ach Minou, willst du mit uns suchen?", seufzte er. Zu den anderen gewandt rief er: „Das ist die Katze, die die Einbrecher in die Flucht getrieben hat."

„Die sieht aber gar nicht so gefährlich aus! Ich hatte sie mir nach deiner Erzählung viel größer und kräftiger vorgestellt. Sagenhaft, dass sie einem der Einbrecher ein Ohr abgebissen hat", meinte einer der Mitsuchenden voller Bewunderung.

Gesehen hatte ich den Mann schon öfter. Ich hatte aber noch keinen näheren Kontakt mit ihm gehabt. Ich machte mir in der Regel auch keine Gedanken über die Menschen, die in meinem Revier wohnen. Von Bedeutung waren allein die Futterquellen und diejenigen Menschen, die mich streichelten. Er gehörte nicht zu meinen Auserwählten, zumal er einen riesigen Hund sein Eigen nannte, den er häufig nicht angeleint spazieren führte. Der Hund erledigte an allen noch so unmöglichen Stellen sein großes Geschäft, ohne dass sein Herrchen auch nur die geringsten Anstalten machte, die Verschmutzung zu beseitigen. Selbst können Hunde das nicht. Sie sind uns Katzen in dieser Hinsicht ebenfalls unterlegen.

„Vielleicht solltest du deinen Hund durch so eine engagierte und mutige Katze ersetzen", frotzelte Sophias Vater. „Ach lassen wir das, mir ist nicht nach Späßen zumute", unterbrach er sich augenblicklich.

„Hast recht. Die Sache ist zu ernst. Lass uns weitermachen. Komm Max, lass uns dahinten das Gebüsch genauer durchsuchen."

Jetzt erkannte ich den jungen Mann, der so traurig neben dem Nachbar gestanden hatte. Das war der Vetter Max, mit dem Sophia als Kind immer gespielt hatte. Also waren sie schon aus dem Urlaub zurückgekommen. Sophias Vater hatte es gegenüber Johanns Vater ja angedeutet, dass die Verwandten ihren Urlaub abgebrochen hatten, um mit den anderen zu suchen. Dann musste sein Vater auch in der Nähe sein. Da ich ihn nicht erblickte, ging ich davon aus, dass er in einem anderen Suchtrupp war.

Die Männer suchten den Park weiter systematisch ab und nahmen mich nicht mehr wahr. Wie nur konnte ich sie auf mich aufmerksam machen und sie dazu bringen, mir zu folgen?

Ich versuchte es noch einmal, indem ich Sophias Vater vor die Beine sprang und dann in Richtung Hochhaus lief.

„Ich hab' jetzt keine Zeit zum Spielen", war seine Reaktion. Er sagte es nicht böse, er war einfach nur traurig. Mich wunderte die Antwort allerdings insofern, als er eigentlich noch nie mit mir gespielt hatte. Oder war die Speckwürfelsucherei für ihn ein Spiel? Glaubte er mit mir zu spielen, wenn er mir Speckwürfel zuwarf? Wenn er es so sah, würde ich mich demnächst noch mehr anstrengen, wenn er mir die Speckwürfel hinunterwarf. Manchmal hatte ich gedacht, er wollte mich damit ärgern. Insbesondere, wenn er es mit Namen wie Flohtaxi verband. Vielleicht sollte ich den Menschen gegenüber, die mir etwas näher standen als andere, nachsichtiger sein. Wieder beobachtete ich mich beim Menscheln.

„Ist das nicht eure Katze?", rief ein weiterer Mann Sophias Vater zu.

„Ja, das ist sie", erwiderte dieser mit einem gewissen Stolz.

„Sie hat neuerdings so ein rotes Halsband." Das war Herr Schmitz von gegenüber. Der Herr Schmitz, der in der Nacht Großkatze sei Dank die Polizei gerufen hatte. „Ist das ein Flohband?" Für diese Frage hätte ich ihn glatt kratzen können. Sie kam mir irgendwie hinterlistig vor.

„Nein. Das rote Halsband hat ihr Sophia aus der Türkei mitgebracht. Es hat einen Sensor. Mit ihrem Handy könnte Sophia, wenn sie wollte, in jedem Moment wissen, wo Minou gerade rumschleicht."

„Was es heutzutage nicht alles gibt. Ich habe von dem modernen Schnickschnack absolut keine Ahnung. Wie funktioniert denn so was?" Herr Schmitz war neugierig geworden.

Mich hatte er daran erinnert, dass ich dieses Ding loswerden musste. Ich wollte mich ja nicht quasi jederzeit auf dem Präsentiertisch befinden. Ich sage nur „Liberté".

„Ganz einfach ist das. Sophia hat es mir gezeigt. Mit ihrem Handy kann sie immer feststellen, wo sich der Sensor, und damit Minou, befindet."

„So was sollte ich meiner Frau schenken. Dann wüsste ich stets, wo sie gerade unser Geld ausgibt."

Sophia pflegte bei solchen Kommentaren zu sagen: „Ich könnte kotzen!" Mit Recht. Die Witze der Männer gehen häufig in die Richtung, dass Frauen zu viel Geld ausgeben. Das ist mir aufgefallen, obschon ich nicht dazu neige, Menschen bei ihren Gesprächen zu belauschen. Oh Großkatze, Menschen sind mitunter so einfach gestrickt. Ich wollte mich schon gelangweilt abwenden, als Herr Schmitz unbewusst etwas sehr Kluges von sich gab, nämlich: „Hätte sich Sophia doch mal das Armband selbst umgebunden, hätten wir jetzt kein Problem. Ihr Handy würde uns zu ihr bringen."

Nicht schlecht, Herr Specht, will heißen, Herr Schmitz, ging mir durch den Kopf.

Irgendwie musste der Sensor zu Sophia und Johann. Dann würde man die beiden über das Handy ausfindig machen. Total einfach. Die Fragen waren nur, wie erstens das Band zu den beiden kommen sollte und warum zweitens jemand auf die Idee kommen sollte, dass dort, wo das Band war, sich auch Sophia und Johann befanden. Sehr schöne Idee, jedoch unklar dahingehend, wie diese Idee in die Tat umzusetzen war. Mit der Eruierung potentieller Umsetzungsmöglichkeiten konnte ich die davonrasende Zeit nicht verplempern.

Da ich die Gruppe auf keinen Fall dazu bringen konnte, mir zu folgen, musste ich einen anderen der Suchtrupps finden. Vielleicht wäre ich dort erfolgreicher.

Wo aber waren die drei anderen Trupps nur? Oder waren es mittlerweile schon mehr? Während meiner Suche ging mir die Anmerkung von Herrn Schmitz, dem Frauenversteher, bezogen auf den Sensor nicht mehr richtig aus dem Kopf. Dass, obschon ich damit eigentlich keine Zeit verplempern wollte, wie ich kurz zuvor beschlossen hatte. Aber gegen Gedanken kann man nichts machen.

Nach ewig langer Zeit entdeckte ich Johanns Vater und mithin einen weiteren Suchtrupp. Mit dabei war der Mann, dessen Familie mich Katze nennt. Er erkannte mich sofort. Ach, Sophias Onkel, der Vater von Max, war auch dabei.

„Na Katze, auch auf der Suche nach den beiden."

Während der Mann, der mich Katze nennt, mich auf diese Weise begrüßte, bückte er sich nach einem Haarband. „Das ist bestimmt nicht von Sophia. Ich suche die ganze Zeit nach irgendetwas, dass Sophia oder Johann gehören kann. Dann wüsste ich, dass wir auf der richtigen Spur sind." Er sah so traurig aus, als sei seine eigene Tochter entführt worden.

Vor einem Haus stand eine riesige Mülltonne. Er öffnete sie und schaute hinein. „Gott sei Dank. Sophia ist nicht drin. Meine größte Angst ist, ich könnte sie tot entdecken. Ach, Katze. Es ist ja so furchtbar." Während er so mit mir sprach, obschon ich eine Katze und kein Mensch bin, beugte er sich zu mir hinunter und streichelte mir sanft über meinen Rücken. „Es ist so, als würde man eine Nadel im Heuhaufen suchen." Den Spruch hatte ich schon häufiger gehört. Meistens, wenn Sophia irgendetwas suchte.

Der Mann war ohne große Hoffnung. Und ich insofern auch, als ich hundertprozentig sicher war, dass er hier nichts von Sophia und Johann finden würde. Die beiden waren auch nicht in einer Mülltonne. Sie waren weit entfernt von hier in einem dunklen Kellerraum, gefesselt und mit einem Klebeband vor dem Mund stillgestellt.

Ich versuchte noch, ihn zu bewegen, mir zu folgen. Er bemerkte jedoch nicht, was ich wollte. Ich tänzelte vor ihm hin und her. Seine Antwort war lediglich: „Katze, geh heim. Nicht, dass dir auch noch etwas passiert."

Johanns Vater kam zu uns. „Ist das nicht Minou? Ist das nicht die Katze, die einem der Verbrecher das Ohr abgebissen hat?"

„Ja, das ist sie. Wir nennen sie aber Katze."

„Hört sie auch auf Katze?", fragte der erstaunt nach.

„Nicht nur darauf. Unsere Nachbarn nennen sie Laila. Auch darauf reagiert sie", lächelte er zaghaft. „Das ist schon eine komische Katze. Sie hat so was Menschliches. Finden Sie nicht auch? Sie ist im Übrigen sehr eigensinnig. Das ist es, was mir besonders gefällt. Und den Nachbarn auch."

Interessant, meine Futterquellen sprachen untereinander über mich. Nicht, dass sie sich einmal gegenseitig erzählten, wie viel ich von ihnen jeweils zu Essen bekam. Das könnte sie auf die Idee bringen, die Rationen zu kürzen. Dunkel erinnerte ich mich, dass ich letztens Anspielungen auf meine Figur gehört hatte. Das wäre alles andere als katzlich. Aber im Moment hatte ich andere Sorgen als das schnöde Essen.

Sechster Teil
oder Minou ist kurz vor der Aufklärung des Falls

Minou im Keller mit den Entführern

Ich musste unbedingt zu Sophia und Johann, um zu sehen, wie es ihnen ging. Sollte ich die beiden anderen Suchtrupps auf dem Weg dorthin noch treffen, umso besser. Dies war nun aber nicht mehr mein vorrangiges Ziel. Ich hatte eher das Gefühl, dass ich mit der Suche wertvolle Zeit vertan hatte. Mittlerweile war es kurz nach Mittag. Sicher waren die Typen nun bei Sophia und Johann. Sie hatten ihnen eine Frist gesetzt. Sie wollten wiederkommen. Dann wollten sie endlich wissen, wo der Stoff war. Da ich den beiden nicht helfen konnte, indem ich einen Suchtrupp auf ihre Spur brachte, musste ich selbst sehen, wie ich sie retten konnte. Am besten vor Ort.

Der Weg zu den Hochhäusern erschien mir immer kürzer. Schon bald war ich vor dem besagten Keller und versuchte, einen Blick ins Innere zu werfen. Es klappte. Ich sah, dass Sophia und Johann eng nebeneinander lagen, enger als beim letzten Mal, als ich sie gesehen hatte. Anscheinend hatte sich Sophia näher an Johann gelegt. Das war durchaus ein gutes Zeichen. Es zeigte mir, dass in Sophia noch Kraft steckte. Die beiden Typen waren nicht da.

In mir reifte ein Plan. Ich musste in den Keller. Es führte kein Weg daran vorbei. Wenn ich erst drinnen war, würde mir sicher etwas einfallen, um Sophia und Johann zu helfen. Selbst, wenn es meinen Tod bedeuten würde. Aber ich war mir mehr als sicher, dass es zum Letzten nicht kommen würde. Bisher hatte ich mich wacker bei den Zusammentreffen mit den

Verbrechern geschlagen. Sogar mehr als wacker, wenn katze darüber nachdachte. Und eine Katze hat bekanntlich nicht nur ein Leben.

Also machte ich mich auf die Pfoten, um einen Platz zu finden, von dem aus ich die rote Haustür beobachten und eine günstige Gelegenheit abwarten konnte, in das Haus und anschließend in den Keller zu gelangen. Die Ganoven würden nicht mit mir rechnen. Vielleicht konnte ich einen möglichen Überraschungseffekt ausnutzen und dann im Interesse von Sophia und Johann handeln. Agieren wollte ich und nicht nur reagieren. Wenn katze nur reagierte, war katze im Nachteil. Das ist immer so. Agieren ist in der Regel besser als Reagieren. Kurzum.

In sicherem Abstand belauerte ich die rote Tür. Ich hatte mich in dem Gebüsch versteckt, in dem ich Tage zuvor Johanns Rucksack entdeckt hatte. Die Tür war heute gar nicht rot. Ich wunderte mich. Sie sah fast weiß aus. Ich hatte gar keine Anstreicher gesehen.

Oh Großkatze, mir fiel es wie Milben von den Augen. Die Tür stand offen. Ich schaute auf die weiße Farbe des Treppenhauses. Dieses erkennen und im Haus verschwinden dauerte nicht einmal eine Sekunde. Na ja, auf jeden Fall befand ich mich ohne weiter nachzudenken im Hausflur. Nun galt es, umsichtig zu handeln. Mit so viel Glück hatte ich nicht gerechnet. Das musste ein gutes Omen sein.

Mich nach allen Seiten umsehend und absichernd, suchte ich den Weg zu den Kellerräumen. Das war gar nicht schwierig. Links von der Haustür führte eine Treppe nach unten. Ich zögerte. Meine Schlangenphobie machte mir zu schaffen. Was wäre, wenn unten tatsächlich Schlangen auf mich lauerten.

Plötzlich wurde mir die Entscheidung abgenommen. Über mir öffnete und schloss sich eine Tür. Dann hörte ich Schritte auf der Treppe, die sich der Haustür näherten. Wohl oder übel musste ich mich im Keller verstecken. Ansonsten hätte mich die sich mir nähernde Person bestimmt aus dem Hausflur hinausgejagt. Dieses Risiko wäre zu groß gewesen, wusste ich doch, wie schwierig es sich gestaltete, in das Haus hinein zu gelangen. Dauerhaft wäre die Türe nicht geöffnet, das war mir klar.

In riesigen Sprüngen ging es hinunter in den Keller. Der war weiß gestrichen und irgendwie hatte ich das Gefühl, dass hier keine Schlange auf mich wartete. Auf jeden Fall nicht auf dem Flur. Wie es in den einzelnen Kellerräumen aussah oder den hinteren Ecken des Flurs wusste ich nicht und wollte es lieber gar nicht wissen.

Als ich mich nun in dem Flur befand, wuchs ich mit einem Mal über mich hinaus. Schlangen hin, Schlangen her, das spielte jetzt keine Rolle mehr. Ich hatte nur noch die Rettung von Sophia und Johann im Kopf. Allein die zählte.

Ich schlich auf leisen Pfoten den langen Flur entlang, und zwar immer so, dass ich bei Gefahr in eine Türnische springen konnte, um mich zu verstecken. An jeder Tür hielt ich an und versuchte zu erfassen, ob sich Sophia und Johann dahinter befanden. Hineinsehen konnte katze nicht, da alle Türen zugezogen waren.

In keinem der Räume vernahm ich irgendeinen Laut. So konnte ich nicht weitermachen. Die Zeit verrann und ich hatte noch keine Ahnung, in welchem Raum sich die beiden befanden.

Ich sagte mir immer wieder, ich müsse mich konzentrieren. In Gedanken ging ich nun von außen von der roten Haustüre aus den Weg am Haus entlang bis zu dem besagten Kellerfenster. Ich merkte mir die Zeit, die ich in Gedanken brauchte. Dann schlich ich im Kellerflur zurück zum Hauseingang bzw. dem Punkt im Keller, über dem sich der Eingang befand. Ich schloss die Augen und schlich los, in Gedanken war ich draußen. Als ich das Gefühl hatte, ich wäre vor dem Kellerfenster ange-kommen, öffnete ich die Augen. Ich stand genau vor einer Kellertür. Hier musste das Kellergefängnis sein. Ich war total sicher. Katzen haben in der Dunkelheit einen sechsten Sinn. Sie wissen in der Regel immer, wo sie sich gerade befinden.

Wie kam ich nun rein in den Kellerraum, in dem ich die beiden vermutete, und wie den beiden dann helfen? Ein Schritt nach dem anderen, ermahnte ich mich.

An der Tür befand sich eine normale Türklinke. Die müsste ich öffnen können, ging mir durch den Kopf. Mit einem Satz sprang ich hoch, schlang meine beiden Vorderpfoten um die Klinke und zog sie mit meinem ganzen Gewicht nach unten. Dies gelang sehr gut, da ich bekanntlich recht stattlich bin. Aber als sich die Klinke nach unten bewegte, rutschte ich ab und die Klinke sprang wieder nach oben. Ich wiederholte meinen Sprung. Das gleiche niederschlagende Ergebnis. Ich sprang immer wieder. Zwischen meinen Versuchen lauschte ich, ob sich jemand näherte. Diese Vorsicht erwies sich als bedeutsam. Denn nach meinem siebten oder achten Versuch hörte ich Stimmen im Treppenhaus. Die Stimmen kannte ich mittlerweile.

„Wenn der Typ nicht redet, nehme ich mir die Puppe vor. Danach wird er sich ewig wünschen, geredet zu haben."

„Wenn er dazu noch Zeit hat", lachte der andere bösartig.

Mir war klar, was das bedeutete. Die Ganoven zogen in Be-tracht, dass Johann nicht lebend aus dem Keller kommen würde. Klar war ebenfalls, dass Johann nichts sagen konnte, da er nichts wusste. Sophia hatte ihm auch nichts sagen kön-nen, zumal beide dieses Band vor dem Mund hatten. Und ich war mir außerdem, wie bereits wiederholt angemerkt, mehr als sicher, dass den beiden das letzte Stündchen schlagen würde, wenn herauskam, wo der Stoff mittlerweile war. Eine verfahrene Situation.

Ich presste mich in die Nische der Nachbartür und wartete. Schon standen sie vor besagter Tür, zogen einen Schlüssel aus der Tasche und öffneten die Tür. Da hätte ich noch ewig springen können. Es hätte mir aber auch klar sein müssen, dass die Tür verschlossen war. Ich hatte viel Kraft vergeudet.

Ohne lange zu überlegen sprang ich aus meinem Versteck und huschte zwischen den beiden in den Kellerraum. Sophia starrte mir voller Angst und gleichzeitig triumphierend entgegen. Johann bemerkte mich schon gar nicht mehr.

Die Ganoven hatten den ersten Schrecken schnell überwunden. Der mit der Schlange auf dem Arm riss die Tür hinter sich zu und warf sich in meine Richtung auf den Boden. Er hatte wohl vor, mich kraft des Gewichts seines Körpers zu töten. Ich sprang flink zur Seite und er landete unsanft auf seinem Bauch. Dann schlug er mit seinem Kopf auf den gefliesten Boden. Er brüllte wie am Spieß. Als er aufschaute, war sein Gesicht voller Blut. Er hielt sich die Hand vor die Nase. Die war anscheinend gebrochen.

Der andere wollte ihm zur Hilfe kommen. Doch der, der auf dem Boden lag, brüllte nur: „Töte sie, du Depp. Töte sie!"

So schnell gab ich nicht auf. In dem Moment, als sich der andere Typ nun auf mich stürzen wollte, sprang ich ihm entgegen. Wohl besorgt um das heile Ohr sprang er zur Seite, wobei er mit seinem ganzen Gewicht auf seinen Kumpel traf, der kurz aufschrie, dann aber keinen Ton mehr von sich gab. Verständlicherweise. Er war nämlich von den Springerstiefeln, die sein Kumpel heute trug, voll in der Nähe seiner Leber getroffen worden. Der würde auf jeden Fall heute nicht mehr Sophia zu nahe treten können. Er lag ohnmächtig auf dem Boden und rührte sich nicht mehr. Ich jubelte innerlich.

Der andere war jedoch noch fit und versuchte, mich in dem engen Kellerraum zu fangen. Ich passte auf, dass ich nicht in die Nähe der beiden Gefangenen sprang, damit sie nicht auch noch von seinen Stiefeln getroffen wurden. Einen guten Platz fand ich unterhalb des Fensters. Mit ausgebreiteten Armen kam der Typ langsam auf mich zu. Er hatte ein breites Grinsen auf dem Gesicht.

„Jetzt habe ich dich, jetzt bist du dran", flüsterte er mir zu. Dabei kniff er seine Augen zusammen. „Du entkommst mir nicht!"

Kurz sah ich hinüber zu Sophia. Sie nickte mir heftig zu. „Gib es ihm", wollte sie mir sagen. Dieses Zeichen verlieh mir ungeahnte Kräfte. Ich nahm Maß zum Sprung. Mein Gegner hielt schon schützend einen Unterarm vor sein Gesicht, den anderen zum Kampf bereit. Hätte er gewusst, dass ich es diesmal nicht auf seinen Kopf oder sein Ohr abgesehen hatte, hätte er sich besser geschützt. Ich sprang mit einem Satz in seinen Schritt und verbiss mich da in einem Teil, den er ansonsten eher auf der Toilette benutzt. Ich spürte ganz deutlich, dass meine Zähne sich nicht im Stoff der Hose verbissen hatten. Ich war vielmehr durch den Stoff durchgedrungen. Ich fühlte, dass ich in Fleisch eindrang. Katzlich, einfach katzlich.

Mein Opfer schlug in seinem Schmerz mit beiden Fäusten auf mich ein. Und ich biss immer fester. Ich musste siegen, um die beiden zu retten. Die Schläge waren jedoch so heftig, dass ich nach kurzer Zeit los ließ. Im gleichen Moment ließ er von mir ab, riss die Tür auf und verschwand schreiend und vor Schmerzen gebeugt im Kellerflur. Der andere lag noch unbeweglich auf dem Boden.

Ich lief zu Sophia und Johann hinüber. Sie hatten nicht nur ihren Mund mit einem Band beklebt, sondern auch ihre Unterarme und Beine bzw. Fußgelenke waren mit dem gleichen Band umwickelt. Aber das wusste ich ja bereits. Das hatte ich durch das Fenster gesehen.

Sophia stöhnte, als ich mir ihre Fesseln genauer ansah. Ich ging zu ihrem Kopf, um ihr in die Augen zu sehen. Es war durchaus Angst zu erkennen. Gleichzeitig nickte sie mir wieder zu, wie eben, als ich auf den einen Verbrecher losging. Meine kleine Einlage hatte ihr anscheinend gefallen. Ein Blick auf Johann war nicht so erfreulich, da seine Augen geschlossen waren und er sich nicht mehr rührte. Dann versuchte ich, an Sophias Fesselbändern zu kratzen, um sie zu lösen. Es hätte durchaus gelingen können, wäre nicht der zweite Verbrecher aus seiner Ohnmacht erwacht. Ich vernahm ein deutliches Stöhnen.

Ein Blick auf Sophia machte mir klar, dass sie wollte, dass ich verschwinde. Sie gab mir mit einer Kopfbewegung eindeutig das Zeichen, durch die noch offene Kellertüre abzuhauen. Dies war angesichts meiner begrenzten Möglichkeiten, wie ich an Ort und Stelle feststellen musste, das Naheliegende. Ich allein konnte die beiden nicht befreien. Ich musste Hilfe von außen holen. Das war jedoch einfacher gedacht als getan.

Mühsam erklomm ich die Treppe, die aus dem Keller nach oben führte. Spurlos war der Kampf nicht an mir vorbei gegangen. Außerdem litt ich immer noch an dem nächtlichen Zusammenstoß mit den Kerlen, auch wenn ich dies vorübergehend ausgeblendet hatte. Großkatze sei Dank war die Eingangstür immer noch offen. Ich schleppte mich hinaus und dann in das Gestrüpp vor dem Spielplatz. Ich hoffte von ganzem Herzen, heute auf keine feindliche Katze zu stoßen. Ich war am Ende meiner Kräfte und so gut wie nicht mehr in der Lage, mich erfolgreich zu wehren. Ich musste mich kurz erholen und dann nachdenken, wie es mir gelingen konnte, Hilfe zu holen. Die Zeit drängte. Vor allem wegen Johann, der eben nicht einmal mehr die Augen geöffnet hatte.

Ich hatte großes Glück im ganzen Unglück. Weit und breit war keine Katze zu erblicken. Auch kein Kind war in der Nähe, das mich streicheln wollte und keine Katzenliebhaberin, die mich angesichts meines sichtbar schlechten Allgemeinzustandes zum nächsten Tierarzt schleppen wollte. Ich musste mich nur eine klitzekleine Weile ausruhen. Dabei hielt ich natürlich die rote Eingangstür im Blick.

Es dauerte nicht lange. Plötzlich erschien mein letzter Gegner in der Haustür. Er hatte seine linke Hand schützend im Schritt, in der rechten Hand hielt er deutlich sichtbar einen Autoschlüssel. Ob er zum Arzt wollte?

Mit einem Mal hatte ich eine Idee, die mir wieder neue Kräfte gab. Bevor ich diese umsetzte, schleppte ich mich zum Kellerfenster, um zu sehen, was mit dem anderen Ganoven los war. Ich presste mich an das Fenster und linste rein. Ich sah nur noch Sophia und Johann. Der zweite Typ hatte den Raum mittlerweile verlassen.

Ein katzlicher Plan – der erste

Jetzt musste ich meine Idee umsetzten. Herr Schmitz hatte mich unbewusst darauf gebracht, als ich bei der ersten Gruppe auftauchte. Er hatte mein neues Halsband bemerkt und Sophias Vater hatte ihn über den Sensor in meinem Halsband aufgeklärt. Darauf hatte er geantwortet „Hätte Sophia sich das Halsband selbst umgebunden, hätten wir jetzt kein Problem. Ihr Handy würde uns zu ihr bringen." Das war es. Ich musste zurück zu Sophia in den Keller und etwas von ihr mit zu ihrem Vater nehmen. Der würde sicher sofort daraus schließen, dass ich Sophia gefunden hatte. Mein Halsband würde ich bei Sophia lassen. Der Vater würde schnell feststellen, dass ich kein Halsband mehr hatte. Er würde darüber hinaus aufgrund des mitgebrachten Gegenstands eins und eins korrekt zusammenzählen und würde dann mit Sophias

Handy, das diese Großkatze sei Dank, auf dem Küchentisch liegengelassen hatte, Sophia finden. Das klang so einfach und war geradezu logisch. Einfach genial. Aber würde Sophias Vater auch so reagieren, wie ich erwartete. Einen Versuch war es auf jeden Fall wert.

Vorsichtig schlich ich zum Haus zurück. Leider war die Haustür nun verschlossen. Ich musste also Geduld haben. Die hatte ich aber weiß Großkatze nicht, denn die Ganoven waren zwar im Moment außer Gefecht gesetzt, würden jedoch bald wieder da sein. Ihre Wut wegen meines erfolgreichen Angriffs auf sie würde sie noch unberechenbarer machen, als sie so schon waren. Ich versteckte mich nahe der Eingangstür und wartete ungeduldig auf den nächsten Hausbewohner, um mit ihm in das Innere des Hauses zu gelangen. Dann würde ich den ersten Teil meines Plans umsetzen: etwas von Sophia holen und gleichzeitig mein Halsband abstreifen. Sehr gute Idee. Das musste klappen.

Nach kurzer Zeit, die mir aber wie eine Ewigkeit vorkam, erschien ein altes Ehepaar. Umständlich suchte die Frau in ihrer Handtasche nach dem Haustürschlüssel.

„Dass du auch immer nach dem Schlüssel suchen musst", meckerte der Begleiter ungeduldig. „In deiner Tasche kann niemand etwas finden. Nicht einmal ein Taschendieb würde dort fündig. Räum die doch einmal auf. Ordnung ist das halbe Leben."

„Steck du doch nächstens den Schlüssel ein, du alter grantiger Mann", erwiderte die Frau emotionslos.

„Mach' ich auch", entgegnete dieser wie ein trotziges Kind. „Es ist doch immer dasselbe mit deiner ewigen Sucherei."

„Du suchst auch immer irgendetwas. Mal ist es deine Brille, mal sind es deine Hausschuhe. Ich könnte endlos aufzählen."

Endlich fand sie den Schlüssel. Dann fand sie allerdings das Schlüsselloch nicht. Nun wurde ich allmählich nervös. Ich schlich mich näher an das Ehepaar heran. „Schau mal, Josef", hörte ich die Frau. „Die Katze will ins Haus." Mit diesen Worten zeigte sie mit dem Schlüssel auf mich. Hoffentlich war das jetzt nicht das Aus für meinen sorgsam entwickelten katzlichen Plan.

„Dann kann sie lange warten und darüber alt und grau werden, wenn ich nicht eingreife", murmelte der Angesprochene und nahm ihr flugs den Schlüssel aus der Hand. Diese Behändigkeit hätte ich von dem alten Mann nicht erwartet. Großkatze sei Dank gelang es ihm sofort, das Schlüsselloch auszumachen. Im Nu war die Eingangstür geöffnet.

Hatte ich zuvor gedacht, ich müsste mich schnell zwischen den beiden durch die Tür drängen, stellte ich fest, dass dies nicht nötig war. Mit einem „Herein, du holde Katze" hielt mir der Mann die Tür auf. Die Frau und der Mann hatten offensichtlich zum Mittagessen ein Glas Alkohol zu viel getrunken. Das war mit Sicherheit ebenfalls der Grund dafür, dass die ältere Dame das Schlüsselloch nicht direkt gefunden hatte. Ich ließ mich nicht lange bitten, sondern verschwand sofort durch die Tür in den Keller.

„Suchst wohl deinen Kater", rief mir der Alte noch hinterher, während seine Frau ihm ein „Lüstling" in Form einer Arie entgegenschmetterte.

„Komm, meine Süße", lud der Mann seine Frau ein. Es folgte ein lautes Schmatzen. Das war sicher ein Kuss gewesen. Die Stimmung der beiden war anscheinend ins Gegenteil umgeschlagen. Waren sie zu Beginn unwirsch gewesen, gingen sie nun liebevoll miteinander um. Katzlich, die beiden.

Mehr bekam ich von den beiden nicht mehr mit. Das war sicher auch gut so. Ich hatte nur noch die Umsetzung meines Plans im Kopf.

Mein Weg führte mich sofort zu dem Kellerraum, in dem Sophia und Johann gefangen waren. Da war er auch schon. Ich war am Ziel. Aber zu meinem Entsetzen war der Raum geschlossen. Ob die Tür richtig mit einem Schlüssel verschlossen war, wusste ich nicht. Ich hatte allerdings nicht die Kraft, dies mit einem Sprung an die Klinke zu überprüfen. Ich versuchte es zwar wiederholt, erreichte jedoch nicht einmal mehr die Türklinke. Irgendwann ist auch der Motor einer Katze leer und muss aufgetankt werden. Ich war an diesem Punkt angekommen.

Nun war guter Rat teuer. Auf die Ganoven zu warten und dann in den Kellerraum zu gelangen, war zu gewagt. Noch einmal würde ich sicher nicht mit einem blauen Auge davonkommen. Ich musste raus aus dem Keller und neu überlegen. Eine andere Idee musste her. Und ich musste raus, bevor mich meine Kraft ganz verließ.

Zunächst galt es aber, aus dem Haus wieder hinauszukommen. Ich schlich über den Flur die Treppe hoch zur Eingangstür. In Gedanken sah ich mich schon auf den nächsten Hausbewohner warten, der die Tür öffnete, um sodann zu entkommen. Das war jedoch nicht nötig. Das alte Ehepaar hatte die Tür nicht richtig verschlossen, sie stand eine Hand breit offen. Manchmal, aber auch nur manchmal, hat Alkohol durchaus positive Auswirkungen, wie ich für mich feststellte. Nun begann wohl meine Glücksphase. Daran glaubte ich fest. Die offene Tür war eindeutig ein gutes Omen. Ich muss gestehen, dass ich ein wenig abergläubig bin.

Ich hatte auch schon wieder eine Idee. Das war endlich die Lösung, meine beiden Menschenfreunde zu befreien. Ich war mir total sicher. Vor allem wegen der offenen Tür, dem guten Omen.

Ein katzlicher Plan – der zweite

Ich musste schnellstens das Ohr finden, das ich in der Nacht dem zweiten Typen abgerissen hatte. Das würde ich Sophias Vater vor die Füße legen. Der würde ganz sicher richtig schalten und wissen, dass ich die Entführer entdeckt hatte und mir dann zu dem Kellerraum folgen.

Ich schlich also zu dem Parkplatz und suchte nach dem abgerissenen Ohr. Das war leichter gesagt als getan.

Ich fand zwar erwartungsgemäß ohne Mühe den Parkplatz, auf dem das Auto der beiden gestanden hatte. Dahinter hatte nämlich ein alter Küchenstuhl gelegen. Jetzt war die Killermaschine nicht mehr da, weil der Typ, dem ich in den Schritt gesprungen war, weggefahren war. Ich hatte deutlich gesehen, dass er das Haus mit dem Autoschlüssel in der Hand unmittelbar nach meinem Angriff verlassen hatte. Ich konnte mich aber partout nicht mehr daran erinnern, wo ich mich befunden hatte, als ich das Ohr angewidert ausgespuckt hatte.

Es musste unter einem der jetzt hier parkenden Fahrzeuge gewesen sein. Aber unter welchem? Die Suche konnte dauern, während die Zeit drängte. Noch nie in meinem langen Katzenleben war ich jemals so unter Druck gewesen. Ich kämpfte mich unter den in der Nähe stehenden Autos durch und suchte und suchte. Außer Papierabfall, einem alten Schuh, einem zerdrückten Schnuller, einem vertrockneten Brötchen, zwei Bananenschalen, Bonbonpapier, zusammengedrückten Zigarettenschachteln, Zigarettenstummeln und einer Kunststofftüte fand ich jedoch rein nichts.

Plötzlich hörte ich einen Wagen auf den Parkplatz fahren. So schnell ich konnte, versteckte ich mich unter der nächstbesten Killermaschine. Das war auch keine Sekunde zu früh. Aus sicherem Versteck heraus sah ich, dass der Typ, dem ich in den Schritt gesprungen war, zurückkam. Er war nicht allein im Wagen. Mit ihm stieg ein älterer Herr mit Brille aus, der eine große Tasche bei sich trug.

„Wie gut, dass Sie mich noch in meiner Mittagspause angetroffen haben. Wo ist denn Ihr Kollege?" hörte ich ihn fragen.

„Oben in der Wohnung, Herr Dr. Müller."

Aha, er hatte einen Arzt geholt. Seine Sprache war jetzt anders, direkt unterwürfig. Sogar den Doktortitel vergaß er nicht. Hätte ich ihm gar nicht zugetraut. Der Arzt ging freiwillig neben dem Ganoven her. Er wurde nicht gezwungen.

„Dann sollten wir uns beeilen, mit einem Treppensturz ist nicht zu spaßen. Ich wusste gar nicht, dass Katzen so gefährlich sein können. So etwas habe ich während meiner gesamten Tätigkeit als Arzt noch nie gehört."

Ich fragte mich, welche Geschichte er ihm aufgetischt hatte. Treppensturz, dass ich nicht katzenhaft miaue. Wie hatte er seine Verletzung im Schritt und das abgebissene Ohr mit einem Treppensturz im Zusammenhang mit einer Katze wohl erklärt? Zu gerne hätte ich bei diesem Gespräch Mäuschen gespielt, wie die Menschen zu sagen pflegen. Interessant wäre es auch, dabei zu sein, wenn der Arzt sehen würde, dass dem Kumpel ebenfalls ein Ohr fehlte. Schade, dass ich keine Chance hatte, dies aus nächster Nähe zu erleben.

Sophia hatte früher einmal Max von einem Maler erzählt, der sich ein Ohr abgeschnitten hatte. Der Name fällt mir im Moment nicht ein. Ich erinnere mich schwach daran, dass er aus einem Land kam, in dem Sophia oft mit ihren Eltern Urlaub machte. Aus diesem Land hatte sie damals auch die

Gartenschuhe mitgebracht, die sie so schön bemalt hatte. Vielleicht dachte der Arzt, die beiden wären auch Maler.

„Hoffentlich war das Tier nicht tollwütig", hörte ich aus der Ferne. Ich war zwar wütend und hatte im Keller wirklich wie toll gewütet, ja geradezu wie ein Tiger, aber ich war nicht tollwütig. Schon verschwanden die beiden eiligen Schrittes im Haus, so dass ich meine Suche nach dem abgebissenen Ohr endlich fortsetzen konnte.

Das Glück hatte mich aber verlassen. Ich fand das gesuchte Ohr nicht. Ob vielleicht die ausgehungerte Katze, der ich bei meinem ersten Besuch auf dem Gelände begegnet war, das Ohr gefressen hatte? Vorstellen konnte ich es mir. Sie war wirklich sehr abgemagert. Hier war für Katzen eine arme Gegend.

Vielleicht hatte aber auch sein Besitzer das Ohr gefunden und es mit zu einem Arzt genommen. Ich hatte einmal gehört, dass man Finger wieder annähen kann. Vielleicht war das auch mit abgebissenen Ohren der Fall. Der Ganove mit der Schlange auf dem Arm war bestimmt nicht umsonst hinter seinem Ohr her gewesen wie der Teufel hinter einer armen Seele. Und hatten die beiden oder sonst jemand nicht von Annähen gesprochen? Mir liefen die Gedanken kreuz und quer durch den Kopf. Ich musste mich dringend einmal sammeln. Auf jeden Fall musste ich meinen katzlichen Plan zu den Akten legen. Traurig machte ich mich vom Acker, besser gesagt: vom Parkplatz.

Ein katzlicher Plan – der dritte

Mit einem Mal sah ich im Gebüsch ein Glitzern und Funkeln, das mich magisch anzog. Oh Großkatze, das hatte ich ja ganz vergessen. Das war doch Sophias neues Armband. HEUREKA, ich hatte etwas von Sophia gefunden. Vielleicht konnte ich damit Sophias Vater und seinen Suchtrupp oder einen anderen Suchtrupp auf die richtige Spur bringen.

Vorsichtig nahm ich das Armband zwischen meine Zähne und versuchte, es aus dem Gebüsch zu ziehen. Es hatte sich jedoch im Gestrüpp verheddert. Ich zog an dem Armband wie Vögel mitunter an Würmern ziehen, wenn sie diese aus hartem Boden holen wollen. Dabei hatte ich schon einmal gesehen, dass der Wurm in der Mitte zerriss, wie ein Stück Papier. Glaube ich wenigstens. Vielleicht hatte ich es auch nur geträumt. Ich hoffte voller Inbrunst, dass mir das nun nicht passierte.

Ich hatte jedoch Glück. Mit einem Mal, als ich mit aller mir noch möglichen Gewaltanstrengung an dem Armband zog, gab das Gestrüpp das Armband frei. Da ich mit solcher Kraft gezogen hatte, landete ich glatt auf meinen Rücken. Ich rollte sehr gut ab, stand sofort auf meinen Pfoten und spuckte das Band auf den Boden. Letzteres jedoch nur, um es so in mein Maul zu nehmen, dass ich es problemlos zu Matthias oder einem anderen Suchtrupp tragen konnte. Dazu packte ich es genau in der Mitte zwischen meine Zähne. Die beiden Hälften ragten rechts und links aus meinem Maul. Gut gemacht, dachte ich und verließ, so schnell mich meine Pfoten und mein müder Körper trugen, diese unwirtliche Gegend.

Ich lief zunächst in Richtung des Parks, in dem ich Matthias mit seinem Trupp vorher getroffen hatte. Da war aber weit und breit nichts mehr von einem Suchtrupp zu sehen und zu hören. Lediglich ein kleines Mädchen tollte mit seiner Freundin rum.

„Schau mal, die Katze hat ein Armband in ihrem Maul. Das will ich haben. Das glitzert so schön. Die Katze hat das sicher gestohlen."

Das Mädchen sprang auf mich zu und versuchte mich zu fangen. Trotz meiner Angeschlagenheit war ich wendig genug, dem Mädchen auszuweichen.

Das andere versuchte ebenfalls sein Glück. „Wenn ich die Katze fange, gehört mir das Armband", zankte es seine Freundin.

„Dann bin ich nicht mehr deine beste Freundin. Merk dir das gut!", konterte die so Hintergangene.

Ich nutzte die Auseinandersetzung, um mich auf die Suche nach dem Suchtrupp zu machen, bei dem ich den Nachbarn gesehen hatte, der mich Katze nannte und der nach einem Gegenstand von Sophia gesucht hatte. So etwas hatte ich jetzt. Der würde sich freuen und wir beide würden dann schon bald Sophia und Johann befreien können.

Leider war es wie verhext. Auch diesen Suchtrupp fand ich nicht. Und ein anderer war ebenfalls nicht in der Nähe. Ich machte mich daher müde auf den Weg zu meinem Kommunikationszentrum. Hier würde ich auf jeden Fall jemanden finden, auf das Armband aufmerksam machen und alles würde seinen glücklichen Weg nehmen. Wichtig war, dass mir in meiner Müdigkeit das glitzernde Armband nicht verlorenging. Ich biss meine Lippen so fest wie möglich aufeinander.

Siebter Teil
oder alles wird gut

Die Nachbarin erkennt die Zeichen der Zeit

Ich gelangte ohne Anfeindungen meiner Spezies schließlich am späten Nachmittag auf die Terrasse von Sophias Eltern. Der Himmel hatte sich zugezogen. Es sah nach einem Gewitter aus.

Endlich nach der erfolglosen Suche nach einem der Suchtrupps angekommen, miaute ich in der mir eigenen Art unterhalb des Küchenfensters. Es öffnete sich jedoch kein Fenster.

Beim Miauen war das Armband vor mir auf den Boden gefallen. Das war klar, da katze nicht gleichzeitig das Maul zum Miauen öffnen und das Armband sicher zwischen den Zähnen halten kann. Hier, in meinem Esszimmer bzw. meiner Kommunikatzionszentrale, war es kein Malheur, das Armband aus dem Maul zu verlieren, weil es hier niemanden gab, der mich bestehlen wollte. Außer der streitbaren Elster. Die hatte ich aber schon ewig nicht mehr gesehen. Da jedoch unverhofft oft kommt, nahm ich das Armband mit meinen Lippen wieder vorsichtig auf und setzte mich auf die Terrasse, meinen Blick starr auf das Küchenfenster gerichtet.

In meinem Rücken, hinter dem Nachbarzaun, bellte der Nachbarhund. Er hatte mich wohl gehört. Darauf hätte ich im Moment gerne verzichtet. Aber nicht darauf, dass seine Besitzerin ihn wütend anschnauzte, als er wie ein Irrer am Zaun hochsprang, als wolle er jeden Moment abheben. Geschah ihm recht. Sehen konnte ich es zwar nicht, weil ich meine Augen auf das Fenster gerichtet hatte. Ich konnte absolut keine Zeit damit vertun, mich an seinem Gespringe aus sicherer Entfernung zu ergötzen oder aber gar ihn durch gezieltes vor seiner Nase Herumstolzieren zusätzlich zu ermuntern. Es durfte mir nicht entgehen, wenn sich oben in der Küche irgendjemand bewegte.

„Höre doch endlich mit der Bellerei auf, sonst gehst du rein", vernahm ich wiederholt die genervte Stimme seines Frauchens. Der Hund bellte jedoch weiter. Ohne die angedrohte Konsequenz. Ich fragte mich, wie der Hund je lernen sollte, zu schweigen, wenn die Drohungen seines Frauchens nie wahrgemacht wurden.

„Der hat sicher wieder eine Katze in der Nase", rief lachend ein Nachbar, der sich heute ausnahmsweise nicht gestört fühlte. Das war nicht immer der Fall, daher mein Ausnahmsweise. Das war nämlich der Nachbar, der ihn ab und an mit einer Ladung Wasser zur Ruhe brachte. Im Übrigen ein sehr netter Zeitgenosse.

„Ich sehe aber weit und breit keine Katze", antwortete die Frau. „Und überhaupt, der soll die Katze von gegenüber endlich mal in Ruhe lassen. Die ist besser als jeder Wachhund."

„Wie kommen Sie denn darauf? Wodurch hat sich denn die Katze in ihren Augen so besonders ausgezeichnet? Sie verjagen sie doch sonst immer. Oder irre ich mich?"

Der Nachbar war neugierig geworden. Ich allerdings auch. Ich drehte meinen Kopf in Richtung Zaun, um der Erklärung besser lauschen zu können. Das Armband hielt ich bei der Bewegung, die mir aufgrund meiner vorangegangenen Kämpfe schmerzhaft durch Mark und Bein ging, fest zwischen den Zähnen. Von wegen diebischer Elster, die durchaus auftauchen konnte, auch wenn ich sie, wie ich bereits erwähnte, lange nicht mehr gesehen hatte.

„Ja, haben Sie denn nicht gehört, dass sie einen Einbruch gegenüber bei Sophias Eltern verhindert hat?"

„Wie denn das? Das kann ich mir gar nicht vorstellen. Luise, hast du etwas von einem Einbruch gehört?" Die Frage galt wohl seiner Frau. Nun hörte ich eine weitere weibliche Stimme: „Klar, habe ich das. Die Katze, die hier die Hunde immer auf Trab hält, muss vorgestern oder vorvorgestern drei Diebe in die Flucht geschlagen haben."

„Drei Diebe?", hörte ich das Hundefrauchen fragen. „Ich dachte, es seien nur zwei gewesen."

„Nein, nein, es waren wohl drei. Das hat mir die Bäckersfrau heute Morgen erzählt", korrigierte die Nachbarsfrau bestimmt.

Das konnte ja interessant werden. In der nächsten Woche würden sie noch sagen, ich hätte es mit Alibaba und den vierzig Räubern aufgenommen. Ich hoffte, ich würde nun erfahren, wie ich das gemacht hatte. Die Erklärung folgte auf dem Fuße.

„Wie soll sie das gemacht haben?", fragte der Nachbar. Seiner Stimme hörte ich deutliche Zweifel an.

„Sie muss wohl die Diebe beim Einbruchsversuch erwischt und einem der Diebe das rechte Auge ausgekratzt haben. Dem zweiten hat sie ein Ohr abgebissen und den dritten hat sie in den Teich gejagt, so dass er fast ertrunken wäre."

„Gibt es denn drüben einen Teich, in dem man ertrinken kann?", kam wieder die zweifelnde Stimme des Nachbarn.

Interessant war, dass der Hund sein Bellen eingestellt hatte. Ob er jetzt eingeschüchtert war ob meiner Darstellung als Großkämpferin oder hatte er sich bereits verausgabt? Der erste Grund gefiel mir überhaupt nicht. Das könnte bedeuten, dass er in Zukunft aus Angst vor mir nicht mehr bei meinem Erscheinen wie gewünscht bellen und herumspringen würde.

Das wäre ein riesiger Verlust an Lebensqualität, da sei Groß-katze vor.

Aber schon ging es drüben weiter. Was ich nun hörte, ließ mich mein Maul vor Erstaunen öffnen. Schon fiel mir das Armband aus dem Mund, was ich aber erst später regis-trierte. Ich war sprachlos, wie die Menschen in so einem Augenblick zu sagen pflegen.

„Auf der Terrasse muss es schrecklich ausgesehen haben", fuhr Luise fort. „Alles voller Blut. Und in der Mitte ein Auge und daneben ein Ohr."

Die Nachbarin übertrieb ja ganz schön und genoss die blut-rünstige Darstellung sichtlich. Aus dem Blutfleck und dem Ohr waren innerhalb weniger Tage eine blutbedeckte Terrasse, ein Ohr und ein herausgekratztes Auge geworden. Eine wahr-haft katzliche Vermehrung der Ereignisse bzw. Taten.

„Ja, und Sophia und ihr Freund haben das Auge und das Ohr in der Mülltonne entsorgt, die Terrasse geschrubbt und keine Polizei gerufen. Das verstehe einer, was in den Köpfen der jungen Leute so vor sich geht. Die sind nicht einmal auf die Idee gekommen, dass es sich um einen Einbruchsversuch hätte handeln können", ereiferte sich Luise. „Möchte wissen, was die bei ihrem Studium lernen."

„Und warum erfahre ich das so nebenbei?" Der Nachbar war empört.

„Du hast doch bis eben gearbeitet. Wie hätte ich dir das denn sagen können?", verteidigte sich Luise.

„Sonst rufst du mich doch für jede Futzisache im Büro an", gab der Angesprochene zurück.

Das Gespräch hätte sich noch zu einem pfotenfesten Ehe-krach aufgeschaukelt, wenn das Hundefrauchen nicht mit seinen folgenden Ausführungen die Unterhaltung bzw. den Streit unterbrochen hätte.

„Das Schlimme ist aber, dass jetzt Sophia und Johann, ihr Freund, nicht mehr auffindbar sind. Sie sollen entführt worden sein."

„Wie bitte? Entführt? Das kann doch nicht wahr sein!" Die Leute waren entsetzt. Das hörte katze deutlich.

„Die haben doch kein Geld oder wenigstens nicht so viel, dass sich eine Entführung überhaupt lohnen würde. Oder haben die im Lotto gewonnen?", nahm der Nachbar das Gespräch mit seiner Nachbarin wieder auf.

„Das ist nicht der Zeitpunkt, um Scherze zu machen", konterte seine Frau ärgerlich.

„Nein, das nicht. Es muss sich wohl um Rauschgift handeln." Das war die Hundebesitzerin.

„Das glaub' ich nicht, nicht Sophia", nahm Luise augenblicklich meine Sophia in Schutz. „Da hat die Bäckersfrau auch nichts von erzählt. Und überhaupt, Sophia ist so eine vernünftige junge Frau."

„Das soll auch nicht an die große Glocke gehängt werden, um die beiden nicht zu gefährden. Tatsache ist, dass den beiden in der Türkei Rauschgift untergejubelt wurde. Die müssen das nicht gewusst haben. Sagt aber nichts weiter. Es sind viele Männer in mehreren Suchtrupps unterwegs und suchen nach den beiden. Die kämmen die ganze Stadt systematisch durch, obschon sie keinen Anhaltspunkt dafür haben, dass sich die zwei noch in der Nähe befinden. Wir greifen nach jedem Strohhalm. Mein Mann ist auch dabei. Und die Nachbarn von nebenan sind heute in aller Früh aus dem Urlaub zurückgekommen, um bei der Suche zu helfen", führte die Hundebesitzerin langatmig aus. „Die sind doch verwandt miteinander."

„Stimmt, die sind miteinander verwandt. Der Max, Sophias Vetter, hing doch als kleiner Knirps immer wie eine Klette an seiner Kusine", unterbrach die Nachbarin mit dem Namen

Luise. „Und Sophia ging und geht bei ihrer Tante und ihrem Onkel doch ein und aus."

„Ich habe heute Morgen mit dem Hund ebenfalls einen langen Spaziergang gemacht und dabei in alle Ecken geschaut. Hoffentlich werden die beiden gefunden, bevor etwas Schlimmes passiert", fuhr die Hundebesitzerin fort.

„Mein Gott, ich muss unbedingt bei der Suche helfen", rief der Nachbar aus. „Luise, du hättest mich anrufen müssen. Da hätte ich doch Urlaub genommen. Ich geh gleich mal rüber und frage, wo die Suchtrupps sind. Oder ich laufe in der Stadt rum, bis ich auf einen Trupp stoße und schließe mich an. "

„Gehen Sie lieber direkt Richtung Waldpark. Ich denke, Sophias Eltern sind nicht zu Hause, weil sie nach den Kindern suchen. Mein Mann hat mich zwischendurch angerufen und gesagt, dass sie am Waldpark sind. Sie wollen den angrenzenden Wald durchkämmen."

„Dann ziehe ich mich an und fahre mit dem Fahrrad mal los."

Oh Großkatze, da hatte sich einiges getan, seit ich mich auf die Suche gemacht hatte. Alles war jetzt unterwegs, sogar Sophias Mutter. Ob das wirklich stimmte? Na ja, das konnte durchaus so sein; sie meldete sich nämlich nicht auf mein Miauen.

Wen konnte ich nur auf mich und das Armband aufmerksam machen? Wo überhaupt war das Armband? Es war nicht mehr in meinem Maul. Großkatze sei Dank, ich sah das Armband. Es lag vor meinen Pfoten. Es war mir beim Staunen über meine katzlichen Taten aus dem Maul gefallen. Es fiel mir wieder ein.

Hinten, bei den Frauen hörte ich noch Gemurmel, was ich nicht genau verstehen konnte.

Obschon ich davon ausging, dass niemand im Haus war, versuchte ich es noch einmal mit lautem Miauen. Etwas anderes konnte ich im Moment nicht machen. Es meldete sich niemand im Haus.

„Da hinten scheint die Katze auf der Terrasse zu sein", hörte ich die Hundebesitzerin.

„Ja, ich habe sie auch Miauen gehört", wurde geantwortet. Das war bestimmt Luise. Den Namen hatte ich mir gemerkt. Er gefiel mir. Er klang nach Frankreich.

Ich miaute weiter und weiter und vor allem immer lauter und kläglicher.

„Ob da etwas los ist? Ob ich mal nachschaue? Ich gehe davon aus, dass niemand zu Hause ist. Ich meine nämlich gehört zu haben, dass Sophias Mutter auch auf der Suche ist. Ich nehme der Katze auf jeden Fall etwas zum Fressen mit. Sophia hat mir vor ihrem Urlaub so viel Futter gebracht, dass ich noch eine ganze Woche füttern könnte. Außerdem habe ich ein schlechtes Gewissen, weil ich gestern zugelassen habe, dass unser Hund sie auf einen Baum gejagt hat. Da will ich ihr etwas Gutes tun."

Das waren neue Töne der Hundebesitzerin, die in meinen Ohren wie himmlische Musik klangen. Ich hatte nämlich über meine Sorgen und Schmerzen vergessen, wie hungrig ich war. Zur weiteren Motivation der Nachbarin schickte ich mehrere höchstjämmerliche Miaus hinterher.

„Soll ich Sie begleiten? Man weiß ja nicht, was dort los ist. Nicht, dass die Einbrecher wieder zurück sind. Schade, dass mein Mann das Haus bereits verlassen hat. Wenn da Einbrecher wären, könnten wir ihn gut gebrauchen." Luise war sehr pragmatisch. Das gefiel mir so gut wie ihr Name.

„Ja, kommen Sie mit. Ich bringe schnell noch unseren Hund in die Wohnung. Nicht, dass er die ganze Nachbarschaft zusammenbellt, wenn er hört, dass ich bei seiner Erzfeindin bin."

Sie redete noch weiter. Der Rest ging im Bellen des Hundes unter, der anscheinend dachte, sein Frauchen würde mit ihm Gassi gehen. Dann war er so wild wie ein Welpe. So nennt man ganz junge Hunde. Wie man junge Katzen nennt, weiß ich nicht. Vielleicht haben sie keinen Namen.

Nach nur wenigen Minuten hörte ich ein nicht enden wollendes Klingeln an der Haustür. Das mussten die beiden Nachbarinnen sein. Ich wusste, dass die Hundebesitzerin den direkten Weg durch das Brombeergebüsch zu meinem Esszimmer kannte. In der Zeit, als sie mich immer verspätet fütterte, hatte sie einmal den Haustürschlüssel vergessen. Weil sie keine Lust hatte, noch einmal zurückzugehen, kam sie auf dem von mir präferierten Weg in mein Esszimmer. Jetzt wollte sie wohl höflich sein und zunächst einmal klingeln. Es konnte ja durchaus sein, dass Sophias Mutter zu Hause war und mich nicht gehört hatte. Vielleicht war sie eingeschlafen.

Tatsächlich. Nach kurzer Zeit hörte ich schlurfende, müde Schritte in Richtung Haustür. Kurz danach wurde wider Erwarten die Haustür geöffnet. Ich hatte nicht mehr damit gerechnet, dass jemand im Haus war. Da die Terrassentür auf Kipp stand, konnte ich im Groben dem Gespräch folgen.

„Hallo Judith, ich habe die Katze kläglich auf der Terrasse miauen gehört. Ich dachte, du seist nicht da, weil das Miauen nicht aufhörte. Ich und die Nachbarin hatten so ein komisches Gefühl und wollten sehen was los ist. Ich habe sogar Futter mitgebracht, um eure Katze, die ja einiges mitgemacht hat, zu füttern."

„Ach, ich habe nichts gehört. Kommt doch rein. Ich muss wohl eingeschlafen sein. Dabei wollte ich das auf keinen Fall. Ich bin aber seit Tagen ohne Schlaf, wie ihr euch sicher vorstellen könnt. Hoffentlich habe ich keinen Anruf von Sophia verpasst. Das könnte ich mir im Leben nicht verzeihen", weinte Sophias Mutter.

Die Terrassentür öffnete sich. Alle drei Frauen drängten hinaus, um nach mir zu sehen. So viel Aufmerksamkeit war einfach katzlich. Ich hatte zwischenzeitlich das Halsband wieder in mein Maul genommen und ließ mein Beweisstück vor Sophias Mutter auf den Boden fallen. Sie bemerkte es erst, als die Hundenachbarin rief: „Was hast du denn da hingelegt, etwa eine Maus?" Sie bückte sich zu mir hinunter, stellte das geöffnete Futterschälchen vor mich und beäugte die „Maus" von allen Seiten. Dann hob sie meinen Fund auf, winkte damit den Frauen zu und deutete wortlos mit der anderen Hand darauf.

„Das ist keine Maus. Das ist ein Armband", stellte Luise fest. „Wo hat sie das denn her?"

„Zeig mal!", schrie Sophias Mutter auf. Sie riss es der Nachbarin geradezu aus der Hand. „Das ist doch Sophias Armband. Das haben wir ihr aus unserem Urlaub mitgebracht. Ich bin sicher, dass sie es getragen hat, als sie zu Johann gelaufen ist. Ich sah es deutlich an ihrem Handgelenk glitzern."

Dann lief sie in den Garten, Richtung Teich und rief wie von Sinnen: „Sophia, Sophia, wo bist du?"

Diese Reaktion hatte ich nicht gewollt. Die arme Mutter, die arme Judith.

Die beiden Frauen liefen hinter ihr her. Sophias Mutter rannte nun in die entgegengesetzte Richtung, wobei sie immer wieder nach Sophia rief. Als sie einsehen musste, dass Sophia nicht kommen würde, brach sie zusammen. Die beiden Nachbarinnen beugten sie zu ihr runter und versuchten sie zu trösten. Oh Großkatze, ich konnte es mir kaum ansehen, so sehr setzte es mir zu.

Der Himmel war mittlerweile ganz dunkel. Weit in der Ferne hörte man ein erstes Donnern. Es würde gewittern.

Was war das denn? Ich hatte eine Sternschnuppe gesehen. Konnte das sein? Am helllichten Tag? Hatte ich mir das eingebildet? Wie dem auch sei. Für mich war das, was ich gesehen hatte, eine Sternschnuppe. Schluss, aus! Sofort hatte ich mir etwas gewünscht. Wenn katze niemandem sagt, was katze sich gewünscht hat, geht dieser Wunsch in Erfüllung. Ich würde den Wunsch hundertprozentig niemandem verraten.

„Wenn das ihr Armband ist und sie es getragen hat, als sie zu Johann lief und wenn Minou, eure Katze, es im Mund hatte, was sagt uns das?" Dieser kluge Kommentar kam von der Hundebesitzerin. Sie war nicht schlecht im Kombinieren.

Es breitete sich kurz eine Totenstille aus, die von einem lauter werdenden Donnern unterbrochen wurde. Dann kam ein Wind auf. Immer noch kein Wort. Die drei Frauen mussten das von der Nachbarin Gehörte noch verdauen. Sogar die Nachbarin war sich der Tragweite ihres klugen Schlusses nicht bewusst.

„Minou hat Sophia gefunden", kam es dann unisono von den Damen.

Ich lief zu den dreien rüber. Sie fielen über mich her und streichelten mich. Es war so, als hätte ich Sophia bereits gerettet. Wir waren aber von der Rettung noch weit entfernt. Es musste mir nun gelingen, sie zu Sophia zu führen. Ich streckte mich und machte mich dann auf die Pfoten Richtung Straße.

„Bleib hier Minou, du musst uns zu Sophia bringen", rief mir die Hundebesitzerin hinterher. Als wäre das nicht mein Ansinnen gewesen. Sie sollten mir doch folgen. Es lag höchste Dringlichkeit vor.

„Nein, wir können Sophia nicht allein befreien. Wir müssen die Polizei rufen. Die Kerle sind viel zu gefährlich!" Sophias Mutter hatte sich wieder beruhigt und dachte nun logisch und klar.

Sie rannte ins Haus. Ich hörte, wie sie die Polizei anrief und von meinem Fund berichtete. Dann rief sie ihren Mann an, um auch ihm zu berichten. Im Moment ging Matthias nicht ohne Handy aus dem Haus. Das war gut so.

Jetzt nahmen die Dinge endlich ihren Lauf. Ich sah Licht am Horizont. Damit meine ich nicht den Blitz, der gerade über den Himmel lief.

Die Frauen gingen sofort ins Haus und lockten mich ebenfalls ins Innere. Sie wuselten um mich herum, als müsste ich beschützt werden. Es war ihnen anzusehen, dass ich für sie der Schlüssel zu Sophia und Johann war. Großkatze sei Dank gelang mir die Flucht in mein Kommunikatzionszentrum. Es wurde mir einfach zu eng. Die drei Damen stellten sich trotz der zunehmenden Blitze ebenfalls auf die Terrasse und ließen mich nicht mehr aus den Augen.

Sophias Vater wächst über sich hinaus

Danach dauerte es nur eine kurze Zeit, bis sich die Wohnung und die Terrasse gefüllt hatten. Zuerst erschienen die zwei Polizeibeamten, die ich mittlerweile so gut wie meine Nahrungsquellen kannte.

Sophias Mutter brachte die beiden gleich auf die Terrasse, wo sich außer mir noch die beiden Nachbarinnen befanden. Das Armband hielt Sophias Mutter verkrampft in ihren Händen.

„Das sind meine Nachbarinnen. Sie haben mich eben aus dem Schlaf geklingelt, weil Minou so jämmerlich miaut hatte. Sie saß hier auf der Terrasse und hatte das Armband in ihrem Mund", teilte ihnen Sophias Mutter mit und wedelte geradezu triumphierend mit dem Armband.

„Ist das denn wirklich Sophias Armband?", fragte mein spezieller Freund, der mich ab und zu schon einmal streichelte, argwöhnisch.

„Ja, das ist ihr Armband und sie hat es hundertprozentig an dem Tag, an dem sie verschwunden ist, getragen", antwortete sie. „Ich sehe es deutlich vor mir. Sie lief die Straße runter und an ihrem Handgelenk funkelten die Steine. Ich war zwar wütend, dass sie das Haus verlassen hatte. Trotzdem freute ich mich, weil ich dachte, ihr das Richtige aus dem Urlaub mitgebracht zu haben."

„Aber wie sollte Ihre Katze an das Armband kommen", fragte der andere Polizist. „Sind Sie sich sicher, dass Ihre Tochter es nicht hier auf der Terrasse verloren hat oder vor der Haustür?"

„Ist doch offensichtlich, wie die Katze an das Armband gekommen ist", mischte sich die Hundebesitzerin ungeduldig ein. „Sie hat Sophia und ihren Freund bestimmt gefunden und wollte uns das mit dem Armband demonstrieren. Reden kann sie ja nicht. Vielleicht ist es auch nur Sophia, die sie gefunden hat. Aber dieser Spur müssen Sie unbedingt nachgehen."

Der so ein wenig getadelte Polizist kratzte sich nachdenklich hinter dem rechten Ohr. „Ich weiß nicht. Ist das nicht ein wenig weit hergeholt. Die Katze hat, ich muss es zugeben, schon einige wichtige Hinweise gegeben. Aber dass sie Sophia und eventuell ihren Freund gefunden haben soll, kann ich mir beim besten Willen nicht vorstellen. Die Katze ist doch nur ein Tier."

„Ich kann mir das schon vorstellen", kam aus dem Zimmer hinter der Terrassentür. Matthias stand dort mitsamt seinem Suchtrupp. Wir hatten alle im Eifer des Gefechtes nicht mitbekommen, dass die Männer angekommen waren.

Sophias Mutter rannte auf ihren Mann zu und hielt ihm das Armband entgegen.

„Das hatte Sophia eben in ihrem Maul und hat es mir vor die Füße gelegt."

„Du meinst Minou, oder?", stellte Matthias klar.

„Klar, natürlich Minou. Sie hat das Armband vor meine Füße gelegt."

„Wie eine tote Maus", ergänzte Luise, die bisher geschwiegen hatte. „Und wenn ich darüber nachdenke, dass sie die drei Einbrecher in die Flucht geschlagen hat, ist es sehr gut möglich, dass sie wenigstens Sophia gefunden hat. "

„Wir gehen eher von zwei Einbrechern aus", korrigierte einer der Polizisten. „Aber das ist im Moment unwichtig. Ich kann es mir einfach nicht vorstellen. Wie soll die Katze an das Armband gekommen sein, wenn es nicht hier auf der Terrasse gelegen hat? Die Katze kann ihre Tochter nicht gefunden haben. Wie soll sie das denn gemacht haben? Sie ist doch nicht Lassie oder wie hieß der Collie, der in den frühen amerikanischen Sendungen vermisste Menschen und Gegenstände aufspürte?"

„Erstens: Ja, der Hund hieß so. Zweitens: Das weiß ich auch nicht, wie sie das gemacht hat", beantwortete Sophias Vater die Fragen des Polizisten, obschon ich vermutete, dass der Polizist die Frage nach dem Namen des Hundes nicht ernsthaft beantwortet haben wollte. „Fest steht allerdings, dass Minou heute bei mir und dem Suchtrupp auftauchte. Im Nachhinein hatte ich das Gefühl, sie wollte mich irgendwohin führen. Ein anderer Suchtrupp wurde auch von ihr aufgesucht, wie mir zwischendurch ein Nachbar telefonisch mitteilte. Der hatte auch so ein komisches Gefühl gehabt. Der hat sogar lange nach Minou Ausschau gehalten, sie aber nicht mehr entdeckt."

„Hmm, du Tiger, komm doch mal zu mir", lockte mich mein Polizistenfreund. Er streichelte vorsichtig mein Fell. „Du siehst ziemlich mitgenommen aus. So, als hättest du einen oder mehrere Kämpfe hinter dir."

„Heute Morgen hatte sie sogar Blut an den Pfoten", bestätigte Matthias seinen Eindruck. „Sie hatte aber keine Wunde, so dass ich davon ausgegangen war, dass sie eher einen anderen verwundet hatte. Ich hatte an einen Revierkampf gedacht."

„Gesetzt den Fall, sie hat Ihre Tochter tatsächlich gefunden, würde das bedeuten, dass sie nicht allzu weit von hier entfernt ist", kombinierte der Polizist, der mich jetzt hinter den Ohren kraulte.

„Das ist richtig", kommentierte Sophias Vater. „Sie war morgens, mittags und abends immer wieder hier auf der Terrasse. Das stimmt doch, Judith, oder?"

„Ja, sie war immer wieder hier. Wie lange sie aber zwischendurch fort war, kann ich nicht sagen. Ich wünschte, ich hätte mir das gemerkt. Aber wie konnte man damit rechnen, dass Minou unsere Tochter entdeckt hat?"

„Na ja, darauf kann man nicht kommen. Da musst du dir nun keine Gedanken machen", tröstete sie die Nachbarin mit dem Hund.

„Wir wissen ja auch nicht, ob das überhaupt stimmt", zog einer der Polizisten die Anwesenden wieder auf den Boden der Realität zurück.

„Was hältst du davon, einmal einen Tierarzt zu fragen, wie viele Kilometer eine Katze so in der Regel innerhalb von vier Stunden zurücklegen kann?", fragte der Polizist, der mich streichelte, seinen Kollegen.

„Wäre eine Möglichkeit. Wir wissen aber nicht, ob sie ununterbrochen gelaufen ist oder ob, falls die Vermutung stimmt, dass sie Sophia wirklich gefunden hat, sie sich auch eine Zeit in ihrer Nähe aufgehalten hat. Dann müssten wir von einem kleineren Radius ausgehen."

Nun wurde es mir zu akademisch. Den Begriff habe ich von Sophias Mutter aufgeschnappt. Wenn ihr Mann ihr bestimmte Sachen erklären will, sagt sie das schon einmal. Ich habe den Eindruck, dass sie das immer dann sagt, wenn sie lieber in Ruhe einen Krimi lesen will. Das ist nämlich eine ihrer Lieblingsbeschäftigungen. Sophias auch. Beide lesen gerne Krimis. Und jetzt hatten sie ihren eigenen. Das war hundertprozentig das Letzte, was sie sich gewünscht hätten.

Es donnerte immer heftiger und der Wind wurde stärker. Blätter wurden über die Terrasse gefegt. Eine Blumenvase, die auf dem Terrassentisch stand, kippte um. Jeden Moment würde es regnen. Für die Rettungsaktion war dies nicht so günstig, weil ich ein nasses Fell nicht ertragen kann.

Und überhaupt. Was sollte das mit dem Tierarzt und den möglichen Kilometern, die eine Katze in einer oder mehreren Stunden zurücklegen kann. Ich war doch da und konnte sie problemlos zu den beiden hinlotsen. Sie mussten mir nur folgen. Mir schwoll vor lauter Unwillen der Hals an, wie die Menschen zu sagen pflegen, wenn sie sich über etwas ärgern. Ich spürte den Druck der Schwellung sogar körperlich. Das veranlasste mich dazu, mich heftig mit meiner Hinterpfote an meinem Hals zu kratzen.

„Oh Gott, die Arme hat Flöhe", kam es sofort von Luise, „Flohbänder helfen da wohl doch nicht so richtig. Dabei hat sie so ein schönes breites, rotes Flohband. Es soll im Übrigen neue geben, die alle Parasiten verscheuchen. Habe ich letztens in einem Newsletter gelesen. Von so einem Pharmahersteller in der Nähe von Köln oder Düsseldorf, glaube ich. Oder Leverkusen? Ja Leverkusen. Ganz bekanntes Unternehmen. Die Bänder sollen auf jeden Fall spitze sein."

„Sie hat keine Flöhe und das ist auch kein Flohband, wenn Sie das rote Halsband meinen", erwiderte tatsächlich der Mann, der mich bis vor kurzem noch Flohtaxi genannt hatte. Meine Großkatze, wie sich die Zeiten geändert hatten.

Und da fiel es ihm wie Milben von den Augen. Ich konnte seinen Gedanken, die ihm durch den Kopf gingen, folgen, ohne dass er etwas sagte, was er dann aber doch tat. Wir ließen uns nicht aus den Augen, als er dann loslegte. Er wusste, dass wir beide den gleichen Gedanken hatten. Das war ein katzliches Gefühl. Menschen und ich hatten so etwas nur ganz selten.

„Ich hab's. Minous Halsband hat doch einen Sensor. Mit Sophias Handy kann man jederzeit dieses Halsband und somit Minou orten. Sophia hat mir genau gezeigt, wie das geht. Wenn sich Minou wieder auf den Weg zu Sophia macht, brauchen wir nur das Handy einzuschalten und können dann ihren Weg verfolgen. Sie hat nämlich auf ihrem Handy so eine App."

Die Polizisten und die Nachbarinnen schauten ihn zweifelnd an. Sie waren anscheinend technisch nicht auf dem aktuellen Stand, keine native sonstnochwas. Mir war der Begriff entfallen. Ach ja, digital natives, so hieß es doch.

„Haben Sie denn überhaupt das Handy Ihrer Tochter?" Aus den Worten des Polizisten, der diese Frage stellte, hörte katze deutlich heraus, dass er dabei war, sich von Matthias' Idee anstecken zu lassen. „Hat sie das nicht mitgenommen?"

„Nein, es liegt auf dem Küchentisch, sie hatte es in der Eile vergessen", antwortete Sophias Mutter. Schon lief sie in die Küche, um das Handy zu holen.

Als sie zurückkam, standen ihr die Tränen in den Augen. „Es funktioniert nicht. Es ist nicht mehr geladen, es gibt keinen Ton mehr von sich."

„Wenn es sonst nichts ist! Wir laden es auf. Wo ist das Ladekabel?" Ihr Mann nahm ihr das Handy aus der Hand und bückte sich schon zur Steckdose. Es gibt nämlich auch auf der Terrasse eine Steckdose. Er hielt seine Hand seiner Frau entgegen, bereit, das Ladekabel entgegenzunehmen.

„Ich weiß nicht, wo Sophia das hinlegt. Ich suche mal in ihrem Zimmer." Sie war ganz aufgeregt. Ich auch. Diese Verzögerung konnte ich jetzt nicht gebrauchen, zumal der Sturm zunahm.

„Ich sehe gerade, ich habe das gleiche Gerät. Ich laufe schnell rüber und hole mein Ladegerät", bot Luise an. Augenblicklich hatte sie die Terrasse verlassen und verschwand durch das Haus. Noch ehe Sophias Mutter das Kabel gefunden hatte, klingelte Luise bereits an der Tür und hielt Matthias ihr Kabel und einen aufgeladenen externen Akku entgegen.

Flugs war das Handy funktionsbereit. Doch nun ergab sich ein noch viel schwerwiegenderes Problem. Niemand kannte den Pin, der noch eingegeben werden musste.

Ich konnte mir die verzweifelten Gesichter der Anwesenden nicht mehr ansehen und verzog mich unter die Gartenbank. Der Sturm hatte zugenommen. Es wurde zunehmend ungemütlicher auf der Terrasse. Letzteres hatte auch sicher damit zu tun, dass erfolglos nach der Geheimzahl gefahndet wurde.

„Wartet mal", rief mit einem Mal Matthias. Wann hat Sophia noch einmal Johann kennen gelernt? Sie sagt doch immer, dass das ihr Glückstag gewesen sei."

„Am 1.5.2018", kam es wie aus der Pistole geschossen. Sophias Mutter rühmt sich immer für ihr Zahlengedächtnis. Und das zu recht. Kaum hatte Matthias die ersten und letzten zwei Zahlen des Glücksdatums eingegeben, vernahm ich ein: „Ahhh, ahhh." So etwas hört katze ansonsten nur Sylvester beim Feuerwerk. Das verlangte Muster auf dem Display einzuzeichnen war aufgrund der vorhandenen Schmierstreifen kein Problem.

Voller Stolz demonstrierte Sophias Vater den Anwesenden, wie der Sensor an meinem Hals funktionierte. Ich ging bereitwillig bis zum Teich und wieder zurück.

„Das könnte tatsächlich funktionieren", meinte mein besonderer Polizistenfreund. Dann müssen wir nur noch warten, bis die Katze losläuft. Und hoffentlich nicht, um Mäuse zu fangen." Das war ein blöder Scherz. Durchaus verzichtbar.

Eigentlich brauchten wir die ganze Technik meiner Meinung nach nicht. Sie hätten mir doch auch so auf den Fersen bleiben können. Dass ich hiermit nicht richtig lag, ahnte ich im Moment jedoch noch nicht.

Auf jeden Fall konnte es endlich losgehen. Die Zeit drängte. Die ersten dicken Tropfen fielen auf mein Fell. Ich marschierte kurzerpfote in Richtung Straße, und zwar nahm ich den kürzeren Weg durch die Terrassentür und damit durch das Haus. Das mache ich sonst nie, weil Häuser für mich in der Regel Tabuzonen darstellen. Sophias Mutter lief schnell an mir vorbei und öffnete die Haustür. Als ich mich im Türrahmen umschaute, um mich zu vergewissern, ob mir die Menschen folgten, setzten sich alle abrupt in Bewegung: Sophias Vater, der Suchtrupp, die Frauen und die Polizisten folgten mir.

„Halt, stopp, meine Damen. Sie nicht. Das kann sehr gefährlich werden, meine Damen. Sie könnten uns darüber hinaus im Weg sein", stellten die Polizisten vor der Tür klar.

Katze konnte es den Frauen ansehen, dass sie hiermit nicht einverstanden waren. Insbesondere Sophias Mutter regte sich auf.

„Ich kann unmöglich hier zu Hause sitzen und warten. Das macht mich wahnsinnig. Das kann ich einfach nicht", entgegnete sie ungehalten. Die Nachbarinnen bestätigten dies mit heftigem Kopfnicken. Sie wollten ebenfalls bei der Rettung Sophias dabei sein.

„Bitte, bleibt hier. Die Polizisten haben recht", versuchte Matthias sie zurückzuhalten. Schließlich gaben sie nach.

Als hier klare Fronten herrschten, wandten sich die Polizisten nachdrücklich an den Suchtrupp und Matthias: „Sie halten sich auch im Hintergrund, verstanden? Sie dürfen uns nicht bei unserer Arbeit stören."

Ich lief also los. Der Rest folgte ohne die Frauen: der Suchtrupp zu Fuß und Sophias Vater und die Polizisten im Polizeiwagen mit geringem Tempo. Sophias Vater hatte das Handy in der Hand, um mich auch auf diesem Weg zu verfolgen.

Die Hauptrolle kam mir zu.

Das Gewitter war nun genau über uns. Es donnerte und blitzte und der Regen prasselte mit einem Mal auf mich nieder. Die Tropfen tanzten auf der Straße und im Nu schossen Sturzbäche die Straße hinunter. Ich konnte kaum etwas sehen. Dennoch lief ich unbeirrt weiter. Den Weg zu den Hochhäusern hatte ich verinnerlicht.

Als ich den Park durchquert hatte, hatte ich sowohl den Suchtrupp als auch den Polizeiwagen schon abgehängt: Den Suchtrupp, weil die Männer nach der langen Suche am Tag nun müde waren und ihnen das Gewitter zusätzlich zu schaffen machte. Den Polizeiwagen, weil der meine Abkürzungen nicht fahren konnte und der Scheibenwischer den Regen kaum bewältigen konnte. Ich musste folglich Rücksicht nehmen, wenigstens auf den Suchtrupp, und warten. Die anderen konnten mir per Handy folgen. Ich hoffte inständig, dass der Handyempfang durch das Gewitter nicht gestört wurde. Ebenso hoffte ich, dass Matthias dauerhaft in der Lage war, meine Position per Handy zu orten.

Endlich sah ich den Suchtrupp wieder. Ich verlangsamte schweren Herzens meine Schritte, so dass der Suchtrupp mich nicht aus den Augen verlieren konnte. Allein auf die Polizei und Matthias mit dem Handy zu vertrauen, war mir angesichts der tickenden Zeitbombe zu riskant.

Mein Weg führte über Straßen, die von Killermaschinen nur in einer Richtung zu befahren waren, über normale Straßen, durch eine Fußgängerzone, über Parkplätze und schmale Fußwege, die aufgrund des Regens und der resultierenden Pfützen kaum begehbar waren. Auf meine Abkürzungen durch die Gärten musste ich aufgrund des Alters meiner Verfolger verzichten.

Sophia und Johann werden gerettet

Endlich näherte ich mich mit meinen Anhängern den Hochhäusern. Ich lief bis zu dem Spielplatz und wartete auf den Suchtrupp. Großkatze sei Dank hatte der Regen wieder nachgelassen. Ich setzte mich vor das Gebüsch vor eine Bank, um ein wenig zu verschnaufen. Atemlos kamen die Männer bei mir an. Sie schauten sich und mich fragend an.

„Wo soll denn hier nur Sophia sein?" Sie waren bestürzt. Dabei hatte ich hier nur gewartet, um von hier aus vorsichtig zu dem Kellerfenster zu schleichen. Die Ganoven sollten uns auf keinen Fall frühzeitig bemerken. Das aber begriffen meine Verfolger nicht, sondern begannen in dem Gebüsch zu suchen. Damit hatte ich nicht gerechnet.

„Seht mal hier, da liegt ein Rucksack und drum herum lauter Scherben." Das war Herr Egon Schmitz. „Die Kerle haben doch den Rucksack des Jungen gestohlen. In dem sollten sich, wenn ich mich richtig erinnere, Tonscherben aus der Türkei befunden haben. Im Übrigen gestohlene Steine." Er konnte es nicht lassen. Es fehlte nur noch sein Spruch: „Die Jugend wird immer schlechter." Wider Erwarten kam er aber nicht.

„Stimmt, hat Matthias uns erzählt. Lass mal sehen."

Die Männer stürmten alle gleichzeitig in das Gebüsch, um den Fund zu untersuchen. Sie beachteten mich nicht mehr. Ich konnte machen, was ich wollte: an den Hosenbeinen zerren, leise Miauen. Nichts. Sie sammelten stattdessen den Rucksack mit den Scherben ein.

„Was macht ihr denn da?"

Die Polizei und Matthias hatten uns endlich auch gefunden.

„Johann und Sophia haben wir nicht gefunden, aber anscheinend den Rucksack des Jungen."

Alle machten sich jetzt gemeinsam über den Fund her, allen voran die Polizisten, und schauten dann fragend auf Sophias Vater.

„Ist das der Rucksack des Freundes Ihrer Tochter?", wollten die Polizisten wissen.

„Ich weiß nicht, ob das der Rucksack ist, ich habe ihn nie bewusst gesehen. Aber wenn die Katze uns hierhin geführt hat, muss das wohl der Rucksack sein. Und was machen wir jetzt?" Die Frage war an die Polizisten gerichtet.

„Was meinst du?", fragte mein besonderer Katzenfreund seinen Kollegen. Der rieb sich nachdenklich mit seiner Hand am Kinn.

„Weiß nicht."

In diesem Moment setzte der Regen wieder ein, begleitet von einem Donnerknall.

„Es hat irgendwo in der Nähe eingeschlagen", meinte einer der Männer des Suchtrupps.

Das reichte. Mir reichte es. So nah am Ziel und die Menschen vertrödelten ihre Zeit mit Scherbensortieren oder sich Gedanken darüber zu machen, ob es in der Nähe eingeschlagen hatte oder nicht.

„Wie sollten die Umgebung großflächig absuchen. Wir müssen aber Verstärkung herbeirufen", übernahm mein spezieller Polizistenfreund die Regie und griff nach seinem Handy.

Mir dauerte das zu lange. Ich musste unbedingt nach den beiden schauen. Trotz meines Miauens als Aufruf mir zu folgen, anstatt nach Verstärkung zu telefonieren, bewegten sich die Männer nicht von der Stelle. Es war zum Mäuse melken, wie Menschen so zu sagen pflegen.

Ohne den Suchtrupp schlich ich vorsichtig zu besagtem Kellerfenster. Immer wieder schaute ich zurück, ob mir nicht doch noch jemand folgte. Umsonst. Sie standen im Regen und warteten anscheinend auf weitere Polizisten.

Am Ziel angekommen, genügte ein kurzer Blick, um festzustellen, dass sich die Situation zugespitzt hatte. Obschon das Kellerfenster jetzt geschlossen war, verstand ich einige besonders laut gesprochene Worte der Unterhaltung. Mir gefror das Blut in den Adern.

„Sag endlich, wo der Stoff ist. Sonst bringe ich deine Freundin um!", brüllte der mit der Tätowierung.

Sophia lag neben Johann auf dem Boden. Sie hatte immer noch ein Band vor dem Mund. Johann hingegen hatten sie das Band vom Mund genommen. Sophias Augen waren angstvoll aufgerissen. Sie bewegte ihren Kopf, als wolle sie den Kerlen etwas mitteilen. Die waren jedoch auf Johann konzentriert und traten auf ihn ein.

Ich sah deutlich, dass Johann den Mund bewegte. Aber seine Stimme war bereits so leise, dass ich nichts mehr verstehen konnte. Außerdem war das Fenster geschlossen, wie ich bereits anmerkte.

„Schau an, die Braut will uns was sagen", gab der Einohrige mit der Schlange hämisch von sich, als er sich zu Sophia umschaute. Die nickte heftig mit dem Kopf. Sie wollte anscheinend von meinem Fund reden. Das durfte sie nicht. Dann brauchten die beiden sie nicht mehr, vor allem keine Zeugen.

Mit einem Ruck wurde Sophia das Klebeband vom Mund gerissen.

„Hiiilfe, Hiiilfe!", schrie Sophia lauthals los. Sie war sehr mutig und dachte überhaupt nicht daran, zu reden. Großkatze sei Dank.

„Das wirst du bereuen", drohte derjenige, der ihr das Klebeband abgenommen hatte.

Voller Wut kratzte ich laut miauend an dem Fenster. Ich musste die beiden von Sophia und der Wahrmachung ihrer Drohung abbringen.

„Sieh da, da ist das verdammte Katzenvieh. Das hole ich mir." Das war der, dem ich in den Schritt gesprungen war. „Mit dem verdammten Vieh habe ich noch eine Rechnung offen."

Meine Rechnung war aufgegangen. Blind vor Hass und ohne zu überlegen, dass er den geschützten Kellerraum preisgab, öffnete er das Fenster und versuchte hierdurch aus dem Keller auszusteigen. Sollte er doch versuchen, mich zu fangen. Mir war alles recht, was ihn davon abhielt, Sophia etwas anzutun. Ich reizte ihn sogar, indem ich mich ihm näherte, so dass er das Gefühl hatte, er könnte mich fangen. Als er nach mir griff, sprang ich zurück. Er fluchte laut und versuchte, sich durch das enge Fenster zu quetschen.

„Lass doch den Blödsinn, komm sofort runter und mach das Fenster zu. Willst du die ganze Nachbarschaft auf uns aufmerksam machen? Wir haben ein anderes Problem, als mit der Katze abzurechnen. Der Boss macht uns fertig, wenn wir nicht heute Abend den Stoff liefern", rief ihn der andere aus der Fensteröffnung zurück. Ich sah, dass er sein Unterfangen aufgeben wollte. Das durfte nicht sein. Ich musste ihn ablenken und zur Weißglut bringen, bis meine Verfolger vielleicht die Suche nach mir wieder aufnahmen. Die mussten doch gemerkt haben, dass ich nicht mehr bei ihnen war und nicht mit ihnen auf Verstärkung wartete.

Ich sprang auf ihn zu und hatte eigentlich gedacht, ihm wieder rechtzeitig ausweichen zu können. Diesmal jedoch ging es schief und er schnappte mich am Schwanz. Ich miaute vor Schmerzen auf. Aber anstatt mich in den Keller zu ziehen und seinem Wunsch, mit mir abzurechnen nachzukommen, ließ er mich los und ließ sich in den Keller fallen.

„Wir müssen hier raus, da kommen die Bullen über die Wiese gerannt!", brüllte er seinem Kumpel zu.

Da nahte wirklich die Rettung, und zwar buchstäblich in allerletzter Sekunde. Der Suchtrupp und die Polizisten rannten auf mich und das Kellerfenster zu, allen voran Matthias. Und was machte ich? Ich sprang durch das geöffnete Fenster hinunter zu Sophia und Johann. Die Typen hatten den Keller verlassen und ich wusste, dass meine beiden vor den Ganoven in Sicherheit waren.

Ende gut, alles gut

Vierzehn Tage später saßen sehr viele Menschen auf der Terrasse und dem Rasen von Sophias Eltern. Überall waren Tische und Bänke aufgestellt. Ich will die Menschen gar nicht erst alle aufzählen, zumal ich die meisten allein vom Sehen her kannte.

Auf zwei will ich aber besonders eingehen: Sophia und Johann.

Als die Sanitäter Johann aus dem Keller heraustrugen, hatte ich gedacht, ich würde ihn nie mehr in meinem Leben wiedersehen. Er bewegte sich kein bisschen mehr auf der Trage. Er wurde auch nicht mit dem Krankenwagen wegtransportiert, vielmehr landete unverzüglich ein Hubschrauber zwischen den Hochhäusern. Die Sanitäter und ein Arzt hatten zu den Männern des Suchtrupps und den Polizisten gesagt, dass es nicht gut für Johann aussehe. Er sollte sofort zur Universitätsklinik geflogen werden.

Sophia hatte das Haus aus eigenen Kräften verlassen und war in einen der zwei Krankenwagen, die vor dem Haus mit der roten Tür standen, gestiegen, begleitet von ihrem Vater. Er hatte sie in den Arm genommen und stützte sie beim Gehen. Bevor sie in den Wagen eingestiegen war, hatte sie bei Johann angehalten und ihn eine lange Zeit immer nur gestreichelt. Ich selbst stand nahe bei den beiden.

„Du schaffst das. Du schaffst das", hatte sie dabei immer und immer wieder geflüstert.

Schließlich hatte ihr Vater sie fortgezogen, weil sie die Sanitäter bei ihrer Arbeit behinderte. Als er zu Sophia in den Krankenwagen gestiegen war, hatte Matthias seiner Suchmannschaft noch zugerufen: „Nehmt Minou mit nach Hause. Und informiert unbedingt Johanns Eltern." Seine Frau hatte er schon angerufen.

„Ist schon erledigt", rief ihm einer der Polizisten zu.

Obschon mich die Männer der Suchmannschaft gerufen hatten, war ich vor der roten Haustür stehengeblieben. Ich hatte wissen wollen, was aus den Ganoven wurde. Mittlerweile waren noch mehrere Polizeiwagen angekommen. Einige Polizisten hatten vor dem Haus gewartet, andere hatten sich im

Inneren befunden. Die Suchmannschaft war zu mir gekommen, sicher auch von der Neugierde getrieben.

Kurze Zeit später hatten mehrere Polizisten das Haus mit den Ganoven verlassen. Sie hatten beide Handschellen um ihre Gelenke gehabt. Ich hatte nicht darauf verzichten können, vor ihnen her zu dem Polizeiwagen zu stolzieren und dabei lauthals und triumphierend zu miauen. Ich wiederhole an dieser Stelle nicht, wie die beiden mich beschimpften.

Als ich mich dann in Bewegung gesetzt hatte, um in mein Revier zurückzukehren, hatte mich einer der Männer gepackt und auf den Arm genommen.

„Du läufst jetzt nicht mehr. Du wirst getragen. Das hast du dir verdient."

Erst in dem Moment hatte ich gemerkt, wie schlapp ich war. Das Stolzieren vor den Ganoven war wohl ein letztes Aufbäumen meinerseits gewesen. Der Mann hatte mich zu Sophias Mutter bringen wollen. Sie war aber nicht zu Hause gewesen. Sicher hatte sie sich bereits im Krankenhaus bei ihrer Tochter befunden.

Die Familie, die mich Laila nennt, hatte unsere Rückkehr bemerkt und dem Mann zugerufen, er solle mich zu ihnen bringen. Die Rettung von Sophia und Johann hatte sich bereits rumgesprochen, auch dass niemand meiner Lieblingsfamilie zu Hause war, sondern alle bei Sophia im Krankenhaus. Bei den Lailas bekam ich im Wohnzimmer einen Ruheplatz auf weichen Kissen. Für den einen Tag bzw. die eine Nacht wollte ich dies akzeptieren. Länger auf keinen Fall. So etwas ist nichts für eine Straßenkatze.

„Du ruhst dich jetzt endlich aus, Laila", hatte mir die alte Frau zugeflüstert.

„Ich hole ihr etwas Leckeres zum Essen", hatte ihr Mann festgestellt und mich ununterbrochen angelacht.

Wenige Minuten später hatte es geklingelt. Hereingekommen waren der Mann und die Frau, die mich Katze nennen.

„Wir haben gehört, dass die beiden gefunden wurden und dass die Katze bei Ihnen ist. Wir wollten sehen, wie es ihr geht." Beide hatten sich über mich gebeugt. Mehr hatte ich nicht mehr mitbekommen. Eine tiefe Müdigkeit war über mich gekommen.

Vierzehn Tage später, wie bereits gesagt, saß ich auf der Terrasse und hatte einen Ehrenplatz. Genau gesagt hatte ich nun einen Ehrenkorb. Ein roter weicher Korb, extra für mich, in den ich mich immer ein wenig zur Erholung legen kann. Einfach katzlich. Am liebsten wäre es mir, der Korb würde vor dem Teich stehen. Was nicht ist, kann aber noch werden. Allerdings hätte ich dann einen Wunsch: Viele Fische sollten sich im Teich befinden, die ich dann ein wenig herumwirbeln könnte.

Ich wurde von allen Seiten gelobt. Meine Intelligenz wurde geradezu gerühmt. Aber auch meine Beharrlichkeit, mit der ich die Männer schließlich zu dem Keller gesteuert hatte.

Alle, die bei der Suche dabei gewesen waren, und einige mehr, saßen vor gedeckten Tischen. Auch ich hatte mein Schälchen gefüllt bekommen. Es gab Lachs.

„Das ist ja ihr Lieblingsessen!", rief die Frau, die mich Laila nannte, in die Runde. „Bei mir kann sie nie genug davon bekommen."

Na ja, wenn es sie glücklich machte.

Was mich glücklich machte war, dass sich Sophia und Johann zu mir hinunterbeugten und Sophia mir zuflüsterte: „Du bist meine Kommissarin Minou. Ohne dich würden wir sicher nicht mehr leben." Dabei streichelten mich beide, wie ich es besonders mag. Matthias stand dabei und schaute mich stolz an. Sicher hatte er gerade wieder jemandem von meiner

Mithilfe bei der Suche nach den beiden erzählt. Das machte er schon den ganzen Nachmittag.

Plötzlich klopfte jemand mit einem Löffel an ein Sektglas. Ich hatte gar nicht bemerkt, dass alle Menschen aufgestanden waren und ein Glas in ihren Händen hielten.

„Hiermit möchte ich auf das Wohl unserer klugen Kommissarin Minou anstoßen." Das war die Stimme von Johanns Vater. „Sie lebe hoch."

Und alle stimmten ein: „Hoch, hoch, sie lebe hoch!"

Das war zu viel für eine Straßenkatze. Ich machte mich kurzerpfote auf meine Tatzen und suchte Ruhe an dem Teich der Familie, die mich Laila nennt.

Ende